新蒙元十四皇朝

一 大漠雄鷹

許慕羲 著

前言

《新蒙元十四皇朝》是抒寫蒙古秘史及元朝秘史的大手筆名著。從成吉思汗的崛起、蒙古聯兵席捲歐亞大陸的史蹟，直到元順帝遠遁漠北，失去傳國玉璽為止，大起大落，是可讀性極高的通俗歷史文本。

「黑水金山啟伯圖，長驅遠蹠世間無，至今碧眼黃鬚客，猶自驚魂說拔都！」

從漠北風沙中名不見經傳的斡難河畔所崛起的蒙古族鐵木真部落，幾乎在並世列國都未留意警惕的情勢下，倏忽之間，便發展成瀰天捲地而來的歷史風暴。

事實上，當成吉思汗統一蒙古各族，將他的九族大纛在杭愛山麓的和林高高豎起，而他的大汗金帳也開始在中亞沙漠上閃閃生光的時候，環顧當時地球上東西兩大世界的各個文明社會，已經沒有一國，可以在軍事上與蒙古鐵騎相抗衡

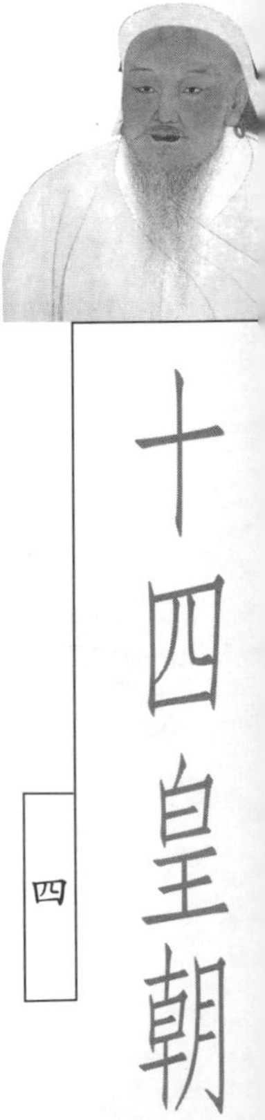

了。於是，蒙古鐵騎如飆風驟雨一般橫掃整個歐亞大陸，形成了人類史上前所未見的暴烈景觀。

自古以來，遊牧民族的價值觀念與生命態度，即和農業民族大相逕庭。然而，蒙古騎兵在戰場上的驃悍、迅猛、凌厲、殘酷，卻使曾經長期與遊牧民族周旋的東西各大文明社會，都震懾於金帳汗國的兵威之下。大纛西指，成吉思汗的軍隊深入中西內陸，征服花剌子模，掃蕩高加索區，越過欽察草原，直抵伏加爾河。到了拔都西征之時，更縱橫歐陸腹地，席捲了俄羅斯全境，殲滅日耳曼聯軍，直逼地中海畔的威尼斯城。繼而大汗蒙哥也征服回教世界，消滅黑衣大食，完成亙古最大的霸業。在西方人眼中，蒙古人恰似雷霆萬鈞的「上帝之鞭」，捶撻著已經衰朽枯萎的人間大地。

征服中國全境的元祖忽必烈，是蒙古繼成吉思汗之後又一個出類拔萃的英主名王。然而他在中土所施行的種族歧視與分化政策，卻種下了元朝享祚不久的遠因。在馬可波羅筆下，遍地奇珍異寶、繁榮至於極點的元代社會，雖有外圍四大汗國的拱衛，以及舉世最大軍力的駐守，仍是在不旋踵之間，即面臨冰消瓦解的命運，正是由於出身遊牧民族的元朝帝王，低估了漢人反抗高壓統治、力爭人格尊嚴的自主意志。

由於中原與江南的富裕，君臨城內的元室貴族迅速趨於腐化。元代後期，宮廷生活的荒淫離奇，後宮美女的爭寵弄權，親貴大臣的昏瞶無能，密宗喇嘛的譸張為幻，在在都到了匪夷所思的地步。然而，元室君臣對中原民族的壓迫與榨取，卻日甚一日，因此，一旦抗元的火種在鐵蹄踐踏過的土地上公然燃起，轉瞬之間，便蔓延成為燎原的烈燄。

「莫道石人一隻眼，挑動黃河天下反！」石人是不會動怒的，可是，不甘長期屈服於種族歧視與高壓統治的民間豪傑，卻利用黃河決口的時機，展開了全面抗元的奮鬥。在明教義軍與紅巾義軍的壯烈起事下，軍威凌蓋全球的大元帝國，竟然先從它帝都本部所在的中國境內開始崩潰，距它入主中原，不過八十九年，實在堪稱是一種歷史的反諷。所以在民俗文學的描寫裏，元朝往往是一個罪惡的時代。

當然，在中國歷史上，元朝不過是一個「其興也暴，其亡也速」的短暫王朝。然而，在人類歷史上，蒙古鐵騎所締造的軍事奇蹟，卻仍是文明社會所難以理解的永恆之謎。對於文明社會而言，蒙古鐵騎那種飆風驟雨一般的狂猛力量，

其豪暢恣縱處，正如：

「行神如空，行氣如虹，巫峽千尋，走雲連風。」

（一）

在風雲際會的邊疆
只有飛沙長驅才有真實的感覺
年少時奔行大漠
喜歡風沙迎擊你的胸膛
敞開衣襟，將一整個天地攬入懷中。

（二）

天灰濛濛，所有的聲音
都像是傳自對岸最荒蕪的沙灘上
曾經在大海怒潮湧上岸來的前一刻
有人在斷村處處的白色沙灘上

緊緊追問一行足印
是誰遺留下它們呢？
莫不是那虎一般的漢子來了？

（三）

所有的笙歌琴音
收束於一個指勢，
而繁華只剩空夜裏的上弦。
歌遍陽春之後，你的知音
再給你一次熱切的掌聲，
下一曲呢？
依稀，生命到達了彼岸，
你收起弦琴，站起，
深深一揖：「我倦欲眠君可去。」

目錄

目錄

第一回　神人降生

層巒重迭，流水彎環，叢林夾道，古木參天，於群山迴巇之中，現出一片平疇曠原。此時乃是四月天氣，塞北地方，春色初來，那片平疇，岫嶼拱衛，煙雲繚繞。雖沒有江南地方的桃紅柳綠，風景宜人，但是河流縈帶，映著那山林景色，也就倍覺鮮妍了。

在這寂靜無聲、山林沉默的當兒，忽聽得馬蹄得得，自遠而來，其行甚疾。一轉眼間，便見兩騎高頭駿馬，馱著兩個年輕力壯、身材魁梧的塞外英雄，直向這不兒罕山的平疇而來。

兩個少年到了不兒罕山內，見著這片平疇四面都有山峰環抱，河流錯雜，更兼正在春天，樹木欣欣向榮，草色芊芊鋪地，真是別有天地一般。

那走在後面年紀略輕的少年，見了這般風景，便喚著前面年紀稍長的少年說道：「哥哥，這地方的山川形勢，比到俺們住的阿兒格乃袞山，又要高過數倍了！俺們何不棄了那地方，遷移到這裡來居住呢？」

那年長的少年聽了，隨即說道：「朵奔巴延，你的話說，未嘗不是，這樣的好地方，我心裡也很是豔羨！但恐怕已經有了主兒，不能遂我們的心願了。」

朵奔巴延不待說畢，便惱得跳將起來。

他急切之間，也不叫那少年是哥哥了，直呼著他的名字道：「都蛙鎖豁兒，你怎麼沒有志氣呢！便是這地方有了主兒，又待如何？放著俺兄弟兩人這樣的英雄，即使那主兒生得三頭六臂，和天神一般厲害，俺也要將這地方奪了過來，紮營居住呢。」

都蛙鎖豁兒道：「兄弟，你弄錯了，我並不是心中懼怕，不敢要這地方。只因未知這地方究屬哪一部的管轄，不能不打聽清楚，便冒冒失失地遷來居住。你心內既深愛這地方，我們且向前去，找個人問明這主兒是什麼人，方可設法遷移。」

朵奔巴延聽了這話，方才平了氣性，便和都蛙鎖豁兒，各自牽了坐騎。才出山來，走不到半里路遠近，都蛙鎖豁兒忽將手中的馬鞭指著前面，朵奔巴延說道：「兄弟，你可見那邊行人裡面有個豔美的美人兒麼？」

朵奔巴延道：「美人便怎麼樣？哥哥瞧著心裡愛她，莫非要娶她為妻麼？」

都蛙鎖豁兒道：「我已娶有妻房，如何還要這個女子？只因你年已長，還沒成就親事，意欲問明這個女兒。如果沒有許字，便說給你作為妻室，豈不很好麼？」

朵奔巴延正在壯年，巴不得娶個妻房，以免寂寞。聽得都蛙鎖豁兒要與他說親，心內自然願意，便道：「我們和這群人，距離得很遠，瞧上去覺著這個女子坐在車中，似乎身材窈窕，很是美麗，不知近看時究竟長得如何？」

都蛙鎖豁兒笑道：「你要辨別她的妍媸，不好跑上去仔細觀看麼？」

朵奔巴延好色心重，聽了這話，果然放開大步，跑向前去。見一叢百姓裡面有一輛黑油車兒，車上坐著一個少年女子，豐容盛鬋，杏臉桃腮，端端正正坐在車上，好似天仙下凡一般。

果然遠看不如近看，朵奔巴延一見這個女子，覺得眼花繚亂，半個身子幾乎軟化下來，癡癡地立在那裡，眼睜睜地望定那車兒，一聲也不響。

忽覺肩膀上被人拍了一下，方才回轉身來看時，原來不是別人，正是他哥哥都蛙鎖豁兒，滿面含著笑容問道：「如何？這女子可算得美人麼？」

朵奔巴延也沒工夫和人說話，只點了點頭，仍舊回身，一眼不眨地瞧著車上的女子。

都蛙鎖豁兒見他失神落魄的樣子，心內很是好笑，忍不住朗聲說道：「你發癡麼？光是看著有什麼用處，何不上去問明她的姓氏呢？」

朵奔巴延經這一提，方才醒悟轉來，暗道：「我真糊塗極了！不問明她的來歷，如何可以說親呢？」便搶上幾步，向這群人問道：「你們從哪裡而來，欲往何方去？」

眾人之中走出個老頭兒回答道：「俺是豁里剌兒台蔑爾干的一家，本來是巴兒忽真的主兒，遷居在豁里禿馬敦地面，因為那地方禁捕貂鼠等物，無以為生，所以帶著家屬，全夥兒投奔此地。」

朵奔巴延又道：「這車上坐的少年女子，是你什麼人？」

老頭兒道：「是我的外孫女兒。」

朵奔巴延又道：「她叫什麼名字？」

老頭兒聽到這裡，勃然變色道：「俺與你素不認識，俺行俺的路，你幹你的事，兩下水米無交，你如何盤問著俺，連俺外孫女的名字都要究問起來，豈非奇事麼？」

朵奔巴延見老頭兒出言責備，心內不禁火冒，正要大聲呵斥，都蛙鎖豁兒見兄弟舉動冒昧，深恐把事情鬧決裂了，連忙上前，將朵奔巴延推在一旁，自己趨上前，向老頭兒深施一禮，陪笑說道：

「老人家休要發怒，剛才我這兄弟並非懷著歹心前來盤詰行蹤。我便是前面阿兒格乃袞山的部長都蛙鎖豁兒，那個問你來歷的，便是我的親兄弟朵奔巴延。我兩人在蒙古部落裡面，雖沒什麼了不得，也還小小的有些名氣，老人家想必也聽人說過的。」

那老頭兒聽到這裡，便減去了怒容，換了喜色，說道：「你原來是阿兒格乃袞山的部長都蛙鎖豁兒麼？俺聽得人說，都蛙鎖豁兒兄弟兩個都是了不得的英雄，將來的前程不可限量，因此很想一見，不意卻在此處會著。」

都蛙鎖豁兒忙道：「慚愧得很！我兄弟二人年紀尚輕，有什麼能耐敢勞老人家稱許，但不知你老人家尊姓大名，還請賜教。」

老頭兒道：「我名巴爾忽台蔑爾干，生平只有一個女兒，名喚巴爾忽真豁阿，嫁給了豁里禿馬敦地方的官人，生下一個外孫女兒，取名阿蘭郭干。俺本來隨著女兒女婿在豁里禿馬敦一塊兒居住，近來那地方忽然發生了禁捕貂鼠等物的禁令，所以攜了家眷要在不兒罕山居住，因此前來的。」

都蛙鎖豁兒道：「這不兒罕山難道沒有主人麼？」

老頭兒道：「這山的主人也是有名氣的，叫作曬赤伯顏。」

都蛙鎖豁兒道：「這地方原來屬曬赤伯顏該管，倒也罷了。只是你的外孫女兒，可曾許字麼？」

老頭兒道：「尚未許字。」

都蛙鎖豁兒道：「我的兄弟朵奔巴延，年紀已長，尚未娶親。我意欲代兄弟作伐，娶你外孫女為室，不知老人家意下如何？」

老頭兒聽了這話，暗中想道：「俺從豁里禿馬敦遷移到這裡來，正恐沒有照應，要受本地人的欺負，現在把外孫女給了都蛙鎖豁兒的兄弟，他是個堂堂部長，又在鄰近的地方住著，俺們豈不很有靠傍麼？」

想到這裡，心內很是願意，但不知外孫女的意下如何，便對都蛙鎖豁兒道：「蒙你不棄，願結姻親，原沒什麼不可以的。但是俺的外孫女，現在車內坐著，待俺去問她一聲，免得將來有甚埋怨。」說著就回身到黑油車前，向阿蘭郭干說知。

此時，朵奔巴延立在一旁，眼睜睜地望著坐在車中的阿蘭郭干。

阿蘭郭干正在盛年，情竇已開，瞧著朵奔巴延身材魁偉，儀表堂堂，她的芳心中也不由得生出一種戀愛。見朵奔巴延向自己呆呆看著，禁不住嫣然一笑，也將一雙秋水似的秀眼向朵奔巴延斜溜過來。

這一笑不打緊，直把個朵奔巴延弄得神魂無主，全個兒身體軟癱癱的好像一些氣力也沒有，幾乎倒下地來。

兩個人正在得趣之時，恰巧老頭兒到車前，把都蛙鎖豁兒代弟求親的話，向阿蘭郭干說了一遍，問她意下如何。

阿蘭郭干心內早已願意。只因當著許多人未便答應，不覺粉臉紅暈，呈出一股嬌羞之態，低頭無語。

老頭兒見她不語，遂又催促道：「人家等著回話呢。允與不允，說了出來，俺好去和他說明，何必害羞不言，遷延時刻呢？」

阿蘭郭干被逼不過，只得含著羞將頭點了兩點，表示允許這門親事的意思。

老頭兒見外孫女答應了，便回身去告知都蛙鎖豁兒。

都蛙鎖豁兒見姻事成就，心下大喜！忙回身招呼朵奔巴延，來向老頭兒行孫翁之禮。哪知朵奔巴延直挺挺地立在那裡，望著車兒上的阿蘭郭干，一聲兒也不答應。

都蛙鎖豁兒喊了幾遍，不見理睬，心內十分焦灼，走上前去，在朵奔巴延背上重重地擊了一掌，他方才「哎喲」一聲，回轉頭失張失致地問道：「你無緣無故地打俺做什麼？」

都蛙鎖豁兒忍不住笑將起來道：「你不用發癡了，這頭親事已經說成，快隨我去行禮罷。」

原來朵奔巴延因為看阿蘭郭干看出了神，都蛙鎖豁兒向老頭兒說親的事情，他都沒有覺得。忽然聽說親事已經成就，樂得他心花怒放，隨著都蛙鎖豁兒，來到老頭兒跟前行了禮。

都蛙鎖豁兒也向老頭兒敘了親戚之誼，訂明迎親的日期，方才分手告別。都蛙鎖豁兒兄弟二人飛身上馬，奔回阿兒格乃袞山自己的營帳裡，預備娶親的事情去了。

但是在下開首寫了這一段突如其來的文字，看官們雖然知道都蛙鎖豁兒兄弟二人是蒙古人種，卻沒有明白二人的來歷，未免要說在下胡亂捏造，太沒根據了。現在都蛙鎖豁兒兄弟回到自己營帳，料理娶親的事情，在下正可趁此把二人的來歷敘明。

原來都蛙鎖豁兒是蒙古種族，向居中國北方，從歷史上研究起來，是古來高昌突厥之故地，在唐朝的時候，本是室韋的分部。相傳他們這個種族發生的時候，乃是天生一個蒼色的狼和一個白色的鹿，配偶了生下來的。

他的始祖名喚乞顏，與鄰部構釁，屢次打敗，不能存立，來到斡難河旁的阿兒格乃袞山中居住。

這座山險峻異常，四面都是層巒疊嶂，內中卻有一片平原，土壤肥美，河流縈帶。乞顏得了這處地方，知道和他們的生活最為適宜，便在山內支帳居住，把跟隨前來的男女互相配偶，生育漸漸繁盛，遂即成為部落，共推乞顏為主，稱之

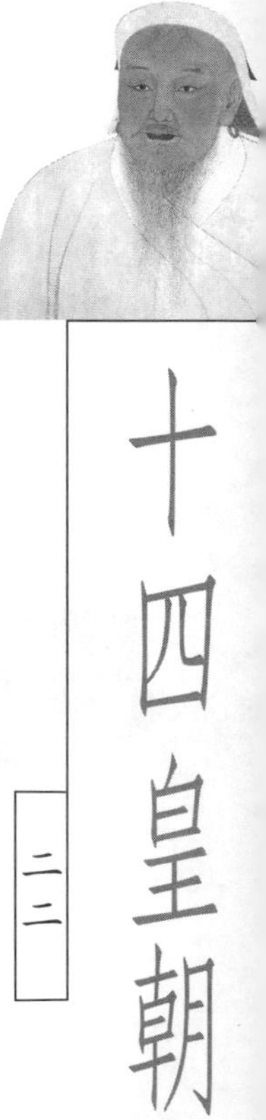

為乞要特。從此生育繁茂，拓疆啟宇，數十代之後，到了都蛙鎖豁兒和朵奔巴延兄弟二人手裡。

這二人都生得身長力大，凡是毒蟲猛獸，遇著他們，沒有不應手而斃的。因此都蛙鎖豁兒兄弟二人的聲名遠播，人皆懾服。

這日因為天氣晴朗，塞上春來，兄弟二人在帳中無事，便跨著馬出外閒遊。無意之中來到不兒罕山下，遇見阿蘭郭干，替朵奔巴延定下了親事。回到帳中，便由都蛙鎖豁兒將平日射獵所得的獸皮，一齊取出，揀了鹿皮、貂皮、狐皮各兩張，鼠皮、獺皮各四張，等到訂親的日期，將來裝在車上。

朵奔巴延換了一身新衣，命人推了車兒，隨著他到不兒罕山下，把阿蘭郭干迎娶回來，對著天地，行過了婚禮，雙雙入帳，成應了百年姻眷。

不過三四年光景，阿蘭郭干已連生兩子。長子名布兒古訥特，次子名伯古訥特。朵奔巴延瞧著兩個兒子，十分歡喜。每日裡仍同著哥哥都蛙鎖豁兒出外遊獵，晚上回來便逗著兩個兒子玩耍，歲月過度得十分快樂。

哪知天道忌盈，樂極悲生，都蛙鎖豁兒忽然一病不起，遽爾逝世。在生之日共有四個兒子，都是性情剛暴、倔強異常。

朵奔巴延念及骨肉之情，常常勸誡他們。哪知四個侄兒非但不肯聽從他的教訓，反把叔父、嬸母看同仇人一般。

朵奔巴延看了他們的行為，十分生氣，料知住在一處，必定沒有好結果，便拿定主意，與四個侄兒離開居住，遂往都蛙鎖豁兒墳上哭了一場，攜了阿蘭郭干和兩個兒子，遷居於不兒罕山下，日間帶著鷹犬，攜了弓箭出外打獵，夜間與阿蘭郭干共撫兩兒，倒也過得自由快樂。

誰料不上數年，朵奔巴延竟生起病來臥床不起。

阿蘭郭干直急得手足無措，只有掩面哭泣。這個當兒，幸虧阿蘭郭干有個妹夫，名喚瑪哈戮的，前來看望，替他延巫祈禳。

無如朵奔巴延天命已盡，哪裡挽回得來！遷延了數日，非但不能輕減，倒反加重起來。

朵奔巴延自知無望，便把後事囑託了瑪哈戮，竟是一命嗚呼。

阿蘭郭干盛年喪夫，寂寞寡歡，免不得吊影生悲，終日涕泣，幸得妹夫瑪哈戮受了朵奔巴延之託，日日前來替她料理家事，而且知痛著熱，體貼入微。阿蘭郭干在悲苦之中得了這樣一個知己，便把思念丈夫的心，慢慢地淡了下來。

轉眼之間，過了一年，阿蘭郭干的肚皮忽然膨脹起來。過了數月，居然產下一子。此子產後不上三年，連生了兩子。無夫生兒，左近之人皆疑阿蘭郭干不甘寂寞，必有外遇，因此竊竊私議。

就是布兒古訥特和伯古訥特兄弟二人，也心生疑忌，暗中說道：「我母親既無丈夫又無兄弟，忽然生下三子，家中只有姨丈瑪哈戮時常來往，莫非他與我母做下曖昧事情麼？」

這話被阿蘭郭干聞知，遂命古訥特兄弟入室說道：「我無夫生子，乃是上天所賜。自你父亡故之後，我安心守節，撫養你們，並無所私。唯每夜安睡以後，便有白光一道，自天而降，從窗間入內，化為金甲神人，光芒四射，透入我的肚內，遂即有孕。看將起來，你這三個兄弟，皆是神人降生，將來的福祿未可限量。外人議論紛紛，我也不屑與較。你二人乃我親生之子，也要生疑，在背地裡說我的短長，因此不能不加辯白。」

古訥特兄弟聽了阿蘭郭干這一番聞所未聞的言語，心中仍不相信，但因母親如此說法，不便和她辯駁，面上卻現出一種不甚相信的神氣來。

阿蘭郭干已知他們的意思，遂又說道：「你們不信我的話麼？要證實這事，極其容易。你們只要在我寢室左右，窺伺數宵，有無白光出入，便可明白了。」

古訥特兄弟還似信非信地應聲退出。兩人暗中議道：「世上哪有白光入腹便能生兒的道理？我母的話恐是虛言。她既叫我們在寢室左近窺伺，我們就依了她的話，看可有白光從天上降下麼？」

兩人商議定了，夜間悄悄地前去偷窺。

第二回　英雄少年

古訥特兄弟因他母親無夫而孕，連生三子，便在寢室左近悄悄候著。到了二鼓將闌，果見有道白光，閃入他母親阿蘭郭干臥室裡面，直到五鼓時候方才飛出。

古訥特兄弟親眼瞧見這樣的奇事，方才相信這三個兄弟果是上天所賜，神人所產，從此以後，不敢在背地裡議論他的母親，並且看待這三個兄弟也格外親熱。

阿蘭郭干見他們深信不疑，心中竊喜，遂將先生的取名不袞哈搭吉，次生的

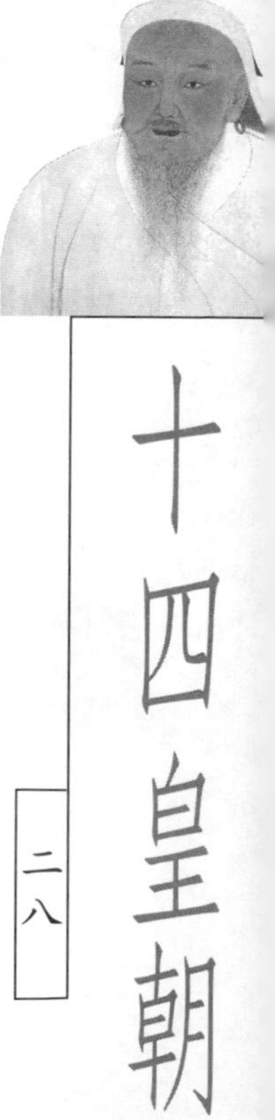

取名不固撒兒只，第三個取名孛端察兒。

這三個小孩兒之中，惟有孛端察兒最為奇特。初生之時祥光滿室，落地之後啼聲洪亮。阿蘭郭干知道他不比尋常，格外鍾愛，小心撫養。

時光迅速，眨眨眼孛端察兒已是十餘歲。阿蘭郭干忽然受了感冒，生起病來。到得彌留之時，五個兒子皆在床前伺候。

阿蘭郭干含著眼淚，囑咐五子道：「你們兄弟，皆是同胞所生。我死之後，須要互相親睦，萬勿自啟猜疑，致為外人所乘。」說著，便命孛端察兒取了五支箭來，令兄弟五人各折一支。五人奉命，應手而斷。

阿蘭郭干又命五人將箭合在一起，捆做一束，叫他們輪流著盡力折箭。哪知用力折去，皆不能斷。

阿蘭郭干道：「這箭分開了，就容易折斷，合攏了就不能折斷，可見單則易折，眾則難摧，你們兄弟五人，就如這五支箭一般，須要互相和睦，萬勿分開。倘能牢記此言，我死了也就瞑目了。」

五子都唯唯應命，阿蘭郭干遂即逝世。

殯葬已畢，布兒古訥特頭一個便倡議分析。孛端察兒不以為然，向他說道：「哥哥忘記了母親臨終之言麼？那五支斷箭還在著呢。怎麼母親骨未寒，便要分析？」

布兒古訥特哪裡肯聽他的話，遂自作主張，將家中所有之物分為四股，每人各得一股，唯有孛端察兒，一人向隅，絲毫未曾分與。

孛端察兒憤憤不平地說道：「我也是母親所生，因甚你們皆有家產，獨外我一人呢？」

布兒古訥特道：「我並非不分給你，因你年紀過小，不能執掌家產，倘若分給了你，必為外人所奪。現在將家中的一匹禿尾馬給了你。所有你的飲食，都由我四人輪流著供給罷。」

孛端察兒尚不肯依，無如他們一口同音，贊成布兒古訥特的辦法，料知爭亦無益。

當下分析既畢，孛端察兒除了一匹禿尾馬之外，絲毫沒有分得，心內愈想愈憤道：「我也是一個男子，為什麼住在這裡受他們的欺負，何不另行謀生去呢？」遂即牽出了那匹禿尾馬，掛了刀劍，攜著弓矢，騰身跨上馬背，也不向兄

嫂告辭，竟自離家而行。心內並沒一定的方向，隨著馬信步走去，不知不覺到了巴爾圖山。

這座山麓有條大河，彎環曲折才入裡面，沿河岸都是參天老樹，草木甚是繁盛。那禿尾馬走得已經疲乏，見了水草，奔向前去，任情吞噬。

孛端察兒四面眺望了一番，見這地方十分幽靜，口中自言自語道：「我瞧這裡山重水復，草木暢茂，禽獸繁殖，正合我的生活，何不在此居住下來呢？」當即飛身下馬，把禿尾馬繫在樹根，任牠嚼草。從腰中拔出刀來，砍樹伐木，支架起來，用草覆蓋於上，居然造成一間茅舍。在內存身，取出所帶的乾糧吃了一飽。

到得次日，登高瞭望，適見一頭大鷹攫了野鶩，在那裡啄食。孛端察兒喜道：「我一人在此，那匹馬可以做我腳力，再取了這鷹做我的夥伴，搏取食料，豈不添了絕好的助力麼？」

當下拔下馬尾結成一繩，打了個圈，躡手躡腳，輕輕地來至大鷹背後，將繩圈對準鷹的頸項，拋將過去，恰恰把鷹套住，牽了過來，捧於手內。對牠笑說：「我孤身無依，你正可與我做伴，從此以後，你我各不相離，尋取野物，以延生命，可好麼？」

這大鷹好似懂得言語一般，絕不倔強，聽他的命令。孛端察兒調馴了這鷹，果然得牠的助力不少。每天搏取的野鶩小鳥為數甚多，吃不了許多，將剩下來的食物掛在樹上，曬乾了貯存著，以備不時之需。

這一來，食料十分富足，可以不憂匱乏。只有一件，思飲馬乳，無處可得，心中甚為不快。

這日清晨，登山眺望，遙見巴爾圖山左，有炊煙飛起。孛端察兒心下想道：「那邊既有炊煙，其下必有居民，估量炊煙飛起的所在，距離這山並不很遠，何妨前去尋覓居民，向他們乞取馬乳呢？」主張已定，遂即徒步下山，直向那邊走去。

行不到半里之遙，果有一叢人民結帳而居，約有數十家之多。正有一個少年，在帳外擠取馬乳。孛端察兒見了，不禁饞涎欲滴，逕趨少年之前，向他乞取。

少年道：「這馬乳乃是俺全家的飲料，如何可以給你？」孛端察兒再三相求，少年只是不允。惹得孛端察兒性起，猛飛一腳將少年踢

倒，將盛馬乳的皮桶搶在手中，回身要跑。

不料那少年高聲叫喊，頃刻間各帳篷裡走出許多人來，把孛端察兒攔住。那被踢在地的少年，也已騰身躍起，大聲說道：「不知哪裡來的野人，強搶俺的馬乳，你們休要放他逃走。」

眾人不待言畢，一齊上前捉拿強盜。

孛端察兒見他們來勢洶湧，也不慌懼，連忙放下手中的馬乳桶，大吼一聲，向眾人撲去。眾人圍上前來，將孛端察兒裹在垓心，你拳我腳，如雨點一般亂打不已。

孛端察兒獨自一人敵住十餘個大漢，格避躲閃，忽起忽落，矯健異常，沒有一人能夠近得他身。

正在狠命死撲的當兒，那帳篷內又走出一個年約六七十歲鬚髮皆白的老者，身旁隨著個懷孕的婦人。

見孛端察兒抵敵眾人十分勇猛，老者連聲讚道：「好個英雄少年，決不是沒有來歷的人。」

那懷孕婦人聽了，便向老者含笑道：「何不止住他們問個清楚呢？」

老者點了一點頭，向眾人喝道：「你們不要亂打，且停了手，老漢自有話說。」

眾人聽了，一齊住手不打。

老者向孛端察兒問道：「你是什麼人？為何到這裡來騷擾？」

孛端察兒道：「俺本是阿兒格乃袞人，因與兄嫂不和，獨自走了出來，暫住巴爾圖山，缺少了馬乳，無從置辦，來此尋覓。不意那個少年出言不遜，是俺一時性發，把他一腳踢倒，因此廝打起來。」

老者道：「為了區區馬乳，何至死命相搏？你既無從取辦，便在俺們這裡取些擠現成的去就是了。」

孛端察兒道：「你們若肯給與馬乳，俺也不白要你們的。俺那裡野物很多，情願把來相換。」

老者道：「如此也好。」當下分了些馬乳給他。孛端察兒果然取了些餘存的野物送給他們。反因一場廝打，結成相識了。

從此孛端察兒每日必去換取馬乳。兩下熟識之後，方知那地方叫做札兒赤兀，共有數十家居民，並無部長管領，隨意居住，如同散沙一般。

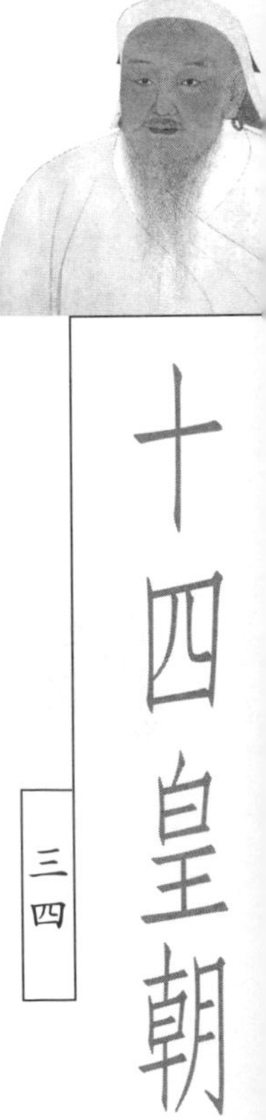

孛端察兒旁的事情都不關心，唯有對那日廝打的時候跟隨老者身旁的懷孕婦人，他卻念念不忘。每次到札兒赤兀來取馬乳，總要和這懷孕婦人兜搭一會。這婦人叫做孛端哈屯，是那老者的媳婦。她見孛端察兒生得年少英偉，心內很是喜愛。孛端察兒到來，孛端哈屯總要迎了出來閒談幾句，多取些馬乳給他。因此，孛端察兒時時記念孛端哈屯，要想和她細敘衷曲，卻因自己孤掌難鳴，恐怕弄出事來，敵他們不過，只得忍耐住了。

這日臂鷹跨馬，又到札兒赤兀來取馬乳。忽見一人迎將前來，高聲喊道：「孛端察兒，你怎麼拋棄了我們，獨自來到此地呢？我惦念得什麼似的，快快隨我回去罷。」

孛端察兒抬頭看時，乃是自己的哥哥不袞哈搭吉。

原來孛端察兒不別而行，眾人皆不在意，唯有不袞哈搭吉時時惦念，屢次要出外尋覓，都被布兒古訥特阻止。

過了些時，不袞哈搭吉也不向兄弟們說知，獨自前來尋覓幼弟。到了札兒赤兀，向居民探問，都說有個少年叫做孛端察兒，每日必來取一次馬乳，你只在此守候，不久就要來了。果然不多一會，孛端察兒已臂鷹跨馬得得而來。

不衮哈搭吉上前迎著，兄弟相見，執手敘別，歡然道故。不衮哈搭吉敘說憶念的情形，勸孛端察兒回去一同居住，孛端察兒不肯答應。

不衮哈搭吉道：「當初分析的時候，令你一人向隅，都是布兒古訥特的主張。但也因你年輕無知，不能掌管家資，所以不分給你。自你出走之後，我曾埋怨布兒古訥特，他也很覺懊悔。兄弟們如手足一般，哪有不解的怨恨。你可隨我回去，不要執拗。」

孛端察兒聽了這話，雖然心動，還不肯慨然允許。

不衮哈搭吉道：「兄弟，你忘記了母親臨終時的囑咐麼？那五支折斷的箭，還存著呢！」

孛端察兒記起阿蘭郭干臨歿之言，心內感動，方才答應跟隨不衮哈搭吉一同回去。

不衮哈搭吉見他已允同行，心中大喜，便領著孛端察兒，致謝了札兒赤兀的居民，回到草舍，將曬乾的野物等件收拾起來，攜帶回去。

那孛端察兒回去了沒有兩日，札兒赤兀的居民便遭了大禍了。

原來孛端哈屯自孛端察兒去後，心內雖然鬱鬱不樂，但也沒有法想，只得仍

過她的生活。

這日，正提著水桶在河邊汲水，忽見孛端察兒帶了幾名身強力壯的健漢，匆匆奔來。

孛端哈屯一眼瞧著，心內很是驚喜，忙將水桶放下，迎上前去道：「孛端察兒，你又到我們這裡來飲馬乳麼？」

孛端察兒道：「我家馬乳多得很，哪裡用得著你們的。我此番前來，乃是特地迎接你到我家去的。」

孛端哈屯將頭一偏道：「我與你素無往還，迎接我到你家去做什麼呢？」

孛端察兒道：「迎接了去，自有好處給你的。」此言剛罷，突然把孛端哈屯攔腰抱住，飛身上馬，疾馳而去。

札兒赤兀的居民聽說強盜將孛端哈屯搶去，慌忙集眾追趕。不意又有許多強人手執刀槍，一擁而來，大聲喊道：「誰敢動一動，立刻結果他的性命。」居民出其不意，吃了一驚。有幾個回身逃跑，剛才舉步，已被強人一刀兩段送了性命。

眾居民見了這般情形，顧命要緊，哪裡還敢違抗？只得站立不動，任憑那些強人動手綁縛，並將家財牲畜滿載車上，然後帶了被擄的居民，一齊回去。

看官，你道這群強人從何而來？只因孛端察兒隨了不衮哈搭吉回到家中，見了布兒古訥特等人，兄弟相聚，前嫌盡消。

孛端察兒深愛孛端哈屯生得美貌動人，一心要把她攫取了來，便向眾人提議道：「札兒赤兀的居民沒有部長管吏，隨意散處，絕無防禦。古語說的蛇無頭不行，鳥無翼不飛，我們若去擄劫，必然慌亂無主，不能抵抗，束手就縛。倘若把他們劫擄了來，不但金銀財寶、子女玉帛盡為我有，男的還可以做奴僕，女的可以做妻妾，豈不快活極了麼？」

布兒古訥特原是個貪財好色、嗜利忘義之徒，聽了孛端察兒的言語，頭一個拍手贊成。

當下部署停當，命孛端察兒為前隊領路。不衮哈搭吉與不固撒兒只率眾繼進，布兒古訥特自與伯古訥特做後隊，分別進行。

孛端察兒一心念著孛端哈屯，到了札兒赤兀，打聽得孛端哈屯在河邊汲水，連忙趕向前去，把她劫了回來，擁進帳去，自尋歡樂。

孛端哈屯本來愛著孛端察兒年少英挺，此時被他劫來，正合心願，自然樂意

相就，並無推卻了。

布兒古訥特同著不袞哈搭吉兄弟四人，將札兒赤兀居民的家資金帛和人物牲畜，收羅得一物無餘，一聲胡哨，回轉家來。檢點同去的人，一名不缺，單單不見了孛端察兒，忙向眾人問：「可知孛端察兒的下落？」

早有跟隨孛端察兒的健漢說道：「他早已搶了個懷孕婦人，回至家中，在後帳取樂去了。」

布兒古訥特聽了，也不言語，只將札兒赤兀的居民牽了前來，一頓威嚇，令充僕役。

這些居民做了俘虜，哪裡還敢倔強，要想保全性命，只得唯唯聽命。布兒古訥特便命鬆了綁，在帳外伺候，靜聽號令，這些居民含淚退出。又將所有擄來的財帛牲畜安排停妥，孛端察兒方從帳後踱將出來。

布兒古訥特笑道：「兄弟大喜了，新婦想必美麗得很。」

孛端察兒道：「我正要叫她來拜見哥嫂呢。」一言未畢，孛端哈屯已從裡面出來，雲鬢鬆散，星眼斜睇，好事方畢，略帶微喘；又因懷孕在腹，轉折不便，格外現出可憐之態。

布兒古訥特等齊聲喝采道：「這般美貌，真可配得我弟！」

孛端察兒一一代她引見，孛端哈屯含著嬌羞行罷了禮，方才退去。

伯古訥特在旁瞧著，不服氣道：「這回的事情，完全造化了孛端察兒一人。他是個小兄弟，反占了便宜，使做哥哥的落後，如何使得？」

不袞哈搭吉道：「這事是他發起的，使我們得了許多財帛牲畜，又有許多俘虜充作僕役，以供使令。要算他是個頭功，自然要占些便宜的。」

伯古訥特道：「你的話雖然不錯，但是孛端察兒有這樣的美人作伴，我們沒有，未免令人瞧了眼熱。」

孛端察兒道：「這有何難，那俘虜裡面，我知道很有幾個美貌婦女在內，哥哥們只要挑選中意，令她入侍，她敢不從麼？」

布兒古訥特連聲道：「不錯！不錯！還是你有主意。」

伯古訥特等人也復異常高興，當下走出帳來，選了四個年輕貌美的女子，帶入帳內，一人擁著一個，追歡取樂。

夷狄風俗，本來不知什麼叫名節，那些婦女又處於威脅之下，自然是奉命惟謹了。

第三回　聲揚漠北

孛端察兒劫得孛端哈屯據為妻室，到了懷孕足月，居然生下一子，取名為札只刺歹。過了一年，孛端哈屯又產一兒，名喚巴阿里歹。孛端哈屯連生兩兒，丰姿頓減，美色已衰。孛端察兒覺得不甚稱意，又在鄰部娶了一女，並把陪舉來的女傭也據為妾媵。

後娶之妻生一子，名叫合必赤。其妾亦生一子，名為沾兀列歹。合必赤之子，取名篾年土敦。篾年土敦生子八人，從此滋生繁昌，族類眾盛。

到第五代上，便出了一個哈不勒，這哈不勒生得雄健異常，力敵萬人，開疆

拓土，鄰部慴服。因此各族俱皆畏懼，推他為蒙古部長，稱為哈不勒汗。

其時金主晟在位，正當全盛時代，兼併遼地，興兵南下，佔據三鎮，傾覆兩河，直達汴京，擄了徽、欽二帝，逼迫宋高宗至臨安。威聲所播，中原喪膽。哪裡知道一意前進，後部空虛。哈不勒汗卻乘著這個機會崛然而起，雄長朔方。

金主晟聞得哈不勒的英名，宣召入朝，哈不勒絕不推辭，僅帶壯士數人，馳赴金都，謁見金主。金主晟見他身材雄壯，氣宇軒昂，知非常人，設宴款待，並飭臣下優加敬禮，不得藐視。

哈不勒汗外貌雖甚誠樸，衷懷卻頗狡猾。每逢宴飲，恐受金人暗算，略飲數杯，即托詞更衣，離席出外，背著他人嘔吐食物，重行入席。因此飲酒百觥，不現醉色，食盡八簋，不覺其飽。金人素稱善於飲啖之壯士，也甘拜下風自嘆不如，所以金邦君臣共相嘆異，稱為奇人。

這日適逢金主大宴群臣，哈不勒汗亦得預筵。忽然興發，連飲數十巨觥，遂有醉意，在大庭廣眾之中，顯出了氈裘毳帳的故態，居然立將起來，手舞足蹈，大唱胡歌。歌唱已畢，又大踏步奔向金主御座，以手捋金主之鬚。

在廷諸臣大聲呼喝。武將皆拔佩劍，欲將哈不勒汗立即砍死。幸得金主此時方欲懷柔遠人，不加計較，反叱退群臣，和顏悅色地對哈不勒汗道：「卿且入席飲酒，不要上來。」

哈不勒汗趁著一時的酒興，現出故態。及在廷諸臣大加呵叱，已將酒意嚇退，正恐金主加罪，異常惶懼。嗣見金主並不加責，反用溫言撫慰，便乘勢謝罷，重行入座。

席散之後，金主反賜帛數端、馬數匹，優加慰諭道：「席間小小失儀，朕不介懷，卿可無懼。卿來此已久，可即返轡，從此當感念朕恩，永為藩服，無萌異志。」

哈不勒汗謝恩而出，連夜馳歸。及金邦大臣，聞得遣歸哈不勒之事，一齊入諫金主道：「哈不勒素具不臣之心，此番入朝，正如鳥投樊籠，魚游釜底，執而誅之，不過一匹夫之力，奈何縱虎歸山，自貽大患！」

金主聞得廷臣之言，方才懊悔不該放他歸國，遂又遣發使臣，欲將哈不勒追回。哪知哈不勒早有戒心，得了金主遣他回國之命絕不停留，朝夜奔馳到國內。等得金使馳至，他卻聚集人馬，然後接詔。

聽得召還之命，便正顏厲色地對使臣說道：「你國乃堂堂大國，你主乃堂堂君長，昨日遣我歸，今日又令我去，出爾反爾，是何意思？這樣的詔旨，乃是亂命，我不便遵行，請你回去報知你主，說我哈不勒堂堂男子，決不受他人的欺侮。叫他不要有意戲弄。」

金使見他出語強橫，不敢多言，只得垂頭喪氣而返。

過不到幾天，又有金使到來，恰值哈不勒汗出外射獵。其婦翁吉拉特氏，率領部眾出外歡迎，將自己所居的新帳讓金使居住。

等到哈不勒汗出獵歸來，聞得金使又至，便對部眾說道：「這次的使臣，必定又來召我。意欲將我召去，加以謀害，杜絕後患。我豈是他戲弄的人。即當將來使殺卻，張我威風，絕他妄念！」

部下聽了這話，一齊不敢答應。

哈不勒汗道：「你們絕不聲響，莫非懷著異心麼？你等若不助我殺卻金使，我當先殺你等，以洩忿恨！」說罷，怒目而視，鬚眉飛動，髮皆上指。

部眾莫不畏懼，連稱遵命。哈不勒汗便一馬當先，衝入帳中，手起刀落，將金使砍成兩段。部下一同趕上，將隨從人等，也殺得一個不留。

這消息傳達金廷，金主大怒，傳旨命萬戶胡沙虎率兵往討。胡沙虎懦弱無能，奉了旨意，不得不行。到了蒙古境內，不知地理，不諳兵法，直向前進。哈不勒汗早已探得金兵征討的消息，率領部眾退入深山，用堅壁清野的法兒來困金人。

金人往來蒙地不見一人，糧食已盡，進無所掠，退無所擄，眼看待斃。胡沙虎沒有法想，只得傳令退兵。哪知退到分際，一聲胡哨，蒙古兵漫山遍野而來，刀槍齊施，弓矢如雨。

金兵銳氣已墮，遇著這奮不顧身的蒙古兵，哪裡還敢戀戰？棄甲拋戈，亂竄亂奔，被蒙古兵大殺一陣，真個是血流如渠，屍積如山。

胡沙虎還算見機得快，拍馬先逃，方才得著性命，不致棄骨沙場。

哈不勒汗得了勝仗，愈加瞧不起金邦，秣馬厲兵，專待金人到來和他廝拚。恰值金主晟病逝，從孫亶繼承大統，因其叔撻懶專權擅政，便與叔父兀朮定下計策，殺了撻懶。撻懶的遺族逃奔哈不勒汗處，求他興兵報仇。哈不勒汗立即應允，入寇金邊，連奪西平河北二十七團寨，金邦無人能夠抵禦。金主亶只得與宋議和，調回能征慣戰的兀朮，專防北邊。

哪知兀朮雖是百戰百勝的大將，遇著蒙古兵也難得手。大小數十戰，遷延了一二年，總是不得便宜。

兀朮乃是久經大敵的人，知道身入重地，師老餉匱，若再相持下去，必蹈胡沙虎的覆轍，決計將西平河北二十七團寨割畀蒙古，又每歲許他牛羊若干頭，米麥若干斛，且冊封哈不勒汗為蒙古國王，方得罷兵修好。這乃是宋高宗紹興十七年的事情。自此以後，哈不勒汗的威名大震，聲揚漠北，非但鄰近各部不敢攜貳，便是金邦也不敢小覷了他。

到了臥病臨歿的時候，雖然生有七個兒子，哈不勒汗說他們皆非大器，不能主承宗祧，傳他的兄弟，名喚俺巴該的來至榻前，付託大事，命承汗位。並吩咐自己的兒子，須要遵著遺命，敬重叔父，不得爭奪。囑咐既畢，溘然而逝。俺巴該遂即嗣位。

哪知嗣位未久，偏又鬧出一件事來，竟致鄰近的塔塔兒部結下不解之仇，大動干戈，連俺巴該的性命也因此送卻。你道是什麼事情？

原來蒙古的風俗，異常迷信鬼神，無論什麼人生了疾病，並不延醫服藥，只請了巫者前來祈禱。那巫者說的話，就如金科玉律一般，奉行唯謹。哈不勒汗有個妻弟，名喚賽因特斤，生了疾病，便延聘塔塔兒部的巫者前來看視。那巫者說賽因特斤觸怒了神道，故降此罰，若要痊癒，必須日夜祈禱，挽回神怒。

賽因特斤的家人期望病癒，自然滿口應承，用了許多財帛留巫者在家，日夜祈禱。哪知延了數日，絕無靈驗，賽因特斤就此死了。他的家人花了許多財帛，心內如何甘服？便說那巫者謊騙金錢，毫無靈驗。巫者也不相讓，兩人拌起嘴來，惹惱了賽因特斤的家人，拔出刀來將巫者一揮兩段。

這巫者乃是塔塔兒人，訊息傳到塔塔兒部，他們如何還肯甘休，便起了人馬前來報仇。哈不勒的兒子聞得塔塔兒部侵犯他的母族，連忙領了部眾前往救援。

哈不勒七個兒子之中，要算第六子合答安最為勇猛，挺著一桿長槍，舞動起來，如雪花一般所向披靡，無人能敵。塔塔兒的部長木禿兒和他交手，不上幾合，被合答安一槍刺傷，跌下馬來，幸虧左右搶救得快，方才保住性命，敗了回去。

木禿兒的傷勢受得甚重，醫治了一載有餘，始能平復。又起了大隊人馬，要報這一槍之仇，連戰數陣，不能取勝。木禿兒心中憤怒，奮勇衝突，恰恰遇見合答安舉槍便刺，木禿兒措手不及，竟被合答安刺中咽喉，死於馬下。塔塔兒的部

眾見部長已死，倉皇奔逃，合答安揮兵大殺一陣，直殺得塔塔兒人沒有影蹤，方才收兵而回。

塔塔兒部重新立了部長，要報前仇，料知不能力敵，便設了一計，遣使奉了重幣，來向俺巴該乞和。俺巴該信以為真，自願將親生的愛女嫁於塔塔兒的新部長為妻，兩下結成婚姻，永泯前嫌。

到了吉期，俺巴該親自送女兒去成婚，方入塔塔兒的境界，一聲胡哨，伏兵齊起，將俺巴該父女一併擒下。

哈不勒汗的大兒子干勤巴兒哈合，聞得此信，又到塔塔兒部，索還俺巴該，並責備他們不應暗施詭計。塔塔兒人又將干勤巴兒哈合也拘住了送往金邦。

金主正因被蒙古人殺敗，失了許多地方，宿恨未消，遂將俺巴該釘在木驢背上，令他慘死，以洩忿恨。

俺巴該命從人布勒格赤轉告金主道：「你不能以武力獲我，借他人之力，置我死地，又用這般慘刑。我雖身死，我的子侄甚多，必來報仇！」

金主聞言大怒，連干勤巴兒哈合也加以死刑。只將布勒格赤放回，命他報告部眾，速即傾國前來決一雌雄。布勒格赤回國之後，立哈不勒第四個兒子忽都剌哈為汗。

忽都剌哈嗣了汗位，盡起部眾替俺巴該報仇，攻入金邦。金人屢戰不利，便深溝高壘，堅守不出。忽都剌哈汗攻打不入，遂大掠金邊而歸。這忽都剌哈汗，勇力絕人，每遇上陣交鋒，擒住敵陣將士，只須兩手一折，便成兩截。日食一羊，聲如銅鐘，唱起歌來，隔著七重山嶺，猶聽得十分清楚，可說是天生的惡魔了。哈不勒汗臨歿之時，說自己的兒子無用，不能主承宗祧，傳位於兄弟俺巴該，可見蒙俗尚武，這樣勇武絕倫的人不知凡幾。那哈不勒和俺巴該兩汗的本領高出常人，更可想見了。

忽都剌哈汗勝了金人回國，威名日盛。他有個侄兒名喚也速該，生得力大無窮，精擅弓馬，忽都剌哈汗最是喜愛。平素常說也速該英武類己，頗有傳位於他之意。

這也速該乃是哈不勒汗次子把兒壇把阿禿之子。把兒壇共有四子，長子蒙格禿乞顏，次子揑坤太石，第三子便是也速該，最小的叫做答里台斡赤斤。也速該年已弱冠，尚未娶妻。忽都剌哈汗常要替他定親，也速該立意要得個美貌佳人，方肯娶作妻室。常說不得中意的女子，情願一世鰥居。因此無論那一部前來作

伐，都被他回絕而去。忽都剌哈汗鍾愛特甚，也不勉強他，只說待你自己去選擇了合適女子作為妻室便了。

也速該膂力絕大，能彎七石弓，徒手能搏猛虎，常常在斡難河畔遊獵，所得的野獸，也比旁的弟兄為多。這日又到斡難河畔去射獵，遠遠地望見一騎馬，引著一輛車兒沿河而來。也速該舉目看時，不覺把他看得呆了。原來馬上跨著個青年男子，車中坐的是個青年婦人。

那婦人生得異常美麗，真是秋水為神玉為骨，芙蓉如面柳如腰，端端正正地坐在車上，好似有道光華射將過來，在也速該眼前晃漾不定。

也速該因為物色妻房，對於婦女異常注意，平日所見的婦女不計其數，從沒有遇見這樣美貌的婦人，怎麼不要發呆呢？

他呆看了一會，覺得這婦人無一處不好，深合自己的心意，如何還肯輕易放她過去？便迎上前來，高聲問道：「你們是哪裡人氏？來此何事？」

馬上的少年男子道：「俺是蔑里吉部人，名喚客赤烈都。」

也速該不待言畢，又指定車兒問道：「這女子是你何人？」

客赤烈都道：「是我的妻子。」

也速該便道：「你們不要前進，我還有話要和你說。可在此略略等待，我去了立刻就來。」說著，也不待客赤烈都回答，便飛奔而去。去了不上片刻，已帶了三四個健漢疾馳而來。

那男子遙遙望見，情知不妙，忙向車中的婦人說道：「我看這人的行徑甚為不善，莫非起了歹心，前來攔劫我們？」

那婦人聞言，伸首向外一瞧，不禁著急道：「來的幾個人，顏色很是兇惡，待他到來，必定將你置之死地，你快撇下我逃生去罷，天下美婦人甚多，只要再娶一個，喚作我的名字，也就與我跟著你一樣的了。」一面說著，一面將身上的衣裳脫下，交於客赤烈都道：「你把這衣裳帶去，做個紀念罷。」

客赤烈都剛才接過衣裳，也速該已同了健漢奔將前來。客赤烈都慌忙帶轉馬頭，回身逃走。也速該哪肯放他，忙命同來的人守住車兒，休被這婦人逃匿，自與兩個人拍馬追去。追趕了幾座山頭，客赤烈都已跑得不知去向，只得空手而回，押了車兒，回轉營帳。

那婦人坐在車中，只是哭泣。也速該見婦人哭得如著雨梨花、籠煙芍藥一般，愈加動人憐愛，便向她勸慰道：「你丈夫已逃得不知去向，哭也無用。你跟

了我，自有好處，決不虧待你的。」

那婦人聽了這話，方才慢慢地止住悲啼。也速該自進帳去，告知忽都剌哈汗。忽都剌哈傳這婦人入內，見她生得果然美豔無比，連聲說道：「好！好！真個長得不錯，便給你為妻罷。」

那婦人聽了這話，又大哭起來。

忽都剌哈汗向她說道：「你不用啼哭，我便是這裡的國王。」又指著也速該道：「他是我的侄兒，將來我的位置便傳給他，你跟了他，不就是一位夫人麼？」

第四回　天之驕子

那婦人聽得忽都剌哈汗說倘若順從了也速該，將來可以做夫人，蒙古婦女唯利是圖，本不知名節為何物，知道可以做夫人，心內早已願意，便止住了悲哭，不再哀傷。

忽都剌哈汗細細地問她的行藏，方知她叫做訶額侖，嫁了客赤烈都方才數月。當下命她入帳，更換衣服，重加裝飾，與也速該成親。

也速該得了訶額侖，心願已足，自此朝暮歡樂，十分恩愛。不到幾時，訶額侖已竟懷孕。

忽都剌哈汗記著俺巴該慘死的仇恨，要想報復。卻因金邦堅守要隘不能攻取，打算先將塔塔兒部滅了，以洩憤恨，便把此意對部眾說明。也速該聞說征討塔塔兒部，自告奮勇，願充先鋒。忽都剌哈汗自然允許，當即點齊人馬，殺奔塔塔兒部。

塔塔兒部自俺巴該死後，料知忽都剌哈汗必定不肯甘休，早已預先防備，派人四出打探。

這日接得急報，知道也速該引兵來侵，即派大將鐵木真兀格與庫魯不花二人領兵抵敵。兩陣對圓，也速該怒馬直前，勢甚勇猛，鐵木真上前迎戰。

試想這鐵木真，哪裡是也速該的對手？戰未數合，已是被擒。剩下了庫魯不花更是不濟，見鐵木真遭擒，已知不妙，正要撥馬逃生，被也速該飛馬趕上，大喝一聲，如老鷹抓小雞一般，擒下馬來。

蒙古兵見主將連勝兩陣，精神百倍，一擁齊上，將塔塔兒兵如砍瓜切菜一般，大殺一陣，只剩得幾個跑得快逃了性命，回去報信。

塔塔兒部聞得兩將被擒，全軍俱覆，十分惶懼，連忙又挑選兩個著名的健將，一名闊端巴剌合，一名扎里不花，統率精兵，連夜趕去抵禦。

闊端巴剌合頗有智勇，知道也速該英武過人，不可力敵，便與扎里不花商議，將人馬四散屯開，堅守要隘。又將野外放了一把火，燒得一物無存。蒙古兵到來，尋人廝殺，連影兒也不見一個，野外又燒了個罄盡，進不得戰，退無所掠，直把個也速該急得暴跳如雷，命人催促後隊人馬前來，會同攻取，也是無效。

正在束手無策，忽接得忽都剌哈汗患病的訊息，也速該不敢停留，連夜班師退回。

行到迭里溫盤陀山下，遇見兄弟塔里台斡赤斤，向他道賀。

也速該道：「此番出師，未能大獲全勝，只擒得兩員敵將而回，何賀之有呢？」

塔里台斡赤斤道：「哥哥雖未報得大仇，然擒獲敵將，已足使之喪膽。且嫂子已經產下一兒，乃是極大的喜事，怎麼不要道賀呢？」

也速該聞得訶額侖生下兒子，也甚欣然，便趕去看視。

訶額侖產後，雖覺疲乏，身體卻甚安適，丰姿亦復如舊。再看那所生之子時，卻是頭角崢嶸，奇偉異常，雙目炯炯，啼聲洪大。

更有一件奇事，小孩初出母胎，右手握得甚緊。經人啟視，掌中握著一塊凝血，其色紫赤，宛若豬肝，其堅無比，渾如鐵石，光明透澈，很為奇怪。眾人不知其故，都說是吉祥之兆。

也速該看了小孩，不禁大喜！遂即說道：「我此番征討塔塔兒部，只一仗就擒住了他的大將鐵木真，現在就把這小孩取名為鐵木真，以作紀念罷。」

取名之後，便去看視忽都剌哈汗的疾病。其病已是沉重，見了也速該不覺淚下道：「我的病不能好了，以後國事可由你主持，百事皆須謹慎，雖然不可畏縮，卻也不可魯莽。」

也速該含淚答應，又把擒住兩員敵將和生了兒子的事情一一告知。忽都剌哈汗也覺欣然。

也速該即行退出。忽都剌哈汗在夜間便咽了氣。也速該嗣位，鄰部皆憚其威名，莫不慴服。

訶額侖又連生三子，一個名合撒兒，一個名合赤溫，一個名帖木格。最後又生一女，取名為帖木侖。也速該嗣位之後，曾另納一妾，生下個兒子，名喚別勒古台。

鐵木真已經長成九歲，也速該意欲替他揀選個女郎，訂為婚姻，因此借他出外，打算往訶額侖的母家選擇個美貌女子。

行抵扯克撒兒山和赤忽兒古山之間，卻有一人迎將上來，笑著說道：「也速該，久違了！你如今做了國王，連當初的舊友也不記著了。」

也速該看時，原來是故人德薛禪。他本是弘吉剌的族人，就住在這裡的左近。也速該忙陪笑說道：「並非忘記了舊友，只因國務匆忙，終日碌碌，沒有閒暇可以出外，所以將故人疏失了。」

德薛禪指著鐵木真道：「這可是令郎麼？你攜著他意欲何往？」

也速該便將自己的意思說了一遍。

德薛禪道：「我昨夜得了一夢，夢見一個小兒，雙手擎著日月，飛在我的手上立住。就因得了這個夢兆，所以出外閒遊，期有所遇，恰恰就碰見了你攜著令郎前來。我瞧令郎年紀雖輕，身材魁梧，光華滿面。我這個夢，莫非就應在令郎身上麼？」

也速該道：「你的夢怎麼會應在我兒子身上呢？」

德薛禪道：「我聽得人說，日月乃是天上的東西，有照臨下土的氣象，所以

人家都把日月比作君后，我昨夜夢裡見的小兒，回想起來，他的面貌竟與令郎相似，由此推測起來，你令郎的後福必是不淺，將來保不定要稱王稱帝呢！我年過半百，別無指望，只有一個愛女，名喚孛兒帖，願意許與令郎為婦。他日我家子孫，生了女兒，便世世和你皇帝家結親，作為后妃，豈不快活麼？」

也速該聽了這話，十分歡喜！便同了德薛禪到他家中，相看他的女兒。德薛禪喚女兒孛兒帖出來拜見。

也速該見她嬌小玲瓏，已饒有風韻，心下大喜，問她若干年齡，德薛禪道：「她比令郎大一歲，今年十歲了。」

也速該遂留下一馬，作為聘禮，就帶了鐵木真告辭起身。德薛禪再三挽留，只得住了一夜。

次日天明，德薛禪向也速該道：「我有一事須要請你答應我。」

也速該忙問何事。

德薛禪道：「我生平只此一女，現在年紀尚小，捨不得遠離，聞得你的兒女很多，意欲將令郎留在我家，慰我寂寞，望你俯允。」

也速該道：「我的兒子，便是你的女婿，留住在此，原沒什麼不可以。但他年輕膽小，事事要人照顧，如何是好？」

德薛禪道：「兒子、女婿總是一般，令郎在此，我自加意照料，你請放心。」也速該只得答應，將鐵木真留下，上馬動身。臨行之時，又再三叮囑德薛禪，叫他好好的照料鐵木真，並說他生性怕狗，千萬不要被狗驚嚇著他。德薛禪一一答應，握手而別。

行到扯克撒兒山左近，卻值塔塔兒部人設帳陳筵，異常豐盛，像是迎候上客一般。

也速該心下奇怪道：「塔塔兒人在山下等候著誰呢？莫非知道我打此經過，設筵款待麼？但他們與我是世仇，決無設席款我的道理。」

正在想著，塔塔兒人已是攔住馬頭，邀他入席飲酒。

也速該生性粗豪，又因走得腹中饑餓，正思打尖充饑。見塔塔兒人殷勤款待，便不問好歹，下馬入席，酣飲了一場，方才起身道謝，跨馬而歸。行在路上，已覺得頭目昏眩，腹中隱隱作痛，料知中了塔塔兒人的暗算，連忙趕回帳中，腹內更覺絞痛異常，醫藥無效。

到了第三日上，自知不妙，便喚族人蒙力克入帳，向他說道：「我歸途自不

小心，被塔塔兒下毒謀害，萬無生理。我子年皆幼小，鐵木真又在德薛禪家中做女婿。你父察刺哈老人十分忠誠，現在你也要學著你的父親，照應我的家屬。目前最要緊的事情，是到德薛禪家，將鐵木真領回。」

蒙力克聽了，連聲答應，趕到德薛禪家，同了鐵木真回來。等得鐵木真到來，也速該早已死去。

訶額侖正在悲傷，見了鐵木真更加哀苦，母子二人抱頭大哭。蒙力克上前相勸道：「人死不能復生，徒哭無益，此時料理喪葬之事最為緊要。」訶額侖母子方才住了哭。

把也速該安葬已畢，訶額侖空幃獨處，撫養兒女形影相弔，好不淒涼。所有族人都欺她孤寡，不來理睬。只有蒙力克和他父親察刺哈老人，念著也速該臨終託孤之言，加意照拂。訶額侖母子也感激他的恩義，說他父子二人忠誠可靠，不負所託。

其時俺巴該的子孫甚是興盛，族類滋蕃，自成部落，稱作泰赤烏部。當也速該在日，還受他的統轄，遇著祭祀大典，彼此都登堂稱觴，並無界限。

也速該死後，遇著春祭，訶額侖母子到遲一步，便大遭呵斥，趕逐出外，祭餘分派胙肉，也除去她們這一份，並不派給。

訶額侖見了這般情形，禁不住憤怒起來，道：「也速該雖死，我還有兒子呢！怎麼祭祀的胙肉也不分給我，不是明明的欺侮我孤兒寡婦麼？現在已是這般冷落情形，將來起營的時候，不招呼我們的日子還有呢！」

原來蒙古人皆逐水草而居，常常遷移，謂之起營，所以訶額侖這樣說法。

誰知這話傳入泰赤烏部，俺巴該還有兩個妻妾存在，便對部眾說道：「訶額侖太覺自大了，我們祭祀，總要請她麼？以後我們自做我們的事情，休要去理她母子，看她母子有什麼法兒來對待我們。」

從此以後，泰赤烏部與訶額侖母子生了意見，便在暗中作弄，挑唆也速該的族人和她分離。眾族人見訶額侖母子孤苦伶仃，鐵木真又復年幼無知，料想沒有後望，加以泰赤烏部十分興旺，又在暗中籠絡他們，因此族人都棄了訶額侖母子，歸附泰赤烏部。

內中有哈不勒汗的小兒子，名喚脫朵延，論輩分要比鐵木真長起兩輩，應稱他為叔祖，也速該在的時候很加信任，也受了泰赤烏部的羈縻，要率眾而去。鐵木真知道這事，忙去挽留，甚至泣下，脫朵延只是不從。

察剌哈老人也趕了來說道：「你是鐵木真的尊長，平日又受到他家的信託，如何走得？你若去了，部下的人更加搖動，勢必盡行背叛，不可收拾。你須念著也速該的情義，扶助鐵木真成人，保全他這部落才是道理。」

脫朵延道：「她們母子已到了山窮水盡的時候，我還留在此做什麼呢？」

察剌哈老人見他不肯聽從，不覺發起急來，牽著他的衣袂不放他走。脫朵延不能脫身，竟取了一桿長槍，對著察剌哈老人奮力刺去。

察剌哈老人連忙躲閃，背上已中一槍，負痛逃歸。脫朵延領了部眾，竟自去了。

鐵木真因察剌哈老人中了一槍，未知傷痕輕重，急急趕去看視。

察剌哈老人臥在榻上，見了鐵木真，泫然出涕道：「你父去世未久，各親族大半棄你叛去。脫朵延乃是你的尊長，他若去了，人心更加搖動，恐要盡行叛離。我受了槍傷。死不足惜，只你母子孤苦無依，如何是好？」說到這裡，已是語不成聲，淚如雨下。

鐵木真見了這般情形，心內更加淒慘，掩面號泣而出，奔入帳中，把所有事情帶哭帶說告知訶額侖。

訶額侖聽了，忍不住柳眉倒豎，鳳目圓睜，大發嬌嗔道：「脫朵延欺人太甚，我雖是個婦女，現有許多兒子，難道不能發家，他竟這樣決絕麼？倘若不去追趕，聽其自由，餘存的部眾相率效尤，我母子還能存活麼？」

當下愈說愈怒，跑出帳來，召集了未去的部眾，還存數十個人。訶額侖用言語激勵了一番，命他們同去追趕叛人。自己也跨了馬，持著一桿大纛，帶了鐵木真，在後押隊，並叫從人扛了她的長槍，預備廝殺，沿路趕將上去。

脫朵延正攜了族眾，在前行走。訶額侖見了，拍馬上前，展啟珠喉，嬌聲叱道：「叛眾聽著，你們平日在我部下，受我豢養，並沒虧待你們，如何受了外人的蠱惑捨我他去？自問良心，可過得去麼？」

那些人正在行走之時，不意訶額侖突然趕來，聽了她的嬌聲叱斥，一齊驚愕起來。

訶額侖又指著脫朵延道：「你是我們的尊長，我夫在日不曾薄待了你，我母子孤苦伶仃，全要仗你扶持，別人要去，你也應該勸阻，如何率了部眾首先叛離？如此行為何以對先人於地下？」

脫朵延受了訶額侖的責備，理屈詞窮，無言可答，只得拍馬奔走，那些部眾

也就跟他而行。

訶額侖大怒起來，向從人手內取過長槍，衝入叛人隊中，將槍桿一橫，攔下了一半，高聲喝道：「你們休走，與我拼個三回五合，如能勝得我手中的槍，方准前去。」

那些人素來沒見訶額侖有這樣的膽力，只道她精通武藝，平常無事，並不施展，到得此時方才獻出技藝來，因此嚇得面面相覷，不敢動彈。

訶額侖見他們心下疑懼，又用好言撫慰道：「我知道叔伯兄弟們素有忠心，並無背我母子而去的意思，不過一時之間為脫朵延所惑，並非真個要去。須知我母子現在雖然窮蹙，但終有翻身之日，你們不念我先夫的情誼，也應憐念我母子數人，效力數年。待我兒子長成，或能重新振起基業，將來報答你們的日子很長呢！」

一面說著，一面又命鐵木真下馬跪在地上，向他們哭拜。

叛眾見了，不由得軟了心腸，連忙答禮，齊聲說道：「願效死力。」訶額侖母子便將這一半人帶了回來。從此耐勞忍苦，勤儉作家，度那歲月。

鐵木真雖然十分長成，究竟年紀尚輕，頑皮之心未退，每日裡同了弟妹出外戲嬉。

這日，鐵木真、合撒兒和異母兄弟別勒古台三個人一同在河邊釣魚。鐵木真剛一垂綸，就得了一個金色鯉魚，歡喜得什麼似的。別勒古台見了十分眼熱，便跑來搶了去。鐵木真怒，彎弓搭箭，向別勒古台射去。

第五回　一場風波

鐵木真釣得一尾金色鯉魚，被別勒古台奪去，心中大怒，立刻取過隨身帶著的弓箭，嗖的一聲，直向別勒古台射去。

幸虧別勒古台躲閃得快，沒有受傷。鐵木真怒還未平，又拔第二支箭，觀準了別勒古台咽喉射去。箭尚未放，恰巧察剌哈老人閒步前來，見鐵木真兄弟相爭，竟用利箭去射別勒古台，連忙大聲喝阻。

鐵木真素來最敬服察剌哈老人，聽得他前來喝阻，慌忙撇了弓箭，上前相見。

察刺哈老人問他何故用箭去射兄弟別勒古台，鐵木真便將自己釣得金色鯉魚，為別勒古台奪去的話說了一遍。

察刺哈老人不禁嘆息說道：「這點兒小事你就用箭去射他麼？魚雖被奪，還可以重新釣得。人若射死，還可以重生麼？你父親死後，你母親孤苦伶仃帶著你們兄弟，全仗你們兄弟互相和好，聯成一氣，同心戮力，共建事業，方有出頭之日。現在，自己弟兄先像仇敵一般，還有什麼指望呢？」

鐵木真聽了這話，自知理虧，低頭不語。

察刺哈老人又道：「你母親受了泰赤烏的欺侮，所望的就是你們兄弟長大起來能夠報復。你難道把泰赤烏的仇恨忘記了麼？」

鐵木真奮然說道：「我怎麼肯忘記這個仇恨？」

察刺哈老人道：「你既不忘這仇恨，應該和睦兄弟，戮力對外，方是道理。倘若一箭射死了別勒古台，將來還有何人幫助你報仇呢？」

鐵木真聽了，方才認罪道：「是我一時怒發，不暇思想，所以如此。現在聽了你說的話，我心內已是明白，以後決不和兄弟們爭執了。」

察刺哈老人點頭道：「這話方像有大志的人所說的。」

鐵木真便上前攙了別勒古台的手道：「兄弟，我是一時生氣，現在聽了察剌哈老人的話，已經知道不是了，你不要記我的恨。如若心裡不舒服，可當著老人，打我幾下。」

別勒古台也摟著鐵木真的頸項道：「哥哥射我乃是因我奪了魚的，我如何敢懷恨哥哥呢？」

他們兄弟之間一場風波，幸虧察剌哈老人一番言語，使他們兄弟復歸於好，共圖大事。察剌哈老人的功勞，真是不小！

只可惜察剌哈老人年紀已老，又受了脫朵延的槍傷，不久就去世了。訶額侖聞得察剌哈老人病歿，親自帶了五個兒子前往拜奠，哭泣盡哀。族人們見她待察剌哈老人如此真誠，方才有些感動，漸漸地歸心於她，不至離叛。

這事被泰赤烏部聞知，便商議道：「訶額侖母子自遭我們棄置後，只道她必然窮餓而死。哪知她竟能保守已離的部眾，重行聚集。那鐵木真又生有異相，不比尋常，將來長大了倘若記念前恨，如何是好？不若趁他還在年幼，將他除去，以絕後患。」

當下便派了許多人前來偵視鐵木真，要想乘隙下手。

訶額侖得了這個訊息，愈加害怕，忙命鐵木真同了別勒古台，砍下許多樹木，紮成寨柵，將房屋擋住，又囑咐他們兄弟道：「除影兒外無伴當，除尾子外無鞭子。」這兩句話乃是蒙古語，它的意思就是說影不離形，尾不離身，是叫他五個兒子不可離開。因此鐵木真受了母教，對於兄弟十分親密，真個如形影一般，一步不離。這樣的過了數年，泰赤烏人無隙可乘，總算未曾出事。

這一日，鐵木真兄弟同了妹子帖木侖，共是六人，齊往山中遊獵，恰巧遇著泰赤烏部的人。他們見了鐵木真，哪裡還肯放過，如飛一般向鐵木真撲來。別勒古台見了，忙將弟妹藏在山洞裡，自與鐵木真、合撒兒兩人來戰泰赤烏人。泰赤烏人見別勒古台是個小孩子，並不把他放在心上，哪知弓弦響處，為首的人已被別勒古台一箭射倒。

泰赤烏人吃了一驚，忙向別勒古台連連搖手道：「不干你事，只將你哥哥鐵木真獻出來就是了。」

鐵木真聽得這話，知道他們注意著自己，忙跳上馬，反身逃去。泰赤烏人見了，便撇下合撒兒和別勒古台，直向鐵木真追去。

鐵木真拍著馬，一陣狂奔。到了帖兒古捏山，鑽進叢林，藏住身子。泰赤烏人恐他暗算，不敢追進林去，便派了許多人在四面守住，等他出來，便要擒拿。

鐵木真困在叢林裡面，一連三夜，腹中饑餓，只尋些果實吃著，耐不住饑渴之苦，遂即牽馬出外。

忽然「噗哧」一聲，馬鞍落在地上，鐵木真以為肚帶鬆了，仔細觀看，肚帶又繫得好好的，不禁嘆息道：「這必是泰赤烏人還在外面守著，所以上天示警，叫我不要出去，我如何可以違背，自蹈不測之禍呢？」重行回入裡面。

又過了三日，忍受不住饑餓之苦，又復出外，剛到路口，卻被一塊大石擋住去路。鐵木真暗暗想道：「我入內時，並無此石，現在忽然擋住了路，莫非上天仍舊叫我不要出去麼？」

遂又回到裡面住了三日。

前後在叢林藏了九日，所有的果實俱已吃盡，實在打熬不過，嘆口氣道：「我藏在這裡，即使不被他們拿住，也要活活餓死。左右總是一死，不如捨命出去，和他們拼個高低，就是死了，也還有些名氣。」想到這裡，便用力搬開擋路的大石，打馬而出。

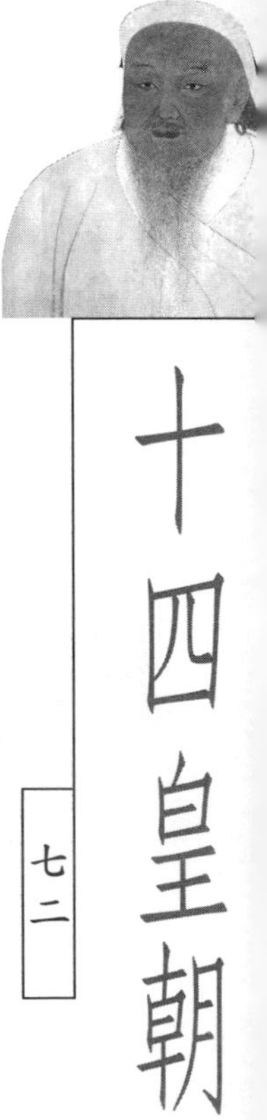

剛抵山麓，「撲搭」一聲，連人帶馬跌入陷坑。早有許多泰赤烏人守在那裡，用鐃鉤搭將起來，捆縛好了，解往部中而去。鐵木真自料萬無生理，閉目待死。

誰知這日正當立夏，泰赤烏人依著故例，合部的人都聚在斡難河畔，歡呼飲酒。只將鐵木真枷了，關在一間營帳裡面，派一個小卒看守。

鐵木真得了這個機會，心內想道：「此時不走，更待何時？」遂雙手捧枷，突然向小卒撞去。

小卒沒有防備，撞倒在地。鐵木真跳出帳外，脫身飛跑。一口氣走了數里，身子疲乏，便在樹林內坐下。後來又怕泰赤烏人追來，這個樹林也不是藏身之所。便走到河邊，揀了一處水淺的地方，把身子沒入水內，只露出了面目，以通呼吸。

泰赤烏人正在飲酒飲得十分高興，那看守鐵木真的小卒前來報告，說是鐵木真逃了。

泰赤烏人聽了，一齊呆呆地沒有主意。

有個名喚乞林勒禿的說道：「今夜月明如畫，料他雖然逃了，必定走得不遠，快些追去。」眾人聽了深以為然，分頭向樹林裡搜覓，並沒鐵木真的影蹤。

泰赤烏部有個族人名字叫鎖兒罕失剌的，平時很可憐鐵木真母子孤苦伶仃，此時他也隨著眾人前來尋找。行到河邊，一眼瞧見有個人，臥在水裡，料知是鐵木真無處存身，所以躲在水中，便上前叫了一聲鐵木真。

鐵木真正因十分疲倦，在水內暫時休息，迷迷糊糊地將要睡去，聽得有人叫他，睜眼一看，見是鎖兒罕失剌，不由得啊喲一聲喊了出來。

鎖兒罕失剌笑道：「你這人真個奸刁極頂，竟會躲在這個地方。怪不得泰赤烏的人都說你生來不凡，務要把你置之死地，以免後患。」

鐵木真忙起來向他哀求，保全性命。

鎖兒罕失剌道：「你放心罷！我不忍加害於你。此時泰赤烏人正在四下追趕，你不可出外，仍在水內躲著罷。」說畢，回身轉去，正遇許多人追尋了回來。鎖兒罕失剌故意問道：「你們找到鐵木真沒有？」

眾人道：「那小子真個厲害，不知躲在什麼地方，竟是找尋不著。」

鎖兒罕失剌口內說道：「本來白天裡失了人，夜晚去找，哪裡還找得到呢？況且大家又喝了酒，恐怕找得不仔細。這條路上我已到處尋覓了，可以不用前

去，還是幫著你們到前面找尋去罷。」

眾人果然依了他的話，同向前面而去。

鎖兒罕失剌跟了他們，胡亂尋了一會，便道：「今夜找他不著，我們還不如早些休息罷。鬧了一天，大家都累乏了。那鐵木真身上帶著刑具，料想跑不到哪裡去，明天再找，也還不遲。」

眾人果然覺得疲乏，聽了這話，大家很是贊成，一齊散了回來。

鎖兒罕失剌一席話，吹散了大眾，重又回到河邊喚起鐵木真，悄悄說道：「你在這裡躲藏不住，明日被他們找尋出來，仍舊沒有性命。此時部人都被我謊騙了回家安息，並沒人在外巡邏，你可趁著這個機會，趕快逃走罷。況且你母親好多日不見你回去，必定疑心你被害，在家中不知怎樣的悲傷呢！也應該快些去安慰她。倘若路上遇見了泰赤烏人，休要說出我來。」

講罷這話，竟自掉頭而去。

鐵木真想道：「我如今腹中饑餓，困憊異常，身上的衣服裡外濕透，回家去還有許多路，又在這黑夜之中，倘若冒昧前進，不識路徑，碰見了仇人，豈不送了性命？我看這鎖兒罕失剌很是慈悲，蒙他吹散了泰赤烏人，叫我逃走，固是一片好心。但我此時寸步難行，哪裡還能趕回家去呢？記得日間，鎖兒罕失剌的兩個兒子見我帶著枷，關在營帳裡面，很是可憐，暗中還給了我一頓乾糧。就這上看來，鎖兒罕失剌父子都是忠厚長者，我何不趕往他家，求其救援哩。」遂即將身上的衣服擰乾，順著河岸找往鎖兒罕失剌家去。

此時天色昏暗，辨不得出方向，幸虧知道鎖兒罕失剌是打馬奶子為生的，通夜不睡，便尋著聲音找去，果然一找就著，打門進去。

鎖兒罕失剌還未曾睡覺，見了鐵木真，怔了一怔道：「你不回去見你母親和兄弟，來到我家做什麼呢？」

鐵木真垂淚道：「我肚裡饑餓，衣服濕透，坐騎又復失去，這樣的昏夜，哪裡還能趕這許多路回到家中去見母親兄弟呢？只求你老人家垂憐，救我的性命罷。」

鎖兒罕失剌本來憐憫鐵木真日暮途窮，很想救他，唯恐將他留下洩漏了風聲，被眾人知道，自己的身家性命亦不能保，因此躊躇不決。

內中走出兩個青年，向鎖兒罕失剌道：「雀兒被鷹鸇驅逐，飛向叢草裡躲藏，草兒尚能遮蔽著牠。鐵木真窮困無奈，來投奔我們，我們不能援救他，連草

兒也不如了。」

鎖兒罕失剌聽了這話，方才點頭答應，讓鐵木真存留下來。先將他刑具除去，又取了他兒子的衣服來，叫他把濕衣換了，然後命女兒取了馬乳麵餅，給鐵木真充饑。

鐵木真連聲道謝，接過來一面吃，一面問兩青年和女子的名字，方知兩青年，一個叫沈白，一個叫赤老溫，那女兒名喚合答安。

鐵木真說道：「今蒙相救，倘有出頭之日，必報大德。」說著，細看合答安時，見她生得柳眉鳳目，杏臉桃腮，嬌小玲瓏，甚是可愛，心內甚是羨慕，反把自己眼前的憂患忘記了。

還是鎖兒罕失剌向他說道：「你藏匿我家，倘若被人覺察，非但你的性命不保，連我家也要受累。後面有一輛載羊毛的車兒，你可存身在內，所有飲食，自有合答安來照料你。」

鐵木真連連答應。鎖兒罕失剌便命合答安送他往後面去，並囑咐女兒道：「鐵木真藏在車中，須要你當心料理，他如饑餓，可取飲食給他。」

合答安也答應了，引著鐵木真來到車旁，將車門開了，兩人動手，搬出了許多羊毛。

此時天氣炎熱，合答安搬了一會，已累得香汗淋漓，嬌喘微微，分外覺得嫵媚動人。鐵木真心中十分憐惜，便撫著她的肩膀道：「我來到此地，倒拖累你忙碌了。」

合答安微笑說道：「這有什麼要緊，我打起馬奶子來，你還沒瞧見，比這個要吃力幾倍呢！」

鐵木真乘勢握了她的纖手道：「你打馬奶子的吃力，是自己的事情，如今搬羊毛的吃力，乃是為著我的，我受了你這樣恩德，如何報答才好呢？」

合答安聽了，將秋水也似的目光斜溜了鐵木真一下，說道：「快快進去躲著罷，性命要緊，還說什麼報答不報答呢！」

鐵木真無奈，只得捨了合答安的手，爬進車去。合答安又將羊毛搬上車，替他遮蓋了身子。

鐵木真連聲嚷道：「這個樣子，豈不要熱殺我麼！」

合答安嬌聲說道：「你休高聲叫喊，倘被鄰家聽見，如何得了？此時只要保全生命，雖然炎熱，也要忍耐。」鐵木真聽了，方才不響。

到了夜間，合答安又取了食物來給他充饑，鐵木真向她哀告說：「姐姐，我實在悶得難受，倘若在這車中再藏半日，必然氣絕身亡，你行個好，讓我出外透一透氣罷。不然，就給我飲食，也吃不下去，望你可憐我罷！」

合答安見他這樣，心內好生不忍，只得放下食物，又將羊毛搬開，讓他出外。

鐵木真跳下車來，渾身大汗，那羊毛是個柔軟之物，沾了汗氣，一齊黏在鐵木真身上，弄得滿頭滿臉，連眼耳口鼻中都是羊毛，望上去好似一個白毛人。合答安見了，禁不住吱吱的笑將起來。

鐵木真十分焦躁，用手在面上身上亂撲亂抓。那羊毛沾了汗，好像長在身上一般，任你使盡氣力也不肯下來。合答安忙取了一條手巾，替他慢慢地撣著。撣了半日，方將羊毛撣去。

鐵木真把食物吃了，合答安仍要他匿入車內。鐵木真連連作揖道：「好姐姐，此刻天已昏黑，諒必沒有人來，你讓我在外面涼一會罷。」

合答安見了這般樣子，也不忍叫他再入車內，便由他在外，兩人相對坐下，你問我答，彼此談起心來，說得十分投機。

鐵木真不知不覺將身體移近了合答安，廝並著坐下。合答安也芳心脈脈，半依半靠地和鐵木真談話。

這一夜，鎖兒罕失剌父子因泰赤烏人找尋不到鐵木真，在那裡會議事情，尚未歸家。鐵木真趁著這個機會，反得在患難之中倚翠偎紅起來了。

第六回　羊毛藏身

鐵木真與合答安兩人談得入港，只恨相見之晚，禁不住彼此親暱起來。是夜又值部中商議追趕鐵木真的事情，鎖兒罕失剌父子三人沒有回來。一個孤男，一個少女，兩人年紀相仿，正在情竇初開，情苗滋生的時候，那親愛之情，自然不言而喻了。

一宵易過，到了天明，兩人進了些食物，正在喁喁細語密密談心，你恩我愛，十分快活的當兒，忽見合答安的大哥哥沈白，慌慌張張從外面趕了回來，對著鐵木真氣喘吁吁地說道：「快些躲了起來，外面已經挨戶搜查了。」

鐵木真和合答安聽了這話，一齊慌張失色，一個向車中亂爬亂鑽，一個把羊毛亂遮亂蓋，忙了好一會，方才收拾好了。合答安仍舊將車門掩上，回轉身來，沈白早已走了。合答安懷著鬼胎，心頭好似小鹿兒在內亂撞。唯有默默地祝禱靈空過往神祇，暗中保佑鐵木真，不要被他們搜查出來。

只聽得一陣腳步聲響，她父親鎖兒罕失剌走在前頭，後面跟了許多人，走進裡面，四處抄查，連桌子、床榻底下，都已翻了個遍。便有幾個走到後面，瞧見了載羊毛的車子，大聲說道：「莫非藏在這車子裡麼？」

合答安聽了這話，連手足都急得冰冷，一個頭暈，幾乎沒有栽倒在地。連忙鎮定心神，勉強支持住了。已見一人走去開那車門，合答安不能再看下去，便悄悄地走出外面去了。

那人開了車門，見車中塞滿羊毛，正要動手去搬著毛出來看視。幸得鎖兒罕失剌趕了前來，陪笑說道：「你疑心這裡藏了鐵木真麼？這樣的大熱天，躲在裡面，不渴死也要悶死了呢。你若不信，待我搬開來給你瞧。」說著，便揎拳擄袖，做出要搬動羊毛的樣子來。

那人反笑著說道：「你老人家忠誠可靠，大家都知道，哪裡會藏匿鐵木真呢。不用搬了，這大熱的天，收拾起來很是討厭，我們往別家去搜查去罷。」

鎖兒罕失刺道：「鐵木真藏在這車子裡呢，你們不瞧一瞧，豈不當面錯過嗎？」說著，哈哈大笑。

眾人也和著笑了一陣，一哄而去，又往旁的地方搜查去了。

鐵木真在車子裡面聽得很是清楚，等得他們去了，暗暗地念了幾聲佛道：「謝天謝地謝神明，我又躲過了一難了。」

那合答安見他們要搜查羊毛車子，急得什麼似的，不敢在旁邊觀看，三腳兩步，跑到門前大樹之下，一挨身坐了下來，頭昏目眩，心腹脹悶，險些兒暈絕在地。幸得一陣涼風沁入心骨，方才悠悠地嘆了一口氣，神志慢慢地清爽過來，心內只惦念著鐵木真，不知被他們搜出沒有，好似七八個吊桶，在胸中上下不定。

過了一會，只見她父親領了許多人從門內走出，合答安留神瞧看，見鐵木真並未被獲，方才放下了心。又見父親向她說道：「合答安，你坐在這裡麼？家中沒有人，快回去照料門戶要緊。」說著同了眾人自去。

合答安待他們走了，如飛地跑入家中，來到羊毛車前，低低地叫喚。鐵木真

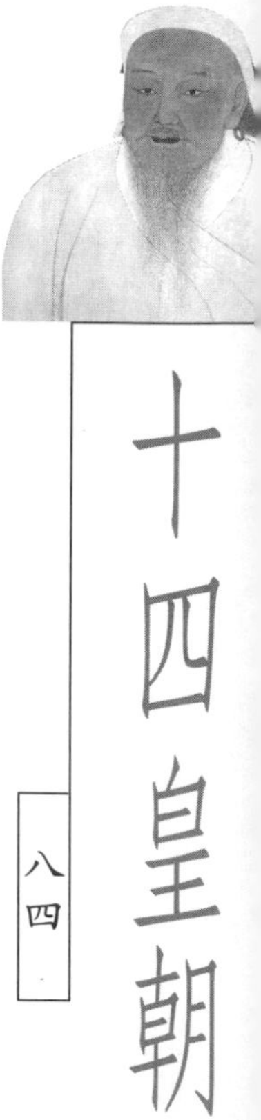

在內藏著，聽清楚了是合答安的聲音，方才敢答應出來。

合答安輕輕地寬慰他道：「那些人已經去了，你可放心在車內躲避一會兒。此時尚在白天，恐怕有人撞來，不便放你出外，等到晚上再說罷。」

鐵木真答應了幾聲，合答安怕有人前來，看出破綻，只得撇下了鐵木真，自去支應著門戶。

到了晚上，鎖兒罕失刺父子三人回轉家中，命合答安掩上了門，從羊毛車中放出了鐵木真。

鎖兒罕失刺向他說道：「今天好險啊！要不是我應答得快，早已被他們查抄出來了。部眾都說你帶了刑具，逃走不遠，四下裡又有人把守住了，插翅也飛逃不去，必是自己部中有人將你藏匿在家。所以昨天會議了一夜，定下這挨戶查抄的法子。今天一早，便派定了人，一家一家地搜尋。我知你在車裡熱得難受，必定出外透氣，所以命沈白預先趕回關照你們。現在雖然躲過了一陣狂風暴雨，但部眾因為找不著你，還不肯甘休，恐怕還有第二次的搜檢，到那時就萬難避免了。為今之計，只有打發你連夜逃出境界，回歸家中，方免兩敗俱傷。」

說到這裡，合答安忍不住插口說道：「阿爹不是說四面要道俱有人把守了，插翅也飛逃不去麼？如今要打發鐵木真回去，如何能逃得脫呢？」

鎖兒罕失剌道：「我早已預備下了那東面這一路，乃是派你兩個哥哥在那裡把守的，鐵木真只要向那一路行去，雖然離他的家遠一點，要繞些道兒，但在危急之中，只要逃得出去，也顧不得多走道路了。」

說到這裡，便向沈白、赤老溫道：「你二人可先往那裡，穩住了伴當，我料理鐵木真前來，這是最要緊的一著，不可有誤。」

沈白兄弟應聲而去。鎖兒罕失剌便去取出了一張弓，兩支箭，並將自己的一匹甘草黃馬牽了出來，送於鐵木真乘坐，道：「你有了這副腳力，又有弓箭防身，盡可以放心前行，回轉家去了。」

合答安雖然捨不得鐵木真回去，但在性命呼吸之際，也是沒有法兒，早已自作主張，去蒸了一個羊羔和擠現成的一皮筒馬乳，替鐵木真繫在馬鞍韂上，預備途中充饑。

鐵木真向鎖兒罕失剌拜了幾拜，又向合答安作了個揖，說道：「你老人家和姐姐救命之德，我鐵木真沒齒不忘，將來報答恩義，唯力是視。」說罷，灑淚而別，跨上馬背，向合答安道：「姐姐保重，我去了，再圖後會罷。」遂即揚鞭催

馬，依著鎖兒罕失剌指示的路徑，向前行去。

合答安見鐵木真已去，幾乎哭出聲來，只得拭著淚，同了父親回入裡面，暗中思念著鐵木真。

單說鐵木真離別了鎖兒罕失剌父女，一路奔去。幸得天上微微地現出星光，不致走錯了方向。行了一回，見前面有個人影一閃，迎到馬前，低低說道：「來了麼？」

鐵木真仔細辨認，方知是赤老溫，也輕聲答道：「來了。」

赤老溫道：「所有伴當已被我哥哥約在那裡喝酒，正喝得高興，可以乘此逃出界去，快隨我來。」當即在前引路。

鐵木真隨著他，行抵界口，赤老溫道：「由此一直前進，便可到別帖兒山，再繞過豁兒出灰山，就到你家中了，一路保重為要。」

鐵木真低低地謝了一聲，拍馬前行。此時歸心如箭，恨不能一步跨到家中和母親弟妹見面。

不過一夜工夫，便已趕過了別帖兒山，行到豁兒出灰山的下面。忽聽樹林裡面有人高聲喊道：「好了！好了！那不是他來了麼？」

鐵木真原恐遇見歹人，慌忙勒馬觀望，仔細打量，乃是別勒古台與合撒兒兩個人，迎上前來說道：「哥哥回來了，去了這幾時沒有把母親急壞，每日同了哥弟們來此盼望，好容易盼著哥哥回來，快去見母親罷。」

鐵木真問道：「母親現在哪裡？」

合撒兒用手一指道：「那邊不是麼？」

鐵木真看時，果見訶額侖在那山南，慌忙下馬，跑上前去，母子相見，抱頭大哭。

哭了一會，訶額侖問他怎樣保住性命，脫身歸來，鐵木真把經過的情形一一告知。

訶額侖以手回額道：「這多是上蒼的呵護與你父的陰靈默佑，才能夠逢凶化吉，遇難呈祥，母子重會，家人團聚。你從此以後，更要和睦兄弟，竭力振作，繼承你父的餘緒，光復固有的基業，報復泰赤烏人欺負我們的仇恨，方不虛生人世。」

鐵木真聞了母親的訓言，連聲應是。當下領了弟妹，侍奉著母親，沿路來到不兒罕山下，相度地勢，向訶額侖道：「這裡的形勢險要，比我們從前的居處高

得多了。我們那舊居，逼近泰赤烏部，時常受他們的騷擾，不如棄了那裡，遷移到此地來居住罷。」

訶額侖也以為然，遂將所有的幾匹馬和應用的什物搬移了來。鐵木真自與合撒兒、別勒古台砍了許多樹木，在桑沽兒河畔支營居住。

原來這不兒罕山裡，有一座極峻險的高嶺，名為古連勒古嶺，嶺下便有一條河，盤迴屈折，水波清澈，中多魚蝦水族，喚作桑沽兒河。內中又有個青海子，貔狸甚多，其形如鼠，肉味異常甘美。鐵木真同了兄弟每天放馬射獵，甚為自由。那也速該曾有八匹好馬遺留下來，都長得十分雄駿，鐵木真不勝愛惜，朝夕餵飼，甚為當心。

這一天，別勒古台騎了匹老馬出外射獵，家中馬房內忽然來了一大群強人，將八匹馬盡行劫去。鐵木真獨自一人在家，孤掌難鳴，不敢和強人爭奪。等到天色將晚，別勒古台打了許多貔狸，放在馬鞍上，笑嘻嘻地走將回來，鐵木真即將馬匹被劫的事告訴了他。別勒古台立刻要去追趕。

合撒兒道：「你打了一天的獵，已經很辛苦了，讓我去罷。」

鐵木真道：「我因沒有人守家，不然早就追去了。現在你們回來，家中可以放心，自然還是我去追去了。」一面說，一面跨上那匹老馬，攜弓懸箭，沿著蹄跡，追尋下去。

疾行了一日一夜，直至天色黎明的時候，經過一處草地，見個青年在那裡擠馬乳，面目之間現出一股英氣，鐵木真一眼瞥見，知道這個青年不比尋常，便上前拱手問道：「你可見有人牽了八匹好馬，走過此處麼？」

青年答道：「有的，在日光未出時，有群人趕了八匹馬，從此馳過。」

鐵木真道：「這八匹馬乃是我的，被強人劫來，我所以追趕到此。如今有了蹤跡，就不難尋覓了。」說著，謝了青年，要向前進。

青年忙止住他道：「我瞧你面上現出饑色，坐下的馬也已乏了，不如略略休息，飲點兒馬乳，我幫著你一同追去。」

鐵木真聞言，大喜過望，下了坐騎，在青年手內接過皮筒，飲了馬乳。青年即將擠馬乳的皮斗和皮筒都用草掩蓋好了，把鐵木真騎的老馬繫好，上了芻豆。牽過一匹黑脊白腹的馬給鐵木真乘坐，他自己卻跨上一匹黃馬，也不向家中關照，竟和鐵木真上道追趕。

兩人一先一後向前行走，鐵木真和他談心，問及姓名，青年說：「我父名喚

納忽伯顏，我名博爾朮，乃是孛端察兒的後裔。」

鐵木真道：「孛端察兒是我十世前的遠祖，我與你竟是同出一脈了。今天勞你幫我追趕馬匹，我心內甚是感激！」

博爾朮道：「四海之內皆兄弟也。旁人有了艱難的事情，理應幫忙，況且我與你又是同宗，更該效力了。」

兩人講著話，不知不覺走了三日，方見有個部落，外面有個很大的馬圈，被劫的八匹駿馬便拴在裡面。

鐵木真見了，對博爾朮道：「你在這裡等著，我去把馬牽來。」

博爾朮道：「我既與你同來，哪有任你獨自進取之理。」說著，把馬韁一拎，兩人相偕進去，把八匹馬一齊趕了出來，讓馬在前行走，兩人並著轡，斷後而走。

那邊有個看馬的人，遠遠地瞧見劫來的馬被人牽去，便拿了一根套馬竿趕向前來，口中喊道：「何處賊人，敢盜我馬，快快放下，饒你性命。」

鐵木真道：「他們劫了我的馬，我來追回，反說我們是賊人，盜他的馬，天下有這樣顛倒的事情麼？」

博爾朮道：「他已趕來，你快將弓箭給我，和他廝殺。」

鐵木真道：「為我的事情，哪有要你廝殺之理。你可趕著馬在頭裡走，待我把這廝射退。」

博爾朮答應了一聲，驅馬先行。鐵木真抽箭搭弓，立馬而待。不一會，追趕的人騎了一匹白馬大呼而來。

鐵木真待他走到分際，覷得較準，嗖的一聲，箭如流星一般，飛將出去，那人應弦而倒。鐵木真拍著馬趕上博爾朮，倍道而進，走了三晝夜工夫，方抵博爾朮的家中。

博爾朮的父親納忽伯顏因不見了博爾朮，心內著急，正在倚門盼望，瞧見博爾朮回來，流淚說道：「我單生你一人，為什麼遇到了朋友，便隨他同去，也不來通知一聲，使我在家著急呢？」

博爾朮用手指著鐵木真道：「我前天遇見了這個好伴當，他的馬被人劫了，一個人孤掌難鳴，所以幫他去追趕。事情緊急，不曾回家稟告，倒累你老人家著急了。」

鐵木真也忙滾鞍下馬，拜倒在地道：「郎君激於義憤，幫我追馬，未及通

知。今幸馬已追回，我願代他受責。」

納忽伯顏忙將鐵木真扶起道：「我因他不告而行，去了幾日，心中憂急，故有些言。今即好好地回來，我已歡喜得很，如何還責備他呢？」

鐵木真謝過了納忽伯顏，回顧博爾朮道：「我這馬要沒有你幫同尋覓，如何追得回來，我願與你平分此馬。」

博爾朮怫然道：「我因見你獨自一人，孤掌難鳴，所以願為效力，難道是羨慕你的馬麼？況我父親只生我一人，並無兄弟，將來把所有的家產傳給我，也盡夠使用了，我要這馬何用！」

鐵木真聽了這話，不便再言。

博爾朮把前天掩蓋在草內的皮筒、皮斗取了回來。鐵木真要作別歸去，博爾朮知他家中盼望，也不挽留，便去宰了一個羊羔，蒸熟了用皮包好，連著皮筒裡的馬乳，一併送於鐵木真，給他路上充饑。鐵木真接了過來，連連道謝，上馬起身。

納忽伯顏吩咐博爾朮送鐵木真一程，鐵木真謝辭道：「不敢勞累了。」納忽伯顏道：「你們兩人，同是一樣的青年，日後須要互相輔助，共建功勳，倘若得志，願毋相棄。」

鐵木真連聲應是。博爾朮代他牽了馬，在前徐行。鐵木真見他這樣誠懇，只得由他相送，彼此談談講講，走了數里路。鐵木真攔住了博爾朮，叫他不要再送。博爾朮向他說了聲珍重，握手而別。

鐵木真待博爾朮去後，便騰身上馬，連夜趕回家中。訶額侖等人，正因他去了多日，在家記念。忽聽得一陣馬蹄聲飛奔而來，別勒古台便跳將起來，往遠飛奔。訶額侖不知何故，只道又是仇人找了前來，不禁面目失色。

第七回　好幫手

訶額侖正同兒女們在家中懸念鐵木真，去了多日，不見回來，恐怕他凶多吉少。忽聽得遠遠的一陣馬蹄聲，向著自己的營帳而來。別勒古台疑有變故，突然立起身來，飛奔出外。

訶額侖也道是泰赤烏人又來尋仇，急得面目失色，手足無措，不知如何是好。誰知別勒古台重又奔進帳來，拍著掌跳躍說道：「哥哥回來了，馬也追回來了，並不是仇人前來尋釁。」

訶額侖聽了，這顆心才得放下，攜了合撒兒等一同出來。見鐵木真正將驅馬

向馬圈內去，一匹也沒有短少，心內自是歡喜。從此鐵木真奉著母親，攜了弟妹，在桑沽兒河安居了幾年。

訶額侖因鐵木真年紀已長，想起也速該在日，曾替他訂定德薛禪的女兒孛兒帖為妻。這幾年來，因為也速該亡故，泰赤烏人與自己為仇，弄得家事顛連，日在驚濤駭浪之中，不遑寧處，也提不到完娶的事情。

現在休養生息了幾年，沒有出什麼變故，家境漸覺充裕，鐵木真年紀又已長成，自然要料理他的婚姻大事了，便對鐵木真說道：「你定的德薛禪家的姻事，這幾年音信不通，現在彼此長大，應該畢姻。你可去找尋德薛禪親家，和他商議，擇吉成禮，也可了結一樁大事。」

鐵木真奉了母命，便要去找尋德薛禪，別勒古台起身說道：「哥哥一人前去，路上恐怕遇見仇家，我願相伴同行，以便沿途照應。」

訶額侖喜道：「有你同去，我便放心了。」鐵木真遂同了別勒古台，各人騎了一匹馬，帶了行糧，沿著克嚕漣河前去尋找。

一路之上，山水清幽，樹木暢茂，園景甚佳。兩人心中有事，也無暇去遊覽觀玩。

走了數日，到得德薛禪家裡。德薛禪迎著了女婿，十分欣喜，道：「我聽說你父死後，泰赤烏人與你為仇，我心中不勝憂急。仰賴上蒼默佑，沒有什麼禍患，今日得以相聚，真是大幸了。」一面說著，一面又和別勒古台敘了寒溫，吩咐設筵款待，席間又細細地盤問和泰赤烏人結仇的始末，鐵木真將歷受艱苦的情形，一一告知。

德薛禪嗟嘆了一會道：「從來說的，吃盡苦中苦，方為人上人。你弟兄從此脫去否運，同心戮力，共創事業，將來的後福，正未可量呢。」

鐵木真乘勢把奉母命前來找尋，欲要成婚的意思宛轉說明。

德薛禪道：「男大須婚，女大須嫁，乃是常理。你今日到來，便是好日子，盡可成婚，何必再選什麼吉期，耽延時間呢？」當下便喚自己的妻子出來相見，鐵木真兄弟連忙出席行禮。

德薛禪的妻子名壇搠，受過了禮，攜著鐵木真的手說道：「好幾年不見，已經長成得很是英發了。」又指著別勒古台問是何人。鐵木真說是異母兄弟。壇搠連連稱讚道：「也是個少年英雄，正可做你的幫手哩。」

兩人拱手稱謝。席散之後，當夜就料理鐵木真成親之事。孛兒帖打扮一新，

盈盈登堂與鐵木真交拜成親。又向德薛禪夫婦行過了禮，送入後帳。

鐵木真細看孛兒帖時，圓姿替月，潤臉羞花，很有一種堂皇富麗的氣象。孛兒帖看鐵木真時，見他燕頷虎額，身材雄壯，英挺異常。兩人心中很是滿意，遂即解帶寬衣，擁入幃中，互相繾綣，不必細表。

過了三朝，鐵木真原恐母親在家盼望，便與德薛禪商議，意欲攜婦回去。

德薛禪道：「你思親欲歸，我也不便強留，況我女既為你婦，也應歸去謁見姑嫜，我於明天親自送你們去就是了。」

鐵木真道：「一路之上，有別勒古台陪伴同行，並不寂寞，不敢勞動你老人家。」

壇搠道：「不是這樣說，我夫妻只有這個女兒，如今要遠別了，怎麼不要送她一程？就是我也預備送女前去，趁便和親家母相見，以後可以時常往來，探望我女。」

鐵木真見二老決意要去，不便阻擋，只得唯唯應命。

到了次日，備了車馬，一齊動身。到了克魯漣河，距離鐵木真家不遠，德薛禪便折行而回。壇搠直送女兒到家，與訶額侖相見，自有一番周旋，且命女兒行謁姑禮。

訶額侖見孛兒帖戴了高帽，穿著紅衣，亭亭玉立，楚楚風神，心內甚為歡喜。那孛兒帖遵照著蒙古俗禮，手中拿了羊尾油，對著灶叩過三個頭，便將油入灶燃著，名為祭灶，祭灶已畢，然後拜見姑嫜，行一跪一叩禮，待訶額侖受了半禮，方與合撒兒等平禮相見，各送一衣為贄。另有一件黑貂鼠襖，獻於訶額侖。行禮以後，訶額侖設筵款待壇搠和新婦。熱鬧了幾日，壇搠方才告辭回去。

那鐵木真內有孛兒帖佐理，外有別勒古台、合撒兒同心輔助，家業蒸蒸日上，從桑古兒河起，直到克嚕漣河，都結了營帳，歸他統轄。

鐵木真想起自己要擴基業，必須聯絡各處部落，互通聲氣，彼此扶助，方不致孤立無援，便去與訶額侖商議道：「當初克烈部為鄰部所侵，我父曾幫助他恢復舊土。克烈部的部長汪罕，與我父亦最為契合。我目下想去聯合他作為外援，只是沒有什麼珍貴之物，作為進見之禮。」

訶額侖道：「你現在基本未固，聯絡外援，乃是最要緊的事情。若要進見之禮，孛兒帖初來的時候，獻給我一件黑貂鼠襖兒，乃是很貴重的物品，我又不捨

得穿，擺在那裡，白糟塌了，你可拿去獻於汪罕，作為進見之禮罷。」

鐵木真便依了訶額侖的話，拿了黑貂鼠襖，攜著別勒古台，同去謁見汪罕，獻上黑貂襖道：「伯父與我父親交誼深厚，不啻異姓兄弟。我見了伯父，就如自己的伯叔一般。沒有什麼東西可孝敬，只有這件黑貂鼠襖兒，乃是我新娶的妻子見翁姑的贄儀，特地轉送與伯父，以作紀念。」

汪罕大喜，收了襖兒，詢問他兄弟的近狀。鐵木真將情形述了一遍。汪罕道：「你父死後，我常記念著你弟兄們。現在你已經散了的百姓，我當替你收攏來，已經離去的人心，我當替你挽回來。你可去告訴你母親，不用擔著憂慮，我總竭力幫扶你的。」

鐵木真忙叩頭稱謝。在汪罕處盤桓數日，臨行時，汪罕也送他弟兄贐儀。回轉家中，將汪罕款待的情形，並允許幫忙的話，告知訶額侖。

大家正在歡喜，忽有一個女僕現出慌張之色，走來報告道：「不好了，不知哪裡來的許多人馬，一直殺來。那呼喊的聲音震動天地，離此已經不遠，快快躲避。」

鐵木真聞報道：「這又是泰赤烏人前來尋仇了，我們一時大意，沒有防備，不能抵禦，只得暫時躲避，免遭凶鋒。」忙命兄弟奉了訶額侖，乘馬速行。又叫妻子孛兒帖與報信的僕婦同坐一車，齊向不兒罕山上去躲避。

剛才出得帳來，敵人已蜂擁而至。鐵木真心內甚是慌張，忙與別勒古台、合撒兒，保護了母妹，奔上山去。

那孛兒帖的車兒行動略慢，已經離得遠了。便被敵人趕上，高聲喝問道：「鐵木真現在哪裡？」

女僕戰戰兢兢地答道：「鐵木真從後面逃走，我不知道往什麼地方去的。」這隊敵人便向前面去了。

這個女僕，名喚豁阿臣，她要緊趕路，嫌這駕車的牛兒走得太慢，接連打了幾鞭，牛發起性來，往來奔竄，把車軸又奔折了。豁阿臣沒有法兒，要想扶了孛兒帖下車，步行上山。忽地又來了一隊敵人，把別勒古台的生母也擄了來，綁著馱在馬上。見了牛車，便喝問車中載著何人。

豁阿臣抖著說道：「就只我一人，車中滿載著羊毛。」

那為首的便喝令搜查，將車門揭開一看，見裡面坐著個年輕少婦，不禁笑著說道：「好個柔軟的羊毛。」

那為首的趨上一看，說道：「這必是鐵木真的妻子，今天前來，雖不能得他全家，擄了他妻子去，也報得他父親劫奪訶額侖的仇恨了。」說著，便命將孛兒帖拖下車來，連豁阿臣一同馱在馬上，呼嘯一聲，又趕上前搜羅了一番，見鐵木真逃匿得無影無蹤，便喧嚷著道：「奪我訶額侖的怨恨，至今未忘，只恨鐵木真那廝逃去了，無從拿獲。現在擄了他的妻子，也算報了一半仇恨了。」一面喊著，一面下山而去。

那鐵木真聽了這喊聲，更加不敢出外。藏在叢林裡面，歇了一宿。次日，打發別勒古台下山探聽，回說敵人已去，鐵木真還不敢外出，直在山中躲了三天，探得敵人已是去遠，方才與訶額侖等騎馬下山。

到了山下，搥胸頓足哭著向不兒罕山說道：「我全賴山靈呵護，沒被敵人搜獲，以後當時常祭祀，以報大德。就是我的子孫，也應永遠奉祀，不可忘記。」一面祝禱，一面跪將下去，拜了九次，又奠了馬乳，方才率眾回去。

原來這次的變故，並非泰赤烏人，乃是蔑里吉部前來報仇的。因為鐵木真的母親訶額侖，本是蔑里吉人客赤烈都的妻子。也速該在斡難河畔射獵，見她生得美貌，便硬行奪來為妻。客赤烈都逃得性命，回到部中，打聽得訶額侖已嫁與也速該，他念念不忘此仇。只因他在蔑里吉部中沒有實權，所以忍耐住了。現在，蔑里吉部換了新部長，客赤烈都頗得部長的信任，方才糾眾前來報仇，劫了孛兒帖去。

鐵木真回到家內不見了妻子，如鳥失侶，如獸離群，心內不勝悽惶，立誓要把孛兒帖尋找回來。但是自己的力量不足，恐怕敵不過蔑里吉人。思來想去，別無他法，只有往克烈部去，懇求汪罕幫助。

主意既定，到了次日，帶著合撒兒、別勒古台，兼程趕至克烈部，入見汪罕，哭拜於地，汪罕忙問他何事如此悲傷。鐵木真把蔑里吉前來侵擾，擄去妻子的話，說了一遍，又叩頭求汪罕幫助。

汪罕道：「你前次送我黑貂鼠襖時，我曾允許幫助你，現在既有此事，我誓必助你滅了蔑里吉部，奪還你的妻子。你可奉了我命，去通知札木合，他在喀爾喀河上流結帳居住，傳我的話，叫他起二萬人馬做你的左臂。那札木合，本來與你是同族，又有我的命令前去，決不致於推辭的。我這裡也起二萬人馬，做你的右臂，左右夾攻，又有你居中策應，不愁蔑里吉人不滅，你的妻子不還。」

鐵木真叩謝而出，向合撒兒說道：「札木合是我們的尊長，幼時曾與我在一

處作伴，且和汪罕是鄰好，此去求他救援，必定肯來幫忙的。」

合撒兒道：「既是如此，我願意前去一行。」說畢，飛身上馬，竟奔喀爾喀河去了。

鐵木真又對別勒古台道：「我這番興師動眾，不把蔑里吉部掃蕩淨盡，決不甘休！博爾朮為人忠誠可靠，武藝超群，乃是一員大將，你可去邀他前來，做我的幫手。」別勒古台應聲而去。

鐵木真獨自回家，部署一切。

不上兩日，別勒古台已同了博爾朮趕將回來。鐵木真很是歡喜。恰巧合撒兒亦從喀爾喀河到來，鐵木真忙問札木合那裡事情如何。合撒兒道：「札木合已允起兵兩萬，約汪罕和我兄弟們在不兒罕山相會。」

鐵木真道：「既是如此，須要去通報汪罕一聲，免得彼此不曾接頭，誤了日期。」

合撒兒道：「我回來之時，已順便到克烈部通知汪罕了。他的大兵也即日就到，諒不至於誤期的。」

鐵木真大喜道：「你能有這般見識，真是我的好幫手。倘若孛兒帖能夠重新歸來，我夫婦當向你叩頭拜謝。」

合撒兒道：「自己兄弟，理應幫助，何言叩謝？況且兄嫂也沒有拜弟叔的道理，我是不敢當的。」

鐵木真便整頓器械，同了合撒兒、別勒古台、博爾朮一齊來至不兒罕山下。等候了一夜，次日便見北方旗幟飄揚，刀槍鮮明，直向不兒罕山而來。鐵木真知是札木合的人馬，連忙率眾上前歡迎。兩下會見，敘了舊情，甚為歡樂。只是汪罕的人馬不見到來。

過了兩日，還是杳無蹤影，鐵木真心下焦灼異常。

到了第三日午間，方見有一大隊人馬奔向不兒罕山這邊來。札木合遠遠望見，恐有敵人前來暗襲，即令軍士整械，立陣以待。那邊的人馬，也持著鋒刃，一步一步地逼上前來。及至相去不遠，方瞧出是克烈部的人馬，汪罕躍馬而出。

札木合剛才見面，便高聲嚷道：「咱們相交，全仗的是信義二字，我與你定了日期，就該如期而至，你因何遲了三日方才到來？」

汪罕道：「我因有些小事，所以遲延，並非有意誤約，你休要錯會意了。」

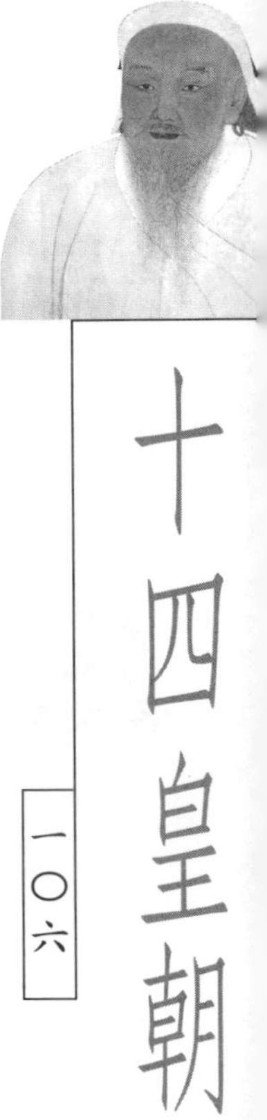

札木合道：「咱們說話，就和宣誓一般，你既誤期，便應加罰。」

汪罕聞言，很是不悅道：「你要加罰，如何罰法，聽你的便罷。」

鐵木真見兩家說話不甚投機，恐怕鬧決裂了與自己的事情有礙，忙從旁調停，兩家方重歸於好，當下三家會合著商議進兵的計畫。

札木合首先開口道：「蔑里吉共分三部，散居各地，一部在布拉克地方，部長是脫黑脫阿；一部在斡兒察河，部長是歹亦兀孫；一部在合剌只曠野，部長是合阿台答兒馬剌。脫黑脫阿乃是新立的站長，客赤烈都便是他的兄弟。這次前來報復，必是布拉克地方的蔑里吉人。這座不兒罕山背後的查布拉克卡倫，便是他們屯駐之所，我們只要潛師前進，越過山去，攻其不備，將他們擄掠個乾淨，豈不爽快麼？」

汪罕道：「既是這樣，我們盡可在夜間動手，趁他們在睡夢之中，不能抵抗，何難將他們一齊殺盡呢？」

鐵木真聽了，連稱：「好計，好計！」

第八回　人心歸附

鐵木真聽了札木合、汪罕兩人的言語，禁不住拍手讚道：「好計！好計！就是這樣行去，我兄弟願為前鋒。」遂即整頓馬匹，預備兵刃。

到了夜間，鐵木真弟兄三人同了博爾朮當先登山，後面大隊人馬一齊跟隨而進。來至布拉克卡倫，一聲吆喝，突然殺入，將帳內所有的人，不論男女，盡行拿去。

到了天明，檢查俘虜，只不見了脫黑脫阿，連孛兒帖也不見在內。

鐵木真這一急非同小可，連忙提了俘虜前來詢問，有人說道：「脫黑脫阿打

聽得有兵馬在巴兒罕山前駐紮，料知是前來報仇的，連夜趕往歹亦兀孫那裡求救去了。」

鐵木真又問道：「你可知我的妻子孛兒帖在什麼地方麼？」

那人道：「孛兒帖是你的妻子麼？前天劫了她來，原為的是替客赤烈都報仇的。只因客赤烈都患病死了，打算與他的兄弟赤勒格兒為妻。」

鐵木真聞言大驚道：「已經成了親事麼？」

那人答道：「還總算好，並沒成親。」

鐵木真道：「現在這孛兒帖呢？」

那人道：「慌亂這際，諒必雜在人叢裡逃走去了。」

鐵木真忙忙地跨了馬，自去尋覓。

沿路上遇見逃難的婦女，便細心辨認，覓了多時，並沒有孛兒帖的蹤跡，心內十分焦急，暗中想道：「我找尋了這許多路，還是不見孛兒帖，莫非她已死了？要是真個遭了不幸，我豈不枉費了這番心機麼？」想到這裡，不禁一陣心酸，淚流如雨。

正在立馬悲傷之際，忽然有個蓬頭跣足的婦女，扯住了自己的馬韁繩，鐵木真問道：「你是何人？因甚扯住了我的馬，阻止前進？」

那婦女道：「小主人，你難道不認識我麼？我便是豁阿臣呢。」

鐵木真方才知道她就是和孛兒帖一同被擄的豁阿臣，連忙問道：「你既在此，孛兒帖如何不見呢？」

豁阿臣道：「我們兩人本來一同逃走的，忽然被人衝散了。」

鐵木真急道：「不見孛兒帖，如何是好？」

豁阿臣道：「剛才散離，去必不遠，想來總在左近，只要留心尋找，自然找得著的。」

鐵木真遂同了豁阿臣向前找去，且尋且喊，來至一條河畔，有個婦人臨流哭泣，豁阿臣指著說道：「那個哭泣的，不是孛兒帖麼？」

鐵木真忙飛馬上前，翻身跳下，舉目一看，正是自己念念不忘的孛兒帖，便執住了她的手道：「孛兒帖，你受了苦了。」

孛兒帖見了自己的丈夫，心下大喜，回想起被擄的苦楚，又不禁淚落不已。

鐵木真見了，也落下淚來，口內說道：「今已團圓，不必傷心了，快回去罷。」一面說著，牽過馬來，將孛兒帖扶上了馬，自己與豁阿臣步行相隨，回轉

營帳內。

此時汪罕和札木合的兩路人馬已分頭進行，先到斡兒察河去捉歹亦兀孫。不料他已與脫黑脫阿逃走去了，僅將子女、牲畜擄劫一空。

進入合剌只地方，合阿台答兒馬剌剛才得了訊息，要想挈眷逃走。不期兩軍掩至，束手成擒，所有家屬也都捆綁而行。到了營內，恰巧鐵木真找得孛兒帖回來，大願已遂，即欲班師回去。

那別勒古台忽然頓足號哭起來，鐵木真見了，方才記起他的生母也被蔑里吉人擄來，自己因找尋孛兒帖，竟忘記了。此時見別勒古台大聲號哭，方才省悟，連忙安慰別勒古台，重新駐下人馬，令別勒古台率領部眾，到處找尋。

直到晚間，有人報稱，東面營房內有個婦人哭泣，不知可是。別勒古台連忙跑去觀看，哪知他從右首入去，他母親已從左首出外，向人說道：「聽說我的兒子前來尋我，我卻在此配了歹人，有何面目再見我子？」說罷，走入森林，解帶自縊而死。

等得別勒古台聞信趕來，早已氣絕了。別勒古台撫屍大哭，便在當地掩埋了。因為母親係蔑里吉人所害，走出林來，遇見蔑里吉人，動手就殺。又追究當初到不兒罕山擄掠的人，盡行屠戮，連他們的妻女也不放過。

當下鐵木真與汪罕、札木合商議，將所得的子女、牲畜，器械財物，作為三股勻分。鐵木真除得了一份擄得的東西以外，還在空屋裡得了一個五歲的孩子，名喚曲出。

鐵木真見他面目齊正，衣履清潔，甚是喜愛。便帶了回來，向他說道：「你就做了我的養子罷。」

曲出生性聰明，聽了這話，立刻拜倒在地，呼鐵木真為父，孛兒帖為母，這便是四養子之一，後來勇武絕倫，立下許多戰功，為元代開國名將。乃是後話，暫按不提。

單說鐵木真與札木合、汪罕等率部回去，行到忽勒兒答合崖前，札木合見這地方形勢甚好，便向鐵木真道：「我與你自幼相伴，互相親愛，曾記有一次擊髀石為戲，我給了你一塊狍子髀石，你給了我一個銅子髀石。此事雖隔多年，你我的交情仍應如故。現在這個地方很是幽靜，我就在此下營，你把母親弟妹接了前來一同居住，豈不很好麼？」

鐵木真欣然允諾，便去接了訶額侖等，一同前來。汪罕遂即辭別了札木合、

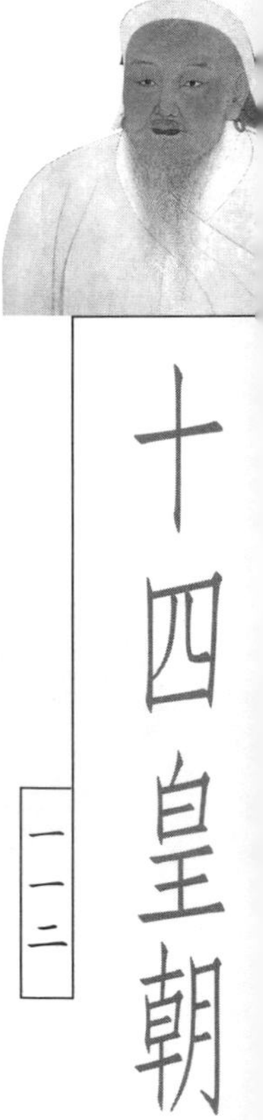

鐵木真，率軍回部。從此，鐵木真和札木合同住在忽勒答兒崖前，每日相偕遊獵，甚為親愛。

過了一年有餘，正當夏季，草木暢茂，濃蔭匝合。兩人並轡出遊，越山過嶺，到了最高的一重山嵐之上。立定了馬，四下觀望。

札木合舉著手中的鞭兒，洋洋得意地說道：「我看這朔漠裡面，野獸雖多，可惜沒有絕大的貔貅。如果有了一頭，怕不把那羊兒羔兒吃個罄盡麼？」

鐵木真聽了，低頭不答。

到了晚間，回轉帳中，把札木合日間說的話，告訴訶額侖道：「他這幾句話，不知是何用意，竟令我一時無從回答。」

訶額侖尚未開口，孛兒帖已從旁說道：「我聞人言，札木合為人喜新厭故，反覆無常，他這兩句話，明明把自己比作貔貅，把咱們看同羔羊。咱們同他住了一年有餘，莫非已有厭棄之意？若再遷延下去，恐怕沒有良好的結果，不如趁著交情未絕的時候，好好地分手，為日後相見之地。」訶額侖點頭稱是。

鐵木真遂定了主意與札木合分手。次日便對他說道：「我母親思念舊居，意欲回去一行，我只得陪了母親前往。」

札木合道：「莫非我待你有不到之處？故欲棄此他往麼？」

鐵木真忙道：「實因我母欲返舊帳，並無他意，你休要疑心。」

札木合道：「要去即去，我又安能勉強留你呢？」

鐵木真應聲辭出，遂即同了母妻弟妹，攜帶輜重，由間道遣返桑沽兒河。行到半路，遇見泰赤烏人，泰赤烏人見鐵木真率眾而來，疑他暗中來襲，貪夜拋棄營帳，逃走而去，撇下一個小兒，名喚闊闊出。

鐵木真見他生得眉目疏朗，頗具英氣，心中大喜道：「這個孩子，與曲出有些相像，就收作第二個養子罷。」

當下便將他交於訶額侖，和曲出一同撫養。回到桑沽兒河故帳裡面，略加部署，仍復安居。

其時部眾較前多起數倍，牲畜亦復蕃息，景象大不相同。鐵木真立意要趁此振作，建立一個絕大部落，終日裡招兵養馬，十分興旺。那前時見他窮蹇捨棄而去的人，也逐漸歸來。鐵木真為收拾人心之計，非但不念前愆，倒反加以優待。因此遠近聞風爭附，不到幾年功夫，鐵木真的部眾竟多至三四萬人，比較也速該在日還要興旺了。

他本是個胸懷大志的人，見人心歸附，更加招攜懷遠，舉賢任能，整理一新。部下的人見他辦理事情井井有條，十分心服，便大家商議，公推鐵木真為部長。

鐵木真做了部長，居然分職任事，命雪亦客禿、合答安合答都兒、汪古兒，這三個人專任司膳；迭該專司牧放羊群；古出沽兒修造車輛；朵歹管理家內人口；脫忽刺溫與赤勒古台、忽必來、合撒兒帶刀侍衛，合勒刺歹同別勒古台馭馬；察兀兒塔、阿兒該、塔該、速客該司應對；速別額台司兵戎；博爾朮為帳下總管。分職授事已畢，遂派遣答該、速客該去見汪罕；合撒兒、阿兒該往見札木合，報告大眾推戴己為部長的話。

汪罕得了這信，並沒什麼異言，只囑咐使人道：「你回去寄語鐵木真，他現在得意，休要忘了前時的恩德。」

札木合聞了使臣的報告，還記著中道分離的嫌隙，語言之間大加譏誚。合撒兒、阿兒該回部報告，鐵木真道：「任他如何，我總不去啟釁敗盟。如果他記念前嫌，要來生事，我也不肯讓他。這事須要預先防備，免得臨時措手不及才好。」

部眾聞言，哄然應命。當即整理器械，蒐簡士卒，預防不測。不上幾時，便在撒阿里左近，因為爭馬的事情，兩下傷了情分，鬧出戰禍來了。

原來撒阿里在蔑里吉部的西南，鐵木真的叔父拙赤便在那裡居住。他的部眾在野外牧馬，巧值札木合的兄弟禿台察兒率眾經過，一眼瞧見了許多馬匹，頓起貪心，居然吆喝眾人，一擁齊上，奪取馬匹。牧馬的人見來勢洶湧，不敢抵抗，逃回去報告了拙赤。

拙赤性情十分急躁，聽得自己的馬為人奪去，不禁氣憤填胸，匆匆地攜了弓箭，跨上馬背，也不帶伴當，獨自追去。

追趕了數十里路，天已停晚，見有一群人牽著自己的馬匹在前行走。深恐眾寡不敵，心生一計，悄悄地抽弓搭箭，將領頭的人射倒在地，發聲大喊。

在山谷之中，應聲很大，奪馬的人不知有多少人追來，又因拙赤射死的那人正是禿台察兒。沒了首領，更加不敢抵敵，慌忙棄了馬匹，四散奔去。

拙赤將馬趕回，也不問射死的是什麼人。禿台察兒的部眾奔了回去，報告札木合道：「鐵木真的伴當，無故將禿台察兒一箭射死。」

札木合聞報，大哭一場，切齒恨道：「鐵木真忘恩負義，我久已要剪除他。現在無緣無故令伴當射死我弟，此仇如何不服！」遂即遣使四出，約了塔塔兒部、泰赤烏部和鄰近與自己相好的部落，共十三部，合兵三萬，直向桑沽兒河而來。

鐵木真還沒有知道這個消息，幸虧部下有一個乞剌思種人，名叫孛徒，久已投奔了鐵木真，在帳下效力。孛徒的父親名喚捏坤，得了札木合會了十三部的人馬來攻的訊息，忙差木勒客脫、塔黑兩人飛奔報告。

鐵木真此時還在古連勒古山圍獵，聞得札木合興兵來犯，連夜趕回。把親族和部眾聚集起來，也有三萬人之數，分做十三翼，連訶額侖也戎服跨馬，跟隨兒子一同出征。

大軍行抵巴勒朱思地方，札木合的人馬已峰屯蟻聚，踴躍而來。鐵木真忙傳令各軍紮住陣腳，嚴防衝突。軍士奉令，方才站住，敵軍已雷掣風馳奔將前來。倉猝接戰，抵擋不住，只得且戰且卻。

敵軍銳氣方張，如何便肯罷手，一路追趕，直逼到斡難河邊。鐵木真率領各軍退進山谷裡面，堵住了谷口，敵人不能前進，才得罷戰。檢點部眾，已是死傷不少。

那札木合得了勝仗，收兵回營，便乘著一股銳氣，把附近各部落的部長都擒了來，責備他們不應該幫助鐵木真，立刻備了鐵鍋，將七十個部長一齊烹死。還有幾個，斷下了頭，拴在馬尾上，拖了回去。

在札木合自以為可以示威，哪裡知道各部落見他如此殘暴不仁，人人危懼起來，連他自己境內向來歸服他的部落，都一齊離心，帶了妻子來歸降鐵木真。

鐵木真見人心歸附，雖然暗暗歡喜，但是見了札木合的兵馬猛悍，不易抵禦，又不免憂慮。

博爾朮獻計道：「敵軍的銳氣方張，利在速戰，我軍萬勿與之角逐，深溝高壘，四面堅守，待他師老糧匱，各懷退志，我再縱兵掩擊，必可大獲全勝。」

鐵木真點頭稱善。便傳出命令，堅守營壘，不准接戰，妄動者斬。

札木合率兵討戰，鐵木真按兵不出，任你如何叫罵，只是不理。札木合遂即揮兵衝突，又被弓箭射退，幾次都是如此。札木合倒也無法可想。

胡俗行兵，素來不帶糧餉，全仗著沿途擄掠，並獵取些飛禽走獸，充作行糧。現在鐵木真用了博爾朮的計策。有意羈老敵軍，早把外面收拾罄盡。

札木合無從擄掠，軍士無可得食，便四散遊獵，各去覓取食物，終日在外，不歸營帳。

博爾朮登高瞭望，見敵人營中空虛，各出遊獵，遂即往見鐵木真道：「敵人已經解怠，正可乘勢掩擊。」鐵木真傳命各翼，一齊殺出。

那札木合正在帳中，忽聽一聲胡哨，敵人已大隊殺來，連忙傳命各營出兵抵禦，無奈部下四散出獵，一時哪裡集合得來，直急得札木合手足無措。那鐵木真早揮動部眾，如秋潮一般湧入營內，見人便殺，見馬便砍，銳不可擋，十二部的頭目也一齊不知所措。

哈答斤部、朵兒班部、散只兀部先是奔潰，各部見了，也相繼逃竄。便是札木合的部眾也為牽動，跟隨著各部潰走。札木合見情勢不佳，料知難以支持，慌忙跳上馬背，從後帳逃生而去。

札木合既走，全軍失了主腦，部眾更是慌亂，紛紛亂竄。鐵木真揮動全軍，大殺一陣，十三部的人馬被殺的不計其數。

鐵木真追趕了三十里，方才鳴金收軍。諸將皆來報功，除首級數千顆而外，尚有俘虜數千名。

鐵木真圓睜雙目，拍案喝道：「札木合曾將我鄰近的部長七十人盡行烹死，今天俘了他的部下，我也要報仇了，快去備了鼎鑊來。」

蒙古的風俗，本來最喜烹人，如今又替各部長報仇，更加高興。一聲令下，部眾早已如飛而去，也照札木合的樣子，備了七十只鐵鍋，將獸油傾入煮得沸了，把俘虜洗剝，一一投入，不到一刻，早已炸成焦炭，大家還拍手歡呼，不勝快樂。

第九回　決一雌雄

鐵木真烹罷了俘虜，遂即率領部眾，奏凱而回。從此鐵木真的聲威大振，附近的部落有布魯特、兀魯特兩族首先投誠。鐵木真受了兩部的投誠，心中很是高興，便率眾出獵。

行至西北境上，有泰赤烏部下的朱里耶人在那裡遊牧。隨從之人即向鐵木真道：「這些都是咱們的仇人，主人何不下令盡行捕戮呢？」

鐵木真道：「他又不來侵犯咱們，咱們去捕他做什麼呢？」

朱里耶人初時遇著鐵木真前來，心內也甚疑懼，恐他記著仇恨，要加殺害。

後來見鐵木真並無殺戮之意，便放大了膽，一齊挨近圍場，前來觀看。

鐵木真向他們問道：「你們因何到此？」

朱里耶人答道：「因為泰赤烏人待我們十分暴虐，不堪其苦，所以流離至此。」

鐵木真問道：「你們到此遊牧，有糧食麼？」

朱里耶人道：「糧食雖然有些，已經食盡。」

鐵木真又問道：「有營帳麼？」

朱里耶人道：「我們流離轉徙，困苦異常，如何還有營帳？」

鐵木真道：「既是如此，你們今夜可在我營帳內同宿，明日獵得野獸，我可分給你們。」

朱里耶人聽了這話，不勝歡躍。

當日天晚，鐵木真果然留他們宿在帳內，並且吩咐侍從之人不得虐待。

到了次日，獵得野獸，又分給他們。朱里耶人十分感激，齊聲喊道：「泰赤烏人無道，剝削我們，鐵木真衣人以衣，乘人以馬，是個有道的主子，不如棄了泰赤烏人，去投鐵木真去。」

這話傳揚開去，鎖兒罕失剌的第二個兒子赤老溫，第一個奔來歸附。鐵木真念他從前救命之德，款待甚厚。

又有勇士哲別，精於騎射，當巴勒朱思開戰的時候，哲別跟隨泰赤烏的部長布答出征，一箭射死了鐵木真的坐騎。鐵木真顛下地來，幾乎不免，幸得左右救援得快，方才保全性命。此時也因赤老溫的介紹，投奔鐵木真。

鐵木真非但不念他射馬之仇，反而推誠相待。這一來，鐵木真大度寬容，不念舊惡的聲名，更加播揚開去，鄰近的小部落陸續前來歸附的，日有數起。鐵木真甚是高興，便在斡難河邊大張盛筵，以示慶祝。

鐵木真有個從兄弟，名喚薛徹別吉，在巴勒朱思和札木合開戰的時候，也一同出征，立了戰功。所以這次賀筵，薛徹別吉也得預筵。便是薛徹別吉的兩個母親，大母忽兒真，次母也別該，也一同請來，與訶額侖同席飲酒。

司膳官失乞兒上前行酒，先奉了訶額侖的，次奉也別該的，再次方才奉於忽兒真。

哪知酒未獻上，已聽得撲塌一聲，失乞兒面上忽著了忽兒真一掌。失乞兒不知自己何處失禮，呆呆地望著。

只見忽兒真用手指著失乞兒的臉上，大聲叱道：「你何故諂奉那小娘，不先至我處行酒？」

失乞兒方知為遲獻了酒的緣故，心內忿忿不平，大哭而出。訶額侖默默無語。鐵木真連忙好言相勸，才得勉強終席。

誰知帳內的事方才過去，帳外又啟起釁來了。原來薛徹別吉帶來的從人，在帳外盜取馬韁，被別勒古台瞧見，將他拿下。薛徹別吉掌馬的人，名喚播里，忽然拔劍向別勒古台砍來。幸虧別勒古台躲閃得迅捷，雖未砍中頭顱，右肩已經著傷，血流不止。

別勒古台的侍從見了這樣情形，如何忍耐得住，一齊大喊道：「如此無禮，從速將他砍死。」

別勒古台反而勸阻道：「我傷未重，不可釁自我啟，且去通知他的主人，叫他來判別是非。」

正在說著，恰巧薛徹別吉聞信走來，他也不問是非曲直，倒豎雙眉，圓睜二目，向別勒古台大聲喝道：「你為何欺壓我的侍從？」這一來，把別勒古台的火性惹將上來，便折了一截樹枝，與薛徹別吉決鬥。薛徹別吉亦不稍讓，就地撿了一條木棍，和別勒古台酣鬥起來。

薛徹別吉鬥不過別勒古台，奪路逃去。別勒古台回轉帳內，又聞得忽兒真掌擊失乞兒的事情，愈加發怒，遂阻住了忽兒真，不准她回去。

正在紛爭之際，薛徹別吉已遣人前來議和，並接他兩個母親回去。鐵木真便對來使說道：「薛徹別吉既已知罪，我也不加苛求，你可同了他母回去，並傳諭薛徹別吉，我欲與金邦夾攻塔塔兒部，可叫他率兵來會，不得誤期。」使人奉命，與忽兒真、也別該兩人，相偕而去。

鐵木真一面預備起兵，一面守候薛徹別吉領兵前來。哪知守候了六日，還不見薛徹別吉到來，便率領部眾，逕自前去。

看官，你道鐵木真為何忽地和金邦夾攻起塔塔兒部來呢？只因探馬來報，金主因塔塔兒部長違抗了命令，差丞相完顏襄率兵征討。鐵木真聞報大喜道：「塔塔兒部害我祖父，大仇至今未報，我正要去找他，以報不共戴天之仇。現在金邦既然出兵討他，我乘勢率兵夾攻，不愁塔塔兒人不滅，我的大仇報不了。」

所以薛徹別吉令人來議和，鐵木真一口允許，放他兩母回去，並叫他率師

來會。

不料薛徹別吉為人異常詐偽，因為母親在鐵木真那裡，不得不屈己求和，接回他的兩母。兩母既歸，他還要與鐵木真啟釁，如何肯來替他效力。鐵木真待他不來，知道必有反覆，便帶了人馬，直至語勒札河，與金兵前後夾攻，破了塔塔兒部，殺死部長蔑古真，與金邦丞相完顏襄會見。

完顏襄道：「塔塔兒人無故背叛，所以奉旨北征。今幸得你率兵來助，殺了他的部酋。我當奏聞朝廷，授你為招討官，從此以後，你當歸附我朝，為我邦效力。」

鐵木真遂即答應。完顏襄班師回國。鐵木真送過了金邦丞相，重又來到塔塔兒部中，從帳內搜得一個銀搖車。車中臥著一個嬰孩，裹著繡金被褥，安眠在內。

鐵木真見他頭角崢嶸，面貌清秀，心內甚為喜愛，便交於左右，好好帶回，收作第三個養子，取名失吉忽禿忽，即便班師而回。一路之上，鞭敲金鐙，人唱凱歌，三軍之士，甚是興頭。

不料，薛徹別吉率了部眾，在途中守候，等大隊過去，竟由後面襲取輜重，殺死兵士十餘人，奪了衣服馬匹而去。

鐵木真得了這個訊息，禁不住大怒道：「前日在酒筵上面，他母親打了我的司膳官，又將別勒古台砍傷了，因其乃是同族，不與計較，命他率兵會攻塔塔兒，他又抗命不遵。現在竟敢襲我後隊，若不加以懲戒，各族效尤，那還了得？」遂即率軍攻入薛徹別吉帳中。

那薛徹別吉襲了後隊，知道鐵木真不肯甘休，定要前來征討，早已帶了家屬，逃走去了，只擄得他的部眾而歸。過了幾時，又領兵前去征討。薛徹別吉如何能夠抵擋？逃到迭列禿口，為追兵所及，擒了回來。

鐵木真歷數他的罪狀，把他斬首，並將其弟泰出勒一同殺死，總算赦了他的家族，不加誅戮。

薛徹別吉有個兒子，名喚博爾忽，生得甚是清秀，鐵木真很覺喜愛，又將他收為養子。連從前所收的曲出、闊闊出、失吉忽禿忽共是四個養子，一同撫養。

兵至半途，有札刺赤兒種人古溫豁阿，領了兒子前來投奔。其子名木華黎，智勇兼全，深得鐵木真信任，與赤老溫、博爾朮等，一樣優待。

那札木合自從被鐵木真殺敗後，回至部中，心內異常憤恨，思想與鐵木真

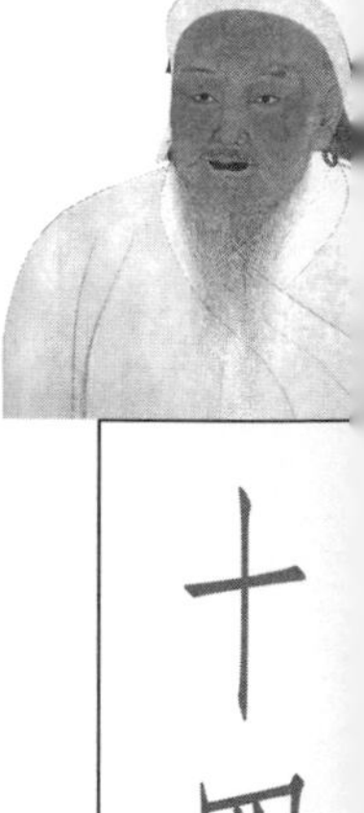

結下深仇，若不決一雌雄，如何甘服？但是自己的部眾，在巴勒朱思一戰之後，傷亡枕藉，不能再戰。平日歸附自己的部落，又因烹了推戴鐵木真的部長，一齊生了異心，叛離而去，現在要與鐵木真決鬥，唯有另外結合遠處的部落，以為援助。聞得乃蠻部，地方廣大，兵力雄厚，遂遣使納幣，約他會兵攻擊鐵木真。

這乃蠻部，在天山左近，部長太亦布哈受金邦封爵，稱為大王。胡人稱大王為汗，遂呼之為大王汗，蒙古人訛稱為太陽汗。太陽汗有個兄弟，名喚出古敦，與其兄分部而治，自稱不亦魯黑汗。札木合的使人前來陳述意見，太陽汗猶豫不定；不亦魯黑汗願意相助，遂發兵至乞失勒巴失海子。鐵木真已得探報，邀集了汪罕的兵馬，從間道潛師而進，襲擊不亦魯黑汗。不亦魯黑汗未及防備，突遭掩襲，全軍潰散。

鐵木真殺敗了不亦魯黑汗，威名愈大。鄰近的散只兀部、呆魯班部、哈答斤部、弘吉剌部，聞得鐵木真如此強盛，大家恐懼起來，便在阿雷泉地方開一大會，宰了一牛、一馬、一羊祭告天地，歃血為盟，大家聯絡起來，抗拒鐵木真，一部有警，各部齊來援救。札木合便利用這個機會，聯絡他們。遂由各部公議，推札木合為古兒汗。

這個消息傳了出去，泰赤烏部、蔑里吉部的部長，和乃蠻部的不亦魯黑汗，要想報怨，也來預會。

便是塔塔兒部，也另立了部長，趁著各部大會的時候連夜趕來。當下由札木合為盟主，在禿拉河畔與各部長對天宣誓，道：「五仿我等齊心協力，共擊鐵木真，倘或私洩機謀，及陰懷異志，將來如頹土斷木一般。」宣誓既畢，大家舉足踏岸，揮刀連林，作為警戒的榜樣。

當下議定，各出人馬，暗襲鐵木真的營帳。

不料有個豁羅剌思種人，名喚豁里歹，他是鐵木真的同族，連夜馳往告變。

鐵木真得了警報，一面戒備，一面去約汪罕，同擊札木合的聯軍。汪罕率兵來到克嚕漣河，鐵木真的人馬已經駐紮在那裡。出營迎接，兩下會見，共議軍情。

汪罕言道：「敵人潛師而來，必有謀詐，須多設哨探，免墜詭計。」

鐵木真道：「我已派阿勒壇等三人作為頭哨了。」

汪罕道：「你既派了頭哨，我亦應派人前去。」遂命其子桑昆為先行，率領

部眾，分頭偵探。

過了一宿，阿勒壇前來報告道：「敵人的兵馬，已至闊奕壇曠野了。」

鐵木真道：「闊奕壇與這裡相距非遙，我們須要前去迎戰，免得為他所蹙。」

汪罕道：「我派桑昆往哨，如何不來報告？」

阿勒壇道：「我來的時候，桑昆已率部兵膠去迎戰了。」

鐵木真急道：「桑昆恃勇躁進，恐為敵人所乘，我等快去救應要緊。」汪罕連聲稱是，遂領了兩部大軍，分頭疾進。

札木合已領了各部的人馬，整隊於闊奕壇曠野。乃蠻部酋不亦魯黑汗，自恃驍勇，充當前鋒。

卻值桑昆的部眾到來，不亦魯黑汗見他只有數百人，不覺笑道：「這幾個敵兵，還值得一掃麼？」

方要縱兵掩擊，忽然塵頭大起，汪罕與鐵木真的兩路大軍，已如風馳電掣而來，又不禁驚愕道：「我等欲乘其不備出兵襲取，他怎麼已經知道了呢？」

正在疑慮不定的時候，札木合的大軍已至，不亦魯黑汗忙去報告。

札木合有恃無恐，慢慢地說道：「不要緊，蔑里吉有個部將，名喚忽都，善能呼風喚雨，只要他作起法來，迷住了敵軍，我們就可乘勢掩殺了。」

不亦魯黑汗道：「這是一種巫術，我也能夠施行的。」

札木合大喜，遂即立成陣勢，命他們施行法術。

不亦魯黑汗同了忽都各取一盆淨水，從懷中掏出幾顆石子，大的好似雞蛋，小的僅如棋子，浸入水內，望著空中，默誦咒語，頃刻之間，天地昏暗，狂風大作，走石飛沙，那雨也隨著風勢打將下來。

札木合見法術應驗，心中大喜，忙整飭隊伍，預備衝殺。

鐵木真立馬陣前。忽見陰雲四布，霎時之間，天昏地暗，風雨驟至，不免有些驚慌，忙飭令部眾，嚴行守備，以防敵軍掩擊。

汪罕的部下見了這般行徑，便鼓噪起來。汪罕要想禁止，哪裡禁止得住。鐵木真恐自己的人馬為他牽動，十分著急，哪裡知道，在這個當兒，風勢忽然掉轉，吹著雨點，皆向札木合陣上打去。

札木合正在洋洋得意，不料有此變故，忙與不亦魯黑汗、忽都商議。兩人的本領，只能呼取風雨，卻不能驅使風雨，也是束手無策。鐵木真已乘著這個機會，揮動全軍，大呼殺上。

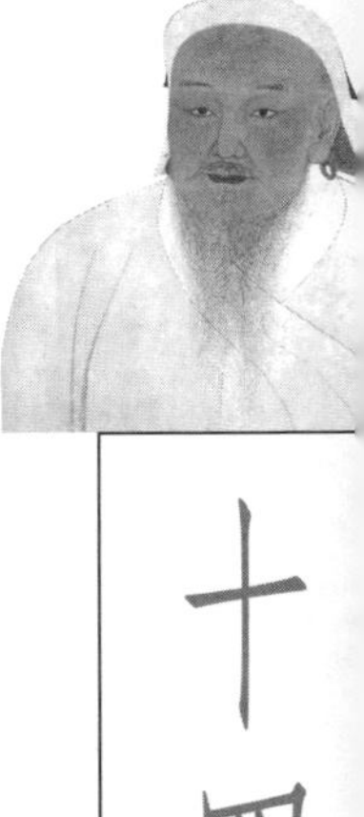

札木合見勢頭不佳，仰天嘆道：「老天，何故保佑鐵木真那廝，獨不保佑我呢？」

正在嘆息之際，只見自己的軍馬已紛紛倒退下來，料知禁止不住，只得撥馬返奔。各部的部長已是驚心蕩魄，如何還敢抵敵？大家一哄而逃，全軍大潰，自相踐踏，落澗墜河的不計其數。

鐵木真、汪罕催著兩路軍馬，大刀闊斧，如入無人之境，殺的殺，砍的砍，擒住的繩捆索綁，倒地的馬踏足踐。各部的人馬也不知死傷了多少，只剩幾個腿生得長，跑路迅速的，逃了性命，沒有做刀頭之鬼，總算是萬幸了。

獨有那泰赤烏部的部長阿兀出把阿禿兒，自知與鐵木真是仇人，恐怕他記著前恨，趕殺自己，當人馬奔潰的時候，他已領了部眾爭先逃出。偏偏被鐵木真一眼瞥見，仇人當面，分外眼明，便請汪罕追趕札木合，自己率兵追趕泰赤烏人。

阿禿兒走了一陣，見鐵木真緊追不捨，只得回兵迎戰。無奈部下已經喪膽，屢戰屢敗。只得棄了部兵，獨自逃回部中，起了全部之眾，來與鐵木真拚命。

鐵木真見他傾部而來，人馬眾多，倒也不敢輕敵，就地紮下營寨。次日開戰，不分勝負。

鐵木真急躁起來，怒馬而出，往來衝突，忽然一箭飛來，射中頸間，血流如注，勉強跑回營中，倒在榻上，昏暈過去。軍中倉惶無主，十分驚駭，大有支持不住之勢。

第十回　又得佳人

鐵木真頸間中了流矢，昏暈在營中，獨有者蔑一人在營內侍奉，用口吮去了淤血。直至半夜，鐵木真方才醒來，略略轉側道：「我的疼痛漸覺停止，但是異常口渴。」

者蔑忙安慰他道：「你且好好的睡眠一會，我去覓取馬乳，前來止渴。」遂即赤身而出，悄悄地步入敵人營內，在車箱中覓取馬乳。

誰知馬乳已盡，只有酪一桶在內，便提了回來。幸而往返均未為人知覺。又去尋了熱水，把酪調和了，奉於鐵木真。鐵木真旋飲旋渴，喝了三大碗，方才

停止，張開眼來，天色已經微明，翻身坐起。剛一低頭，那流出的血好似泥濘一般，擁在身旁，便向者蔑道：「你為何出此懶惰，吐遠一些不好麼？」

者蔑道：「我那時心慌意亂，又怕離開了你，生出旁的變故來，因此在你身旁遂吮遂吐，吐不及的就咽了下去。只怕我的肚裡還盛著你不少的血在內呢。」

鐵木真道：「你剛才到敵營中覓馬乳，為什麼赤身露體地跑去呢？倘若被他們擒住，我受了箭傷的事情，不要張揚出去麼？」

者蔑道：「我若被擒，就說主帥要殺我，扯脫了衣裳逃來的。那時敵人必然相信我的話，准我投降，再於暗中盜取馬匹逃回營來，不是仍和你在一處麼？」

鐵木真聽了他的話，連連點頭道：「我前次被蔑里吉人困在不兒罕山上，幸得你救我性命。這一次受了箭傷，你又代我吮去淤血，並往敵營盜得酪來，止我的渴，這樣的忠心，我決不忘記的，將來總有報酬。」

次日天明，鐵木真仍欲扶創出戰，正在披掛上馬，忽得探馬報告道：「敵人在天未明時就潰散了，只剩了些老弱婦女，不能行走的，還在營內。」

原來，蒙古風俗，以營為家，因此民與兵概無分別，酋長之強弱，即以民眾之多寡為標準。此時泰赤烏人自知敵不過鐵木真，全部潰散，所以把老弱婦女拋棄下來，鐵木真便把泰赤烏所有的牲畜營帳完全擄掠過來。

忽然間記起了鎖兒罕失剌父女救命之恩，現在不知何往，親自乘馬前去尋覓。

行至山間，猛聽得有一種嬌滴滴的聲音，喊著「鐵木真」三字，連忙四下觀看，見山頂上有個穿紅衣的女子，一面掩泣，一面喊著自己的名字，因為相距過遠，瞧不清楚是什麼人，便命人前去詢問，回來報告說：「是鎖兒罕失剌的女兒，名喚合答安。」

鐵木真聽得「合答安」三個字，好似青天裡落下寶貝來，連忙打馬，親自上山，到了她的跟前，見她丰姿豔然，比從前更覺得豐盈了，便攜著她的手問道：「你何故獨自一人在此哭喊？」

合答安道：「我的丈夫被軍人逐走了，遠遠地見一群人跨馬前來，疑心是你，所以喊出『鐵木真』三個字來，不料果然是你。」

鐵木真此時喜得心花怒放，忙叫人牽了一匹馬來，親自扶著合答安上馬，並

轡回營。

合答安一路行著，還央求鐵木真救她的丈夫。鐵木真滿口答應，下得山來，傳令部眾，就此紮營，一面暗差心腹去找到了合答安的丈夫，一刀殺死，一面吩咐預備上好的酒筵擺在後帳，要與合答安暢飲敘舊。

合答安因為有了丈夫，不好意思再陪鐵木真飲酒，只在他身旁立著，不肯入座。鐵木真見她若即若離、嬌媚如花的樣子，哪裡按捺得住！伸出猿臂，抱住她的纖腰，摟入懷中，要她坐在膝上。合答安掙扎不得，含著嬌羞，俯首無言。

鐵木真低聲說道：「我患難之中躲在你家，承你殷勤眷待，那一夜的恩情，你難道忘記了麼？臨行之時，還蒙你送至門前，十分悲傷。我那時心如刀割，本要向你父親懇求結為夫婦，無如我那時正在危急之時，艱險萬狀，就是自己已聘定的妻子也不知如何光景，哪裡還敢出口？現在我已做了部長，天賜良緣，與你重逢。這乃是前生的緣分，你心內休得遲疑。」

合答安聽了這一席話，想起前情，禁不住回眸一笑道：「那時的情形與現今不同，你尚未娶妻，我尚未有夫，現今你已有妻，我已有夫，如何還可以陪伴你呢？」

鐵木真道：「我為一部之主，多娶幾個妻子，算不得什麼。你的丈夫現在不知下落，尚未卜生死如何，有何妨礙？」

正在說著，帳外傳報進來，說是奉令找尋合答安的丈夫，他已被亂軍殺死。現已撿得屍首，掘土埋葬。合答安聽得此言，早已嗚嗚咽咽哭將起來。

鐵木真連忙好言安慰道：「你不必記念他了，人死不能復生，記念也是無用。如今你孤身隻影，正可與我做第二個夫人，乃是大喜之事，快休哭泣。」一面勸慰，一面親自替她拭淚。

合答安本來心愛鐵木真身材魁梧，相貌出眾，又做了一部之主，十分威武，更兼想著從前的舊情，哪有不願之理？不過因為自己另嫁了丈夫，一見之下，未便和他親暱，不得不做出一種含羞推卻的神情來。忽聞自己丈夫為亂軍所殺，又見鐵木真恩深義重地殷殷相勸。

從來說的，美人心腸最是狠毒，有了新歡，早已忘卻舊歡了，何況鐵木真還是她未嫁時的情人，本來心中念念不忘，有了這樣的機會，自然移舟就岸，止了哭泣，陪著鐵木真坐下飲酒。

鐵木真此時眼看名花，口飲旨酒，十分開懷，連進數觥，有了醉意，便和合答安攜手入幃，重拾舊歡，如魚得水，歡暢異常。

到了次日，合答安的父親鎖兒罕失剌也得了訊息，前來相見。鐵木真聽得鎖兒罕失剌已至，親自出帳相迎，含笑說道：「我從前戴的枷，還在你的家裡，難道你老人家忘懷了麼？為什麼到今日才來呢？」

鎖兒罕失剌道：「我哪裡會忘記呢？自你去了，我還日夜記念著。後來聽說你做了部長，很有威名，我對兒女們說：『鐵木真做了部長，咱們有倚仗了。』便命次子赤老溫先來投奔你。我自己不來的緣故，因恐泰赤烏人知道了，要殺我的家族，所以遲延到今日。」

鐵木真笑道：「我早知道你的意思了。現在既來我處，我總記念著前恩，力圖厚報，決不是那種負心人，請你放心罷！」

鎖兒罕失剌連連稱謝。鐵木真傳令拔寨起行，回到克嚕漣河畔，打聽汪罕的消息，方知札木合被汪罕的人馬所逼迫，窮蹙已極，遂投降了汪罕，汪罕逕自收兵回部去了。

鐵木真道：「他既納降札木合，收兵回去，因何不通知我呢？現在他已歸去，我也不必過問，且回去休息數日，再去征討塔塔兒，報復祖父之仇。」

過了幾時，鐵木真又發兵攻取塔塔兒部。臨行之時，頒佈了四條軍令。哪四條呢？

一、臨戰時不得專掠財物。

二、戰勝後亦不得貪財，俟部署既定，按功給賞。

三、軍馬進退，須遵命令，不奉命者斬。

四、軍馬既退後，再令前進，仍須力戰，有畏縮不前者斬。

這四條命令頒下之後，軍中肅然，壁壘整嚴。

塔塔兒部得了訊息，料知鐵木真這一次前來，必難倖免，但亦不甘束手待斃，遂糾集部眾決一死戰。所以鐵木真的兵馬既至，塔塔兒人能夠拒戰數次。無如塔塔兒人雖然拼命上前，總究眾寡不敵，被鐵木真連殺數陣，弄得一敗塗地，塔塔兒部長只得獨自逃去。

鐵木真追了一陣，已是無及，只得收軍回營。查得阿勒壇與火察兒、答力台三個人不遵軍律，縱令部下在戰勝之時劫掠財物。鐵木真大怒，命哲別、忽必來將三人傳至帳下，大聲斥責，申明軍法，推去斬首。諸將都跪在帳下，代

三人求情。

鐵木真道：「你三人都與我同出一族，我豈忍心加罪？但你們既公推我做了部長，立誓遵我號令，我若不加罰，便是徇私了。徇私的人何以服眾呢？現在既是諸將都替你們乞免，姑念初犯，加恩免死。你等從此應知悔過，立功贖罪。」又命哲別去把三人劫得的財物取來充公。

那阿勒壇乃忽都刺哈汗的次子，係鐵木真的叔父，火察兒是也速該的嫡侄，係鐵木真從弟，答力台是也速該胞弟，亦係鐵木真的叔父。當鐵木真做部長時，三人曾竭力推戴，因此他們自恃是至親，又有推戴之功，料想犯了軍令，鐵木真也不便把他們怎樣，遂令部下出外劫掠。哪知鐵木真執法無私，雖經諸將懇請，保全了生命，這場羞辱也就難受了。

當下鐵木真處置了阿勒壇等，便召集親族密議道：「塔塔兒人是我們的世仇，今幸戰勝了他，所有他部內的人，男子須盡行誅戮，婦女須充作奴隸，方可報仇雪恨。」眾親族聞言，一齊贊成此議。

散會出帳，有個塔塔兒人，名喚也客扯連，素與別勒古台相識，便問今日商議何事。別勒古台生性豪爽，並不隱瞞，竟將真情說出。也客扯連得了這個訊息，便匆匆地跑去，會集了塔塔兒人私議道：「我們總是一死，何不攻入他們的營帳，亂殺一陣，樂得和他們抵一抵。他們殺我十個，我們殺他一個，總算不白死了。」

當下商議定了，各人搶了一柄刀，大聲發喊，直向鐵木真的營寨撲殺將來。真是一夫拼命，萬夫莫當。塔塔兒人起了必死之心，自然奮力直前，見人便殺，遇馬便砍。又因事起倉猝，沒有防備，軍馬竟被他們殺傷不少。

塔塔兒人殺了一陣，便佔據了一處山寨，躲藏起來。鐵木真忙派了人馬四面圍困住了。塔塔兒人支持了三日，外無救應，內無糧草，自然被鐵木真攻破。所有塔塔兒人俱出外拼命。及至男子傷亡殆盡，剩下的皆是婦女，方才罷手。

這時鐵木真的部下又傷了許多。鐵木真查究出事的原因，乃是別勒古台洩漏的機密，不禁發怒，立命別勒古台去將也客扯連拿來治罪。

別勒古台奉命而去，查了半晌，不見也客扯連的蹤跡，料想已死在亂軍之中，便在他家內搜得一個女兒，帶來報告鐵木真。鐵木真向別勒古台道：「這次被你洩漏了一句話，累得人馬死傷無數，此後會議大事，你不准進帳預聞。」

別勒古台唯唯答應。鐵木真又道：「你帶來的那個女兒呢？」

別勒古台道：「現在帳外。」

鐵木真道：「可帶她入來。」

別勒古台便將這女子押入帳中。那女子雲鬟蓬鬆，衣裳顛倒，跪伏地上。

鐵木真怒喝道：「你父竊探軍機，陷害我無數人馬，他現雖已死，尚不足以蔽辜。你既是他的女兒，也應斬首，以償我軍馬之命。」

那女子聽了，戰戰兢兢地抖作一團，哪裡說得出話來，掙了半日，好容易掙出「饒命」二字。

哪知這兩個字一出女子之口，聽入鐵木真的耳內，好似鶯簧百囀，清澈異常。鐵木真聽了這樣的嬌喉，心已軟了一半，便道：「你想活命麼？可抬起頭來。」

那女子依言，將頭抬起。鐵木真見她翠蛾雙鎖，紅淚滿腮，好似雨後桃花，風前楊柳一般，那心快已是完全軟了，剛才的潑天怒氣，也不知拋向何處去了，反帶著笑向女子道：「你要活命，除非做我的妾婢。」

女子道：「如果蒙恩寬免一死，願為婢妾，以供奔走。」

鐵木真見她願充下陳，心中大喜，忙命人引她去後帳，重行梳洗。那女子奉命，退往後帳而去。

鐵木真又處置了幾件事情，方才命退眾人，自回後帳。那個女子已梳洗過了，更換衣服，前來迎接。

鐵木真見她裝束一新，與初來時一種驚惶恐怖的神情大不相同，竟是風韻楚楚，嫵媚異常，心中想道：「她的姿色，倒比我的妻妾還要高過數倍。」不覺十分憐惜。攜了她的手，柔聲問道：「你叫什麼名字？」

那女子道：「我名叫也速干。」鐵木真微笑說道：「好一個也速干，果然生得相貌動人。」

也速干聽了這話，嫣然一笑，面上現出十分嬌羞的樣子，那種神情便是鐵石人見了，也要銷魂蕩魄的，何況鐵木真是個好色貪花的人呢，當下拉她過來，並肩坐下道：「你父之罪，實在無可赦免，於今死在亂軍之中，你心內可懷怨我麼？」

也速干道：「妾得免罪，已屬感激萬分，何敢懷怨呢？」

鐵木真大喜道：「似你這般美貌，作為婢妾，豈不委屈，我當封你為妃。」也速干連忙叩頭拜謝。

鐵木真即命開筵，與也速干傳杯弄盞，十分暢懷。直至月落參橫，酒意醺

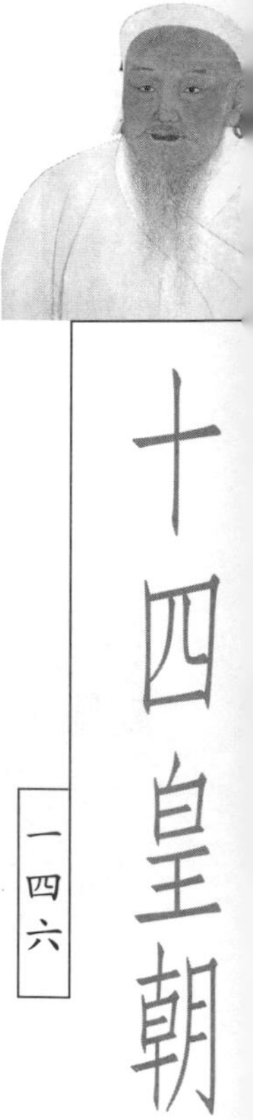

醺，方才撤去酒肴，相攜入寢。一夜風光，不必細表。

次日天明，也速干先行起身，對鏡理妝。鐵木真也從夢中醒來，披衣下床，走向妝臺之旁，看她梳妝。見她香雲委地，光可鑑人，蛾眉鳳目，映入鏡中，格外鮮妍，不覺呆呆出神，對定也速干不言不語，好似發了癡一般。

也速干見他這般行徑，不禁嗤地一笑道：「有什麼好看呢？值得如此出神。」

鐵木真道：「像你這般美貌，恐怕世間沒有第二個人可以比得上了，我怎麼不要細細地賞鑑呢？」

也速干道：「我算得什麼，我有個妹妹，真個出得花樣丰姿，玉樣精神，便是天上神仙，也不過如此。你若見了她，不知要瘋魔到什麼樣子了。」

鐵木真忙問道：「你的妹妹現在哪裡？」

第十一回　蒙古四傑

鐵木真問也速干的妹妹現在哪裡，也速干道：「她新近才嫁了丈夫，一雙兩好，恩愛得很，你已經有了這許多夫人，還生問她做什麼？難道眼前取樂的人還不夠，再要添上個麼？」

鐵木真涎著臉說道：「好人兒！你說了出來罷，我若得了你的妹妹，你姊妹們在一塊，又熱鬧，又親暱，豈不格外有興麼？」

也速干道：「她跟了丈夫，在紛亂之際，不知逃往哪裡去了。」

鐵木真道：「你妹妹叫什麼名字呢？」

也速干道：「她名喚也遂。」

鐵木真喜道：「既有名字，何難尋覓。」立刻出外，派了親卒前去尋也遂。那也遂正隨著她的丈夫逃在一處人跡罕到的山林裡，掩藏著不敢出外。不料鐵木真的親卒奉了命令四下找尋，找到了那個地方。

也遂的丈夫只道是來捉拿他的，連忙撇了也遂，逃走去了。那親卒便把也遂帶回，鐵木真見她果然生得如芙蓉出水，芍藥籠煙，那種輕盈婀娜的體態，倒比也速干嫵媚。鐵木真大喜道：「你可是也遂麼？」

也遂點頭道：「正是。」

鐵木真道：「你的姊姊現在我處，十分安樂，你可往後帳去和她會面，她很思念你哩。」

也遂遂到後帳，見了也速干，也速干便把自己的情形說了一遍，並勸也遂也在此處同享榮華。

也遂道：「我的丈夫被他們不知趕向什麼地方去了，我心內正在悲憤之至，況且我們一部的人都被他們殘殺，這個仇恨，永世難忘，如何反去嫁給他呢？」

也速干道：「你休記著那個仇恨，須知原是我們塔塔兒人不好，倘若從前不去陷害他的祖父，哪裡會有如今的報復呢？塔塔兒部此時已覆滅無遺，永無再興之望，他的威勢日甚一日，將來的富貴真是不可限量。你若嫁了他，自可安享尊榮，比到那亡國的人，不是有天淵之別麼？」

也遂答道：「他身為一部的部長，自然已有夫人，我如何做他的婢妾？」

也速干道：「他妻子果然已有兩個，你若肯永遠在此，我的位置情願讓給於你。」

也遂沉吟了一會道：「那個再商量罷。」

正在說著，鐵木真已從外面進來，帶笑說道：「真是好姊姊！連自己的位置也肯讓給妹妹，做妹妹的應該領姊姊的的盛情，還有什麼商量呢？」

也遂見了鐵木真，直驚得無地自容，連忙藏匿在也速干身後。誰知也速干非但不回護著她，反把也遂拉著，生生地送向鐵木真面前。鐵木真乘勢將她抱入懷內，也速干早已抽身出外。也遂此時，無可如何，只得順從了鐵木真。自此以後，鐵木真居然一箭雙鵰，將一對姊妹花左擁右抱起來。

那也速干果然不背前言，竟將自己的房間讓於也遂居住，她卻另外收拾一個房間住著，低首下心，很是殷勤。但是也遂跟了鐵木真，雖然安享榮華，十分快

樂，她總是惦念著前時的丈夫，悶悶不快。

時光迅速，轉眼之間又到了次年的春天。鐵木真在野外設筵，賞玩風景，自己高坐在上，眾妻妾環坐於下，也速干侍左，也遂侍右，互相捧巵進酒。部下的人民遇著這樣盛會，一齊前來瞻仰，人頭擠擠，好似排山一般，甚是熱鬧。

鐵木真見人物富庶，民眾蕃盛，心下好不歡喜。正在開懷暢飲的時候，忽見也遂一雙秋波似的美目，注視著人叢裡面，微微地發出一聲嬌嘆。鐵木真見了她的神情，心下不免動疑，頃刻生了一計，命木華黎傳令出去，所有在旁觀看的人，各歸部落，豎起旗來，一齊站立旗下觀看，不得雜亂。

這聲令下，頓時建立了大旗，部眾全部趨立旗下，寂靜無嘩，嚴肅異常。只剩了一個少年，生得甚是美貌，長身玉立，風度翩翩，目光灼灼，現出悽惶的顏色，無部可歸，立在那裡獨不動彈。

鐵木真問道：「你是何人？怎麼違我命令，不歸部落？」

那少年聞言，面上悽惶之色頓時而為怒容，昂昂地立在當地，高聲答道：「我非別人，乃是也遂的丈夫。你身為部長，不顧廉恥，既滅了我的部落，尚懷不足，又生生地將我愛妻也遂奪去，據為己妾。我因思念也遂，欲圖一見，雖死無憾。打聽得今日在此宴會，所以前來觀望。現在既已被你識破，我願已遂，聽憑你如何處置罷。」

鐵木真大怒道：「你是仇人的子孫，本應殺戮，暗中逃脫已屬僥倖，現今又敢偷窺宮闈，罪該萬死。」遂命左右推出斬首。

須臾之間，一顆血淋淋的首級，獻於筵前。也遂坐在筵上，原因見了丈夫，想起舊日的恩情，發了一聲嘆息，不意為了一聲嬌嘆，反送了前夫的性命，她心裡不勝悲傷，由不得掩面哭泣起來。

也速干恐她因此觸了鐵木真之怒，忙上前好言勸慰，也遂無可如何，也只得忍悲止淚。

筵散之後，鐵木真攜帶妻妾回帳，靜極思動，又想起了蔑里吉的部長脫黑脫阿，逃走之後，未能捕獲，便要興兵去征剿蔑里吉。忽有探馬來報，蔑里吉已由汪罕剿捕，逐去了脫黑脫阿，殺死他的長子，擄了他的妻妾並牲畜而回。

鐵木真聞報，默默無言，半晌道：「他出師並不通報我，得了牲畜子女，又不分遺我，顯係背棄盟約了。但汪罕是我的父輩，從前又有恩於我，這係小節，我也不去計較。現在我打算去攻乃蠻部的不亦魯黑汗，須要約他同往才是。」當

即遣使約汪罕一同出兵，汪罕聞信，遂即引兵來會。

探聽得不亦魯黑汗在額魯特地方，兩路大軍殺將前去。不亦魯黑汗聞得鐵木真、汪罕會兵而來，知道難以抵擋，遂即聞風而逃，奔過阿爾泰山去了。鐵木真還不肯放他，率兵窮追，擒得他的部將也的脫孛魯，詢問不亦魯黑汗的蹤跡，方知他已遠遁，只得收兵回來。

不料行至途中，有乃蠻的部將撖八刺、曲薛吾兩人，聚集了餘眾，突來掩擊。鐵木真便到汪罕軍中，約他一同迎戰。汪罕當面答應，此時天已傍晚，不便天戰，兩軍各歸營帳，嚴密防守。

到得次日，鐵木真整兵出戰，忽見汪罕帳上有鳥雀停止，不禁詫異道：「汪罕那邊，難道是個空營麼？如何有鳥雀停止在上呢？」急忙命人去探視，回來報告道：「汪罕營中，雖有燈火，帳下卻無一兵一卒。」

鐵木真道：「他必是率兵回去了，我與他一同出兵，他如今不別而行，我的軍心必為擾亂。此時不如暫退，待探聽得他因何退兵的情由，再出兵罷。」於是鐵木真也收兵而回。

看官，你道汪罕既答應鐵木真一同出戰，為何夜間又私自率兵回去呢？

原來札木合投降了汪罕，深得信任，他與鐵木真前嫌未消，不免在暗中挑撥，因此汪罕屢次背盟，幸虧得鐵木真絕不計較，只當沒有其事一般。這次鐵木真又約汪罕共擊不亦魯黑汗，不亦魯黑汗聞風而遁，札木合便向汪罕說道：「鐵木真為人貪心很重，現在要利用我們，所以與我們聯合，久後必為大患，萬萬不可幫助他了。」

桑昆亦在一旁說道：「札木合的話實在不錯，我瞧鐵木真的為人，和鷂鷹一般，饑則依人豢養，飽則就要颺去。我們出死力幫他，若到羽毛豐滿，便不可復制了。」

汪罕聽得這篇言詞，竟為所惑，也不通知鐵木真，連夜領兵回去，只剩了個空營在那裡。誰知汪罕的人馬退到半途，忽被乃蠻的曲薛吾追殺上來，不但把所有的輜重盡行失落，連他兒子桑昆的妻孥也被掠走。汪罕沒有法想，只得遣人來向鐵木真求救。

鐵木真雖恨汪罕拋棄自己逕行歸去，但是念著前情，不能坐視，便傳來使入帳，詢問詳情。來使進見，詳述被擄情形，並言汪罕雖已派了兵將追趕前去，恐怕難以取勝，聞得貴部有四員著名的勇將，請你速命四將與我同去。鐵木真不禁

微笑道：「前日棄我而去，今日如何又來求我呢？」

來使道：「前日誤聽人言，原是我部主一時之錯。如今貴部若肯派四將往救，我部主自然十分感激，永敦和好，雖有讒言，也不能入了。」

鐵木真道：「我與你部主的情誼，不亞於父子，現在他既有急難，自當命四傑隨你前去。」

來使稱謝。當下便命四傑帶兵與來使立刻登程。那四傑是什麼人呢？便是博爾朮、木華黎、博爾忽、赤老溫這四個人，在鐵木真帳下，驍勇善戰，且有智謀，所向披靡，因此號稱四傑。鐵木真視這四個人如同手足一般，汪罕久聞四人的聲名，所以這次求救，指明要四傑前去。

這四傑帶了人馬，行近阿爾泰山，聞得前面喊殺之聲震動天地，知道兩軍正在開戰，遂即登山瞭望，恰值汪罕的大軍被乃蠻的人馬殺敗，兵士們已是轍亂旗靡，四散奔逃，沒有抵抗的能力。

木華黎見勢已危迫，便和博爾朮等三人大喝一聲，驟馬下山，如飛風一般，前去救援。此時汪罕連喪了兩員良將，桑昆的戰馬也被射倒，跌下騎來，幾乎被擒，幸虧木華黎一騎突至，救了桑昆。赤老溫、博爾朮、博爾忽也奮勇爭先，好似四隻猛虎擾入羊群，頃刻之間，把乃蠻的人馬殺得大敗虧輸。曲薛吾支持不住，只得帶了些敗殘人馬落荒逃命。這一場大戰，非但反敗為勝，連桑昆的妻孥也救了出來，所有被掠去的輜重亦盡行奪回，交於桑昆。

桑昆回去報告汪罕，汪罕大喜道：「從前鐵木真的父親也速該，曾為我奪返侵地，現在鐵木真又差四將救我的危難，他父子的恩德，須要永遠記著，不可忘報。」遂即召四傑入帳，面加慰勞，各贈錦衣一襲，金爵十隻。

又長嘆說道：「我年已老，後日部下的人民，不知教誰人管領，我的兄弟又復無賴，只有兒子桑昆，也不是什麼大器。你們回去，可對鐵木真說，倘若不忘記兩代的交情，可與桑昆結為兄弟，視我如父，將來我死之後，兩下互相扶助，我也可以放心了。」

四傑唯唯答應，告辭回來，將汪罕的話一一告知鐵木真。鐵木真道：「我本來視他如父，他自己不肯視我如子，屢次背約，前日又棄我如遺。今既知恩悔過，要我和桑昆結為兄弟，我並沒什麼推辭，便答應他就是了。」立刻派人回報汪罕，約他在土兀剌河相會。

到了會期，鐵木真帶了隨從，到土兀剌赴會。汪罕已經在那裡等候，兩下相

見，鐵木真以父禮待汪罕，置酒高會，互相暢飲，彼此立下了盟誓道：「遇有敵人來犯，彼此互相抵禦；行獵打圍，彼此一同出馬；不可聽信讒言，必須對面晤談，方可相信。」立盟即畢，又和桑昆結為兄弟，執手而別。

過了幾時，鐵木真意欲聯絡雙方感情，令人去見汪罕，求他的女兒抄兒伯姬，為長子朮赤之妻，願把自己的長女火真別姬嫁於桑昆之子禿撒哈為室。汪罕倒沒有什麼不答應，獨有桑昆勃然不悅道：「我們家的女兒，朝南坐慣了，到了他家，好似立在門後一般。他家的女兒沒有見過世面，到了我家，怯手怯腳的，如何弄得來？這婚姻還是作罷的好。」

使人回來報告詳情，鐵木真不覺意懶心灰。

札木合本來要想離間鐵木真與汪罕的感情，以報前嫌，只因鐵木真與桑昆結為兄弟，認汪罕為義父，一時無從下手。現在見婚事不成，正可乘此機會構成兩家的嫌隙。便在暗中搬弄，打聽得阿勒壇、火察兒、答力台三人受了鐵木真的羞辱，心中十分懷恨，就與三人結聯一氣，勸他們棄了鐵木真，歸順汪罕。

汪罕也不思想剛才與鐵木真立盟，互相援助，如何可以受他的降人，見阿勒壇等來歸，居然收容下來。

札木合又去對桑昆說道：「鐵木真因你不肯答應婚事，心懷怨望，秘密與乃蠻使人往來，要想謀害汪罕。」

桑昆初時還不十分相信，禁不住札木合又引了阿勒壇等三個降人，前來證明鐵木真實有異心。這一來，由不得桑昆不深信他們的話了，便去面告汪罕道：「聞得鐵木真欲害我們，不如先發制人，將他除去，以絕後患。」

汪罕道：「鐵木真與我約為父子，如何忽生異心？若是果有此事，天也不肯佑他。旁人之言，也不可深信的。」

桑昆道：「鐵木真圖害我們，不僅札木合一人知道，連他部下來投降的阿勒壇等三人，也一口同音，都說鐵木真與乃蠻秘密往來，父親何故不信？」

汪罕道：「鐵木真屢次救我，我豈可負他？況我年已老，只要能夠安度餘生，不致顛簸，於願已足。你要幹，就任你自己幹去，只是須要幹得妥當方好。」

桑昆退出，與札木合等商成一計。差人去見鐵木真，說是汪罕願將女兒許給鐵木真長子朮赤，請他前去赴宴，面訂婚約。

鐵木真絕不疑心，只帶領十騎前來赴宴。行經明里也赤哥門前，這明里也赤

哥從前曾在鐵木真部下效力，現因告老還家，閒居林下。恰恰這日在門前站立，遇見鐵木真經過，便上前問候，請他入內暫憩。

鐵木真到了裡面，明里也赤哥問他意欲何往，鐵木真說出赴宴訂婚的原因，明里也赤哥道：「我聽得桑昆夜郎自大，不肯允許婚姻，現在忽有此舉，請主子赴宴訂婚，莫非其中有詐麼？」

這句話提醒了鐵木真，也不免生起疑心來，便道：「汪罕與我約為父子，我若不去，又恐招他嗔怪；冒昧赴約，亦屬險得很，這卻如何是好呢？」

第十二回　後顧之憂

鐵木真被明里也赤哥一言提醒，不禁躊躇道：「不去赴宴，又怕汪罕嗔怪，倘去赴宴，又恐桑昆不懷好意，這卻如何才好呢？」

明里也赤哥道：「這也並非難事，可遣人代主子前往，只說馬疲道遠，身子不快，以免疏虞。倘若汪罕誠意許婚，決不因為主子未曾親臨便決裂的。」

鐵木真連連點頭，便命不合台、乞剌台兩人代往，自率八騎，在途中等候兩人的消息。

那桑昆見鐵木真不來，料知機謀已洩，便將不合台、乞剌台兩人拘留起來，

與札木合、阿勒壇等議定，派遣精騎，前住襲擊鐵木真。商議既定，預備次日天色微明，即便進兵。

阿勒壇十分得意，回至家內，和他妻子說道：「我前次的羞辱可以報復了，明日便派精兵去拿鐵木真了，這一遭真是十拿九穩，不怕他逃上天去。那鐵木真此時還在睡夢之中，倘若有人前去通信給他，倒好得份重賞呢。」

他妻子道：「你口齒謹慎些罷，從來說的，隔牆有耳，倘若被人聽見，真個前去報信，這一番計畫不是又落了空麼？」

阿勒壇聞得此言，方才住口不語。

誰料事有湊巧，阿勒壇對他妻子說這一席話，恰恰有個牧馬的名喚歹巴，送馬乳前來，被他聽見，便去告知牧人乞失里，約他同去報信，好得賞賜。

乞失里道：「這事未知真假如何，不可魯莽，待我再去打聽一回，前去報信，也還不遲。」遂即走入營內。

阿勒壇的侄兒，名叫納鄰，正在那裡磨刀，見了乞失里，便道：「你今夜把兩匹白馬和那匹栗色馬都要備好鞍韉，我們明天天色微明，就要上道了。」

乞失里口中答應，料知此事並非虛言，匆匆地來見歹巴，道：「你的話果然確實，我們快去報信，一生的富貴，就在這遭了。」兩人殺了一個羊羔，把睡的木床劈開，作著柴薪，將羊煮熟，作為行糧，把預備現成的馬，各人騎了一匹，連夜奔去報信。

此時鐵木真正在那裡守候不合台、乞刺台兩人，不見他們回來，心下很是焦急，忽見兩人前來報告道：「我們是汪罕部下的牧人，一個叫歹巴，一個叫乞失里，只因桑昆佯許婚事，要將你騙去加害，誰知你不上圈套，令人往代。現在他已將代去的兩人拘留，發了精兵前來掩截了。我等得了消息，所以連夜趕來報信，此事千真萬確，大兵不久便來，須要從速預備，免受其害。」

鐵木真驚道：「我此刻僅有數百之眾，如何能夠抵敵？只得在左近山中暫時躲避。」遂即拔寨至溫都爾山的樹叢裡面。

鐵木真放心不下，親自登山瞭望，並不見什麼動靜，又令自己的侄兒阿勒赤歹前往哨探。不上一會，即回報道：「前面塵頭大起，想是敵人到來。」

鐵木真因眾寡不敵，心內十分躊躇，卻又不能不去迎敵，只得聚了幾個將官，大家商議。眾將此時也甚畏怯，一齊你望著我，我望著你，不敢出聲。畏答兒卻奮然說道：「兵貴精不貴多，將在謀不在勇。現在我兵雖少，只要

用計勝他就是了。何必畏懼呢？」

鐵木真點頭道：「此言不錯！但為今之計，應當如何禦敵呢？」

畏答兒道：「現宜速發一隊人馬，由山後繞至山前，截擊敵人後面，主子可親自率兵，擋其前面。前後夾攻，何患不勝！」

鐵木真即依其言，命術撤帶充當先鋒。術撤帶卻用馬鞭磨擦馬鬣，好似不曾聽見一般。

畏答兒踴躍說道：「我願充當先鋒，如果為敵所害，只求主子格外看管我三個兒子就是了。」

鐵木真道：「你有此忠心，皇天必定眷佑，決不至失利的。如果有何不測之事，我自當撫恤你的家屬。」

此言未畢，又有折里麥也上前言道：「我願與畏答兒一同前去，雖死不恨！」那折里麥也在帳下多年，遇事極肯盡力，此時自請前行。鐵木真大喜道：「得你與畏答兒偕往，彼此應援，我更放心，究竟忠實的伴當與眾不同，獲勝之後，自當重酬。」

折里麥與畏答兒遂即分兵而去。

帳下諸將聽得鐵木真稱揚二人忠勇任事，大家憤激起來，盡都願意決一死戰，就是術撤帶也揎拳擄袖，踴躍爭先起來。鐵木真便命他統率前隊，自己押後，來至山前，立陣以待。

那汪罕領著人馬，走在路上，向札木合問道：「鐵木真部下，以何軍為最強？」

札木合道：「他部下以兀魯特、忙忽惕為最強，都是能征慣戰之士，上起陣來，全用的短刀小槍，十分勇猛。所樹的旗幟，或花或黑，極易辨認。」

汪罕聞言，便令勇將只兒斤充當前鋒，抵擋這兩路軍馬。又令禿別干為二隊，援應只兒斤，自己統率大軍，在後前進。

哪知札木合的為人，反覆無常，他見汪罕年老力衰，優柔寡斷，桑昆又是個莽夫，毫無智謀，料他不能成事，又暗中令人向鐵木真道歉，願意和他聯絡，並將汪罕的內容盡行宣布。此時畏答兒已繞出山前，正與汪罕的先鋒只兒斤相遇。

那只兒斤是克烈部有名的勇士，力大無窮，執著八十斤的大刀直衝過來。見畏答兒領著稀稀的數十騎到來，他那裡瞧得上眼，也不答言，舉刀就砍。畏答兒抖擻精神，和只兒斤廝殺起來。兩人殺在一處，正在難解難分，那畏

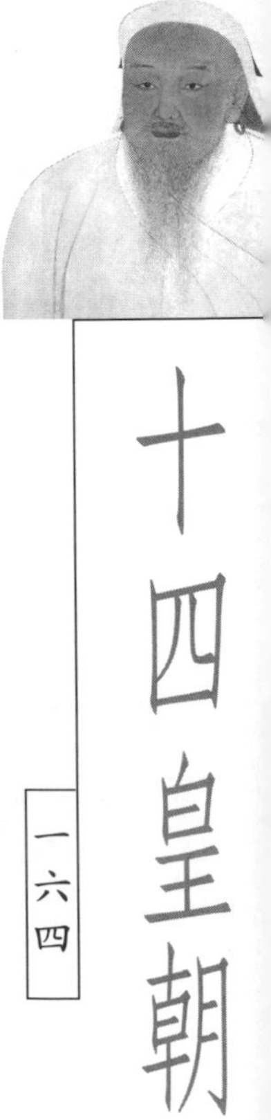

答兒的部下雖只稀稀的數十騎，都用著大刀利斧，猛向只兒斤的陣中衝來。只兒斤深恐陣腳被他衝動，連忙前來攔阻，誰知這些人竟不畏死，好似瘋狗一般，橫衝直撞，攔了這邊，衝破了那邊。攔了那邊，衝破了這邊，只兒斤的陣勢被他衝動，只得一步一步往後退下。

只兒斤見自己陣勢已亂，不敢戀戰，虛晃一刀，回馬就走。畏答兒如何肯捨，拍馬追去。

那汪罕的第二隊禿別干已至，見只兒斤敗退，奮勇上前助戰。只兒斤見援兵到來，也就撥轉馬頭，重復迎戰。此時折里麥亦已趕來，見畏答兒力戰兩將，恐他有失，連忙上前接戰，四個人在陣上，盤旋不已，拼命死鬥。

那汪罕的兵勢甚盛，畏答兒孤軍迎戰，未免心虛，手中的刀法一鬆，被禿別干一槍飛來，刺中坐騎。那馬負痛奔回，將畏答兒顛下地來，禿別干趕上就刺。說時遲，那時快，術撤帶的前鋒，名叫兀魯，力能拔山，恰恰趕到，見畏答兒跌落馬下，禿別干舉槍欲刺，他不禁發起急來，飛馬奔出，用盡平生之力，舉刀將禿別干的鋼槍一撥，只聽得豁刺一聲，禿別干的虎口震開，握不住那桿長槍，撒向左首的荒地上去了。禿別干吃了一驚，赤手空拳，哪敢抵敵，拍馬奔回。

兀魯救了畏答兒，又衝入敵陣，奪了一匹馬與畏答兒乘坐。畏答兒有了戰馬，又復殺向前去。

這時汪罕的第三隊，有個將官名喚董哀，拍馬而出，截住兀魯，大戰起來。術撤帶已驅兵進援，好容易殺退了董哀，那汪罕部下的勇士火力失烈門，又復領了一隊軍馬殺將上來，舉著兩柄鐵錘，向術撤帶直上直下地打將下來。

術撤帶用槍一擋，覺得力量十分沉重，知道是員勇將，格外當心和他廝殺。兀魯見術撤帶不是火力失烈門的對手，遂即馳前夾攻。火力失烈門不慌不忙，敵住兩將，絕不畏怯。忽然對面陣中，樹起了一桿大纛，知道鐵木真親自臨陣，火力失烈門便撇了兀魯、術撤帶兩將，衝向中軍來取鐵木真。

術撤帶恐鐵木真有失，要想回來阻擋，汪罕的大軍又至，桑昆揮兵湧將上來。術撤帶第一班將士，只得抵敵桑昆，不能回顧鐵木真了。此時鐵木真身旁，幸有博爾朮、博爾忽兩員大將保護，見火力失烈門突陣而來，兩人一齊上前，截住廝殺。

博爾朮、博爾忽是鐵木真帳下著名的勇將，與火力失烈門交戰，也不過殺個

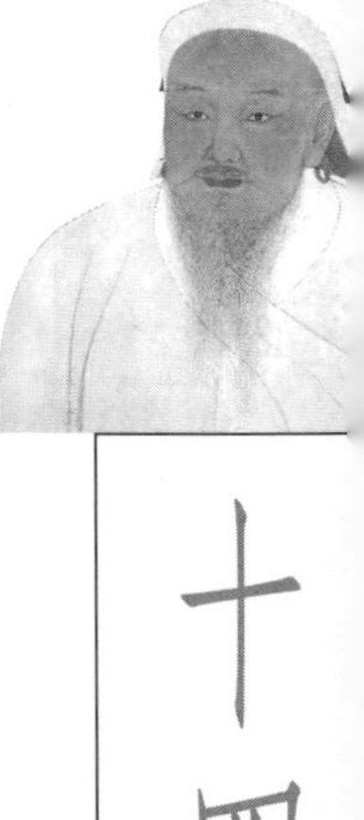

平手。鐵木真第三個兒子窩闊台，見火力失烈門如此勇猛，不覺惱了他的性氣，躍馬而出，幫助博爾朮、博爾忽來戰火力失烈門。火力失烈門被三人團團圍住，深恐有失，便向博爾朮劈面一錘，博爾朮向左一側，讓將開去。火力失烈門乘勢衝出，往自己陣中而走。博爾朮等哪裡肯捨，一齊並力追去。

火力失烈門將他們引入陣中，指揮各軍，圍裹上來，又復翻身廝殺。博爾朮等困在垓心，方知中了他的詭計，只得拼命力戰，搏個你死我活。其時兩軍會齊，汪罕的人馬多過鐵木真五六倍，重重地裹將上來。

桑昆大喊道：「今日不擒住鐵木真，誓不回兵。」喊聲未畢，「哧」的一箭射來，巧巧地射中桑昆面門，叫聲「啊喲！」伏鞍而走。

這支箭乃是術撤帶所發，幸得射中了桑昆。汪罕的人馬見主將受傷退走，便也跟著退下。術撤帶等趁勢追了一陣，見汪罕的人馬隊伍不亂，且戰且退，唯恐後面有兵埋伏，不敢窮追，鐵木真亦傳令收兵。

正在這個時候，忽見畏答兒抱頭而來，形甚狼狽。鐵木真驚問何故？畏答兒道：「我聞得收兵的命令，免冑斷後，不意腦後中了流矢，痛不可當，所以抱頭而回。」

鐵木真道：「我軍這次血戰，全由你首先奮勇，激動眾將，才能以寡敵眾，不致敗北。你竟中了流矢，受傷歸來，我心甚為不安。」便與他並馬回營，親自代他敷藥治傷，送至後帳安臥，方才出外。檢點兵將，雖喪亡了幾十個人，幸而沒有大損失，只有博爾朮、博爾忽、窩闊台三人未見回營。

鐵木真恐他三人有失，十分著急，正要命人去找尋，忽見前面一騎馬奔馳而至，待至跟前，方知是博爾朮。鐵木真大喜，忙問他博爾忽與窩闊台何在。

博爾朮道：「我們三人被火力失烈門誘入陣中，敵兵團團圍住，正在拼力相爭，十分危急，幸虧我軍射傷了桑昆，敵軍慌亂，火力失烈門亦為牽動，我們三人才得並力殺出。我的坐馬被流矢射倒，只得奪了敵人一匹馱米糧的馬，騎了回營，因此與博爾忽、窩闊台失散。他二人還沒回營麼？」

鐵木真道：「博爾忽與窩闊台想必落後，不久也當到來了。」

博爾朮道：「他們比我先出重圍，如何反致落後，莫非有甚閃失麼？待我前去尋找。」說著，便要上馬而行。

鐵木真忙阻止道：「你已辛勞極了，不必再去，我當另派他人往尋。」正要派人，忽見遠遠地有一騎馬馳來，看上去有兩隻腳掛在下面，好似一人坐在馬

上，懷中抱定一人的樣子。鐵木真見了甚是驚疑。及至面前，乃是博爾忽、窩闊台疊騎一馬，身上血跡模糊，窩闊台的頭枕在博爾忽肩上，形態很是狼狽。

鐵木真忙問何故如此，博爾忽道：「我們衝出重圍，與博爾朮失散，窩闊台頸項中了一箭，血流不止，我只得將他頸血吮去，覓一個僻靜地方，暫時休息。又因戰馬受傷，倒地不起，因此兩人疊乘一騎而歸。」

鐵木真問罷，嘉獎了博爾忽一番。

博爾朮言道：「汪罕的人馬雖然失利而退，他的聲勢尚在旺盛，未必就此便肯甘休，倘若再來，我們終是眾寡不敵，還宜別謀良圖。」

鐵木真聽了，默默無言。

木華黎從旁說道：「汪罕此次失利，決不甘心，定要前來再決雌雄。咱們不如一面移營，一面招來部眾，厚集兵力，與他抵抗。只要破了汪罕，乃蠻部也就聞風喪膽，不難一鼓而下。那時北據朔漠，南爭中原，王業可圖，大功可成了。」

鐵木真聞言，不禁連聲稱讚，遂即拔營東去，來到班竹河。

時值天寒，河水已涸，僅有細流，亦復混濁不堪。鐵木真命取了一勺水，與諸將在河旁立誓道：「我們患難相共，安樂亦相共，日後負了此誓，上天降罰其身，連後代子孫，亦永遠不得翻身。」

將士們聞得此誓，大家高喊「如約」，歡呼之聲，有如暴雷。當下招集部眾，共得四千六百人。鐵木真將部眾編成兩隊，命兀魯率領一隊，鐵木真自領一隊，每日出外打圍，熬練筋骨，獵得禽獸，除日用外，都貯存起來，預備充作軍糧。

畏答兒傷痕未癒，也要出外射獵，鐵木真再三阻止，不肯聽從，竟因積勞之故，瘡口迸裂而死。鐵木真撫屍痛哭，將他遺骸從厚殯葬，並親自致祭，厚恤其家屬。眾兵將見鐵木真如此推誠，一齊感泣圖報。

鐵木真見兵氣已揚，即命兀魯領一隊出河西，自己率一隊出河東，約定在弘吉剌部會齊。到了弘吉剌部，便令兀魯去向他的部長說道：「我們與貴部本是姻親，如肯相從，願修舊好，否則請以兵來決一勝負。」

這時候弘吉剌部的部長名喚帖兒格阿蔑勒，乃是個極機警的人物，他久已聞得鐵木真的威名，料知難以抵抗，便親前來請見鐵木真，自願歸附。鐵木真見帖兒格阿蔑勒見機投降，心下不勝歡喜，便優禮款待，與他敘姻親之誼。

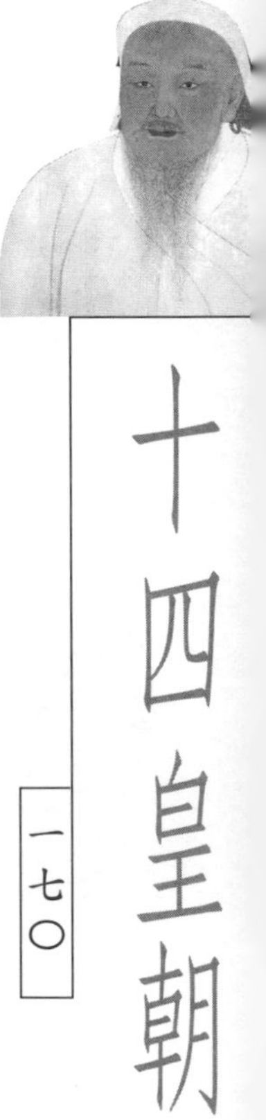

你道什麼姻親？只因鐵木真之母訶額侖，其妻孛兒帖，皆是弘吉剌氏，當下既敘親誼，兩情歡悅，並訂定蒙古當與弘吉剌部世為婚姻。從此鐵木真沒有後顧之憂，可以一意西進了。

行至統格黎河畔，立下營寨。鐵木真與諸將計議道：「我以父禮事汪罕，只因他背棄盟誓，暗圖加害，不得不以兵力相見，自古說的，先禮後兵，我現在要先訴他的背盟棄好，忘恩負義之罪，方才師出有名，免被他人作為口實。」

諸將皆以此議為然，遂即修起三封書信，派人送去。第一封書信是與汪罕的，其書道：

父汪罕：

汝叔吉兒罕，嘗責汝殘害宗親之罪，逐汝至哈剌溫之隘。汝僅遺數人相從，斯時救汝者何人？乃我父也。我父為逐汝叔，奪還部眾，以復於汝，由是結為昆弟，我因尊汝為父，此有德於汝者一也。父汪罕，汝來就我，我不及半日，而使汝得食；不及一月，而使汝得衣。人問此何以故？汝宜告之曰：「在木里察之役，大掠蔑里古之輜重牧群，悉以與汝，故不及半日而饑者飽，不及一月而裸者衣」，此有德於汝者二也。

曩者，我與汝合討乃蠻，汝不告我而去；其後乘我攻塔塔兒部，汝又自往掠蔑里古，擄其妻孥，取其財物、牲畜，而無絲毫遺我，我以父子之誼，未嘗過問，此有德於汝者三也。汝為乃蠻部將所掩襲，失子婦，喪輜重，乞援予我；我令木華黎、博爾木、博爾忽、赤老溫四良將，奪還所掠以致汝，此有德於汝者四也。昔者我等在兀剌河濱，兩下宴會，立有明約，譬如有毒牙之蛇，在我二人中經過，我二人必為所中傷，必以唇舌互相剖訴，未剖訴之先，不可遽離；今有人於我二人構讒，汝並未詢察，而即離我，何也？往者，我討朵兒班、塔塔兒、哈荅斤、散只兀、弘吉剌諸部，如海中鷙鳥之於鵝雁，見無不獲，獲則必致汝，汝屢有所得，而顧志之乎？此有德於汝者五也。

父汪罕，汝之所以遇我者，何一可如我之遇汝，汝何為恐懼我乎？汝何為不自安乎？汝何為不使汝子汝婦，得寧寢乎？我為汝子，曾未嫌所得之少而更欲其多者、嫌所得之惡而更欲其美者。譬如車有二輪，去其一，則牛不能行；遺車於道，則車中之物，將為盜有。繫車於牛，則牛困守於此，將至餓斃，強欲其行，而鞭棰之，牛亦唯破額打項，跳躍力盡而已。以我二人方之，我非車之一輪

乎？言盡於此，請明察之！

汪罕得了這書，心內甚是慚沮。

第十三回　名不虛傳

汪罕觀了鐵木真的書信，良心發現，對著來使也無可辯白，只說我並沒害鐵木真的心意。那鐵木真的第二封信，是與桑昆的。第三封信，是與阿勒壇等三人的。

阿勒壇等得了來信，也無甚話說，獨有桑昆，見了鐵木真的信，甚為憤怒，擲書於地道：「他既認我是姻親，如何又來罵我？既認我父為父，怎麼又罵我父忘恩負義？如今他既已起兵，何用假惺惺，前來作態，他儘管殺來，我和他決一勝負。我勝了，他讓我；他勝了，我讓他。沒有旁的話可說。」

來使見桑昆如此行徑，只得回營報知鐵木真。

鐵木真聞得桑昆無意修好，因他的兵力厚於自己數倍，也不免有些躊躇起來。木華黎從旁說道：「主子休要狐疑不決，桑昆乃是莽夫，只要略施小計，就可制其死命，他的兵力雖厚，有何用處？」

鐵木真忙問：「你有何計可以勝得桑昆？」

木華黎附耳說道：「如此如此」，鐵木真聽了，連連點頭，遂傳令將營寨撤退。回至巴勒渚納，路上遇見豁魯剌思人搠干思察罕率眾投誠；又有回回教頭目阿三等，從居延海來降，鐵木真皆以優禮相待。卻見其弟合撒兒匆匆逃來，鐵木真忙道：「你為何如此狼狽？」

合撒兒道：「我奉了退軍的命令，因為收拾營帳，略遲得一步。那汪罕竟派兵來襲。連我的妻子也被掠而去，若不是我跑得快，性命早已不保了。」

鐵木真不禁大怒道：「我便率兵去奪回你的妻子。」說著，奮然而起。

木華黎忙道：「主子難道忘了前言麼？如何又輕動起來？」

鐵木真道：「他擄了我的弟媳和侄兒，難道罷了不成？」

木華黎道：「汪罕雖然擄了人去，諒必不敢加害，我們的計策施展起來，不但被擄的人可以奪還，就是他的妻子也不難擄將過來。」

鐵木真道：「你既有妙計，我便讓你行去。」

木華黎便約了合撒兒一同退入後帳，秘密商議去了。

過了一日，答力台從汪罕那裡自拔來歸，鐵木真親自迎入帳中，答力台叩頭謝罪，鐵木真親自扶起道：「你既知悔過，重行歸來，我決不記念前事的，你可放心。」

答力台道：「前次得了主子的書信，便要回來，只因要立些功績，以圖贖罪。後來又得了木華黎的信，便與阿勒壇等商議，意欲除了汪罕，前來報功。不意被他覺察，所以急急奔回。」

鐵木真道：「阿勒壇等現在何處？」

答力台道：「阿勒壇等恐主子降罪，已投往他處，只有渾八璘與撒哈夷特部、呼真部和我一同前來投誠。」

鐵木真大喜，即傳渾八璘等進見，皆用好言撫慰，編入部下。從此兵勢益加強盛，便由巴爾渚納起行，欲從斡難河進攻汪罕。

正行之際，卻有合里兀答兒、察兀兒罕兩人，帶了一個俘虜前來，說道：

「前日合撒兒命我兩人往見汪罕，說是願意投降，故命我們先去通報。汪罕信以為真，差了一個使人，相偕前來。我們在路上把他擒住，來見主子的。」說到這裡，合撒兒已經出來道：「可將擒的使人帶上。」二人便將俘虜推向前面。

合撒兒問道：「你叫什麼名字？」

那俘虜道：「我叫亦禿兒干。」這話還未說完，合撒兒已一劍揮去，砍成兩段。

鐵木真道：「你不等他說完了，就把他殺卻，為何如此性急？」

合撒兒道：「這人留著也無用處，況且木華黎叫我如此作為，我只得依他而行。」

鐵木真道：「木華黎既令你如此，其中定有良謀，但不知以後應當如何進行。」

木華黎道：「我叫合撒兒差人去見汪罕，只說主子現已不知去向，合撒兒的妻子既被父汪罕留著，所以情願來降。這般作為，全是安汪罕的心，使他不作防備的。現在他既相信了合撒兒的假降，我們正可乘他不防，潛師掩襲了。」

合里兀答兒道：「汪罕不防我起兵，這兩日正大開筵宴，正在那裡慶賀，我們卻好行這一著妙計呢。」

木華黎道：「事不宜遲，趕速前去。」

鐵木真忙命合里兀答兒為嚮導，連夜前進。

行到溫都兒山，合里兀答兒道：「汪罕就在這山上筵宴。」

木華黎道：「我兵若至山下，他必逃走，須要派兵先斷他的去路，方好殺個淨絕無遺。」當下派前哨衝上山去，由鐵木真親自率兵，繞出後山，截住去路。

汪罕正與部眾在山頂開懷暢飲，吃得酒氣醺醺，忽聞一聲吶喊，無數人馬殺上山來。汪罕的部下人不及甲，馬不及鞍，如何能夠抵禦！頓時紛紛四散，向後山奔逃。

哪知行近山麓，又是一聲胡哨，伏兵齊起。只得勉強上前廝殺，那消一個時辰，殺的殺了，擒的擒了，沒有逃脫一個，只有汪罕的部將合答黑吉，還率領部眾死守著山口，不肯投降。鐵木真率兵攻打，直攻了三日，方才將合答黑吉擒住。他的部眾也就一齊投降。

鐵木真吩咐部下，把汪罕的兵將一一捆縛，由自己親自檢點，獨獨的不見了

汪罕父子。忙向各處追尋，也沒有蹤影，只得訊問俘虜。眾皆回稱不知，唯合答黑吉大聲說道：「我主父子早已遠去，你也不必盤詰了。我因恐主子被擒，所以守住山口，戰了三日，好讓他父子脫身而去。我為主受俘，死也甘心，要殺就殺，何必多問。」

鐵木真聞言，不禁嘆息道：「好男子！為主盡忠，應得如此。但我也不是要與汪罕作對，只因他背棄盟誓，欺人太甚，以致如此，就是拿住了汪罕父子，我也不忍加害。你既有此忠心，也該知道我和汪罕平日的情誼，體諒我的苦衷，倘肯投誠，我必重用於你。」一面說著，一面親自下座，代他解縛。

合答黑吉感念鐵木真的情義，遂即歸順。

這時合撒兒早將妻子尋覓到來，重新團聚。鐵木真又檢閱被俘的婦女，見內中有兩個絕色的佳人，加以訊問，方知兩人都是汪罕的侄女，乃其弟札合敢所生。年長的名亦巴合，鐵木真看中意了，納她為妃。年少的名喚莎兒合，與鐵木真四子拖雷年齡相仿，便賜與為妻。因為這個緣故，札合敢部下的人民獨得保全，其餘的男女都派在各人部下，作為奴僕。所有汪罕的金帛牲畜，一齊把來賞賜功臣。

又傳了歹巴和乞失里二人前來，將汪罕所御的金步障及各種陳設的器皿，一齊賞給二人，並派了汪古惕一部分人，充兩人的宿衛，許他們帶弓箭出入，遇著宴會，也許他們在旁陪飲，傳子及孫，世世安樂。

這兩人皆是汪罕部下牧馬的，因為報信救了鐵木真，受此隆遇，得享榮華，也算是意外的遭逢了。論功行賞已畢，因為天氣嚴寒，便在阿闊迭格兒地方紮營過冬。暫且按下。

單說那汪罕同了桑昆父子二人聞得兵來，匆匆從山側逃走。幸虧合答黑吉率眾支持了三日，他父子才得脫身。來至克撒合地方，方才略略放心，暫停喘息。汪罕少不得埋怨桑昆幾句，哪知桑昆反圓睜二目，怪汪罕幫助鐵木真，竟自抛下老父，揚長去了。

汪罕獨自一人，孤孤零零，走至乃蠻境上鄂昆河邊，覺得口渴，下馬掬水而飲。乃蠻部的守將火力速八赤，疑心他是個奸細，遂即拿住，一刀殺死。

那桑昆撇了父親，前往波魯土伯特部，以劫掠為生，後為部人驅逐，逃至回疆，被回人擒住，梟首示眾，克烈部從此滅亡。

那乃蠻部將火力速八赤殺了汪罕，方才知道他是克烈部的部主，便將他首級

割下，獻於乃蠻部長太陽汗。

太陽汗見了首級道：「汪罕乃是我的前輩，於今不幸兵敗身死，我須祭他一祭。」遂將首級供在案上，親自奠著馬乳，帶笑說道：「老汪罕，多用一杯，休要作客。」

哪知一言未畢，汪罕的頭忽然晃了一晃，目動張口，似乎還他一笑的神氣。太陽汗嚇得魂不附體，大聲叫喊，驚動了他的妻子古兒八速，走出後帳問道：「你為何事如此大驚小怪？」

太陽汗道：「這死人頭忽然對我發笑，莫非有什麼禍祟？所以驚惶起來。」

古兒八速笑道：「虧你還是個男子，如此膽小，一個死人頭，怕他什麼！我雖是婦女，膽子卻比你大。」說著，走上前去，把汪罕首級一手提起，擲於地上，跌得血肉模糊。

太陽汗道：「你為什麼將他擲碎？」

古兒八速道：「不但這死人頭不用怕他，便是那滅汪罕的騷韃子，也要將他驅逐了，方顯得我們乃蠻部的威風呢。」

太陽汗被古兒八速所激，便道：「東鄰的騷韃子，滅了克烈部，其志不在小處，他莫非要做皇帝麼？從來說『天無二日，民無二王。』放著俺在這裡，哪裡能容得他猖獗，俺當興兵去討伐他。」說著，舉足將汪罕的首級踏得粉碎，令人拋棄在野外。

古兒八速道：「你若興兵滅了韃子，他部中有生得美麗的婦女，可取些回來，好服侍我。」

太陽汗笑道：「那韃子滿身腥膻，衣服黑黯，哪有美麗的婦女？你要她做什麼呢？」

古兒八速道：「韃子的婦女取將回來，將身體洗濯乾淨，命她擠牛馬乳，也還使得的。」

太陽汗道：「這個容易得很，我兵一出，還怕他不滅亡麼？」

夫妻二人，正在說得高興，部下的頭目克薛兀撒卜剌黑，實在聽不過去，便入帳言道：「這樣的海口，休要誇罷。近來郊外的狗吠聲，也帶著噍殺之音，恐非佳兆。那鐵木真新滅了汪罕，氣勢正當旺盛，我們只應該厲兵秣馬，靜守待時，乘隙而動，哪裡可以去征伐他呢？」

太陽汗聽了，忿忿地說道：「你膽小如鼷，哪能幹得大事！以我的力量，

滅那韃子，還不是馬到成功麼？」遂不聽克薛兀撒卜刺黑的言語，遣卓忽往汪古部，約他夾擊鐵木真，道：「我如今要去奪韃子的弓箭，請你前來幫助。」

那汪古部地近長城，在蒙古的東南，世為金屬。此時的部長是阿刺兀思，接得乃蠻的使人說太陽汗欲聯為右臂，夾攻蒙古，暗中想道：「蒙古與我相近，乃蠻距我甚遠，俗語說的遠水難救近火，我何苦幫助遠處的乃蠻，結怨鄰近的蒙古呢？」想定了主意，便把卓忽留住。

那卓忽還不見機，屢次催促他的回信。惹得阿刺兀思發起怒來，索性縛了卓忽，獻於鐵木真，另外備酒六榼，作為贈品。

鐵木真大喜，厚禮款待來使，贈以馬五百匹，羊五百隻，囑咐來使回去對阿刺兀思說道：「我日後有了天下，必當重酬，倘若有暇，可遣兵會攻乃蠻。」

來使奉命而去。鐵木真立即聚集眾將，商議征討乃蠻之事。諸將紛紛議論，各具意見。有的說，乃蠻勢力甚厚，兵力甚強，不可輕敵；有的說，春日馬疲，宜待至秋天方可出兵。

鐵木真聽了眾將之言，尚沒回答，忽見幼弟帖木格上前說道：「你們不願意出兵，都是馬疲，我的馬卻很肥壯，如何你們的就會瘦弱呢？況且乃蠻此時既可出兵攻我，我也就可以出兵攻他，難道乃蠻在春天，他的馬就不瘦弱麼？」

這一席話，說得諸將默默無言。

別勒古台也在旁說道：「乃蠻自恃國大民眾，妄想奪我弓箭，我們的弓箭被他奪去，還可算是活人麼？大丈夫死也與弓箭俱死。乃蠻發此狂言，欺人太甚，我誓必把他的弓箭奪來，方才出得這口惡氣哩。」

鐵木真連連點頭道：「兩弟之言與我意見相同，我當就此出兵，攻取乃蠻。」遂即整頓甲兵，預備器械，擇日啟行。

到了合勒合阿，大閱兵眾，於甲子年四月十六日，祭旗誓師，殺牛宰馬，大犒出征將軍。其時汪古部聞得鐵木真出兵，也遣兵來會。遂命忽必來、哲別二人為先鋒，沿克嚕漣河而行，攻入乃蠻境內。

太陽汗聞得鐵木真兵來，也會同了蔑里吉、塔塔兒、斡亦剌、朵爾班、哈答斤、撒爾助各部落，及汪罕的餘眾前來迎戰。兩軍相遇杭愛山。

鐵木真的前部，有一小卒騎的白馬忽然鞍轡墮地，馬驚而逸，被乃蠻巡哨的軍隊奪去，獻於太陽汗道：「韃子的馬瘦到如此模樣，膽敢進兵來攻我，也太不自量了。」

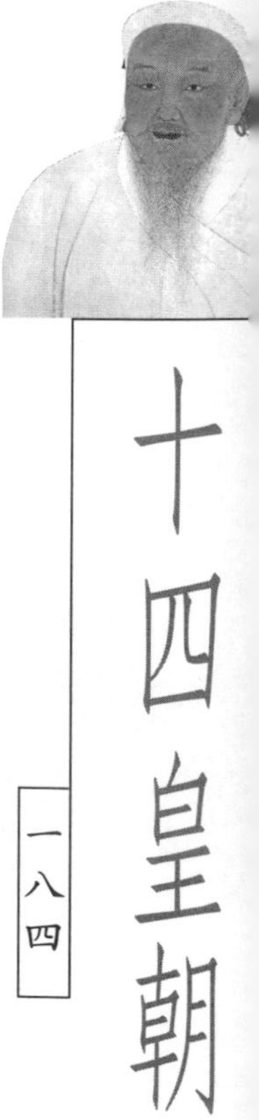

太陽汗見這馬，果然瘦弱得很，便對部眾道：「蒙古的馬瘦到這樣地步，我若假作退兵，他必前來追趕，那時他的馬力愈加疲乏，再回兵與他交鋒，必獲大勝。」

部下的頭目火力速八赤聽了，不以為然，便向太陽汗說道：「你的父親亦難赤汗在日，每遇臨陣，只有前進，從未以馬尾向人。你今做了部長，這樣懼怕敵人，倒不如令你的妻子前來，比你還有些勇氣呢。」

太陽汗的兒子屈曲律，也笑著說道：「我父親竟和婦人一般，見了蒙古人便要退兵，真正可笑！」

太陽汗被兩人一番譏笑，直氣得鬍鬚倒豎，面紅耳赤，遂命進兵。

那鐵木真領兵到來，多人上前獻計道：「我們兵少遠來，宜用計以惑敵人之心，可於夜間多設烽火，太陽汗生性懦怯，必然驚疑。其主心志既被搖惑，部下也就不能一致。我再乘其不備，出奇兵擊之，敵人雖眾，不難破了。」

鐵木真深然其言，命合撒兒管領中軍，自己率領前軍，夜間在各處設立烽火，連接不斷。

太陽汗登高瞭望，果然吃驚道：「誰說蒙古人少，點的火如天上密星一般，那軍馬已塞滿山谷了。」

正在驚疑之際，只見敵軍的前隊已經移動，部伍嚴整異常，刀槍如雪，耀日生輝，旌旗飄揚，目迷五色。太陽汗禁不住嘆道：「怪不得汪罕被他所滅，這鐵木真名不虛傳，煞是厲害呢。」言還未畢，只聽得一聲吶喊，蒙古的人馬已翻翻滾滾，如排山倒海地殺向前來。

乃蠻的前哨人馬，也齊出迎敵。兩下裡正在爭持，又聽得鼓角齊鳴，蒙古陣中，又擁出一隊弓箭手，向乃蠻的人馬亂放亂射。

那箭如飛蝗一般，四下飛舞，乃蠻兵被射得紛紛落馬。

太陽汗見了，愈加驚惶，慌得手足無措。忽然背後閃出一人，高聲說道：「太陽汗，快快退後，鐵木真部下的弓箭手向來是有名的，箭無虛發，射中人身，不是洞胸，便是貫腦的。」

太陽汗看這人時，乃是札木合。原來札木合在汪罕敗亡的時候，已經投奔乃蠻。他本是個反覆無常之人，目擊蒙古軍隊來勢勇猛，太陽汗畏葸無能，料知乃蠻部必為鐵木真所敗，所以叫太陽汗退走；好讓蒙古軍乘勢追殺，以為自己歸附鐵木真的地步。

那太陽汗聽得札木合之言，更是心驚膽戰，忙忙地率了部下向西奔馳。試想，太陽汗是軍中的主帥，主帥忽然奔逃，軍士們還能與敵人爭持麼？頓時軍心散亂，齊向後退。鐵木真揮兵追擊。

直殺得乃蠻的人馬七零八落，方才收兵。太陽汗也收集了敗殘人馬，在納忽山崖安營紮寨。

到了夜間，正要安睡，忽聽得鐵木真營中鼓角齊鳴，太陽汗連忙出視。只見火光燭天，恐怕前來劫營，忙令軍中嚴裝以待。及至各軍挺戈整轡，預備廝殺，鐵木真那邊的火光，又已盡息，鼓角聲也聽不見了。太陽汗又欲解甲歸寢，誰知剛一轉身，敵營內的火光又復明亮，鼓角聲又起來了。太陽汗只得仍舊回身，準備迎敵，哪知敵營又復寂然不聞聲息了。

這樣的忽起忽息，把太陽汗弄得驚疑不定，全營擾亂了一夜，片刻也未能合眼。

天色剛才黎明，忽報鐵木真已率軍出戰。太陽汗忙與札木合登山瞭望，見敵軍前隊，排著四員大將，勇糾糾，氣昂昂，十分威武，便向札木合問道：「這四個是什麼人？」

札木合道：「這是鐵木真用人肉養豢的四條狗，都生得銅額鑿齒，錐舌鐵心，用鈃刀做馬鞭，飲露吸風，上陣臨敵，只想噬人，平日用鐵索拴著，今天解了鐵索，放他們出外，早已歡欣跳躍，要想搏人而噬了。這四條狗的名字，一個叫忽必來，一個叫哲別，一個叫折里麥，一個叫速不台，須要小心防著他們。」

太陽汗道：「果有這樣事麼？我應該離他遠些。」遂即走上數層立著。又問道：「那後來的人馬，好似吃飽了乳的馬駒，繞著他母親跳躍的是誰呢？」

札木合道：「這便是專殺有刀槍在手的男子，還有剝脫衣服的額魯特、忙忽惕兩人。」

太陽汗道：「既是這樣，也是不可近的，應該離他遠些。」遂又走上幾層山嵐。舉目看時，又見一員勇將，氣焰逼人，威風凜凜，便又問道：「那陣中立著如饑鷹攫食的是什麼人？」

第十四回　成吉思汗

太陽汗見蒙古陣中後來的一員勇將，向札木合問是何人，札木合道：「這人名喚兀魯，有萬夫不擋之勇，拔山舉鼎之力，臨陣衝鋒，所向無敵，乃是鐵木真部下著名的勇士。倘若被他抓著，立刻可成齏粉。」

太陽汗道：「既是這樣，也是不可近的，應該離他遠些。」又走上幾層山去，回望敵陣，見最後一員大將，押隊而進，生得虎背熊腰，燕頷虬髯，頭戴金盔，身披鐵甲，跨著追風大宛名馬，相貌堂堂，神威抖擻，望上去好似天神下降，令人見了，自然生畏。不覺驚問道：「那最後押隊的又是何人？莫非就是主帥鐵木

真麼？」

札木合道：「除了鐵木真，還有何人能具這樣精神，這樣氣概呢？你瞧他好似鷂子，從天空裡飛撲下來一般。須小心了，莫被他抓著，同羊毛一般，連羊皮都不留一點兒。」

太陽汗道：「果然名不虛傳，好生厲害，也應該離他遠些。」

又走上幾層山，望見中軍大纛的下面立定一將，身材魁偉，軒昂異常，不禁詫異道：「鐵木真已押著前隊，怎麼中軍又有這員大將呢？你可知道是誰麼？」

札木合道：「怎麼不知道。這人也是訶額侖的兒子，平日以人為糧，身長丈八，腰大十圍，手提千鈞鐵撾，身披三重鐵甲，立在那裡，好似泰山，就是三條牤牛也曳他不動。能將帶弓箭的人全咽下去，喉間如同無物；生吞十萬披甲執銳的人，不夠一頓點心。怒發時，將昂忽阿的箭，隔山射去，可以貫十人之腦，洞二十人之胸，餘勢不衰，還能穿透七重鐵甲。大拽弓能射九百步，小拽弓也能射五百步。他的名字，便叫作合撒兒。」

太陽汗此時嚇得魂不附體，戰戰兢兢的，又爬上一層山去道：「那後隊的一個少年，又是誰呢？」

札木合道：「這便是訶額侖最小的兒子，在弟兄裡面，他的性情最是懶惰，遲起早眠，極愛快活。但是遇著千軍萬馬，只用他略一施展，便如泰山壓卵，立即粉碎。」

此時太陽汗已退至山頂，無可再退了。札木合信口開河地說上這一篇謊言，他原是要伺察兩方的利鈍，以定向背的。見太陽汗經自己一嚇，便驚慌退怯到如此模樣，知道他必敗無疑。覷個空，抽身離開了太陽汗，向左右說道：「太陽汗初起兵時，看得蒙古人如同無物。現在一經對陣，又嚇得亡魂喪魄，步步倒退。這樣情形，哪能敵得鐵木真？我們快些逃命去罷，休要和他在此一同受死。」

說著，攜了部下，竟自下山。又差人到鐵木真跟前，將自己恐嚇太陽汗的情形告知鐵木真，並說：「太陽汗已被我嚇得無路可走，你只要乘勢殺上山去，就可手到擒來了。」

鐵木真聞報大喜，重賞來人，命他回去。

原來，鐵木真久知太陽汗是個畏縮不前的人物，因此夜間鳴金擊鼓，舉烽放火，亂他軍心。日間又派出許多兵將，整列隊伍，使他畏懼，原是有意恐嚇太陽

汗的。恰恰有個札木合在旁替他鼓吹，把太陽汗嚇得步步退卻，心內如何不歡喜呢？當下命退札木合的使人，聚集諸將，商議進攻之策。

議定日間先將山口守住，不令乃蠻部眾逃逸出外；到了夜間，分頭上山，殺他一個盡淨。

主意既定，便在山口紮營。乃蠻的部將火力速八赤見了，便走向山頂，對太陽汗道：「鐵木真分兵佈陣，守住山口，明是要將俺們困在山上，你為何獨自藏躲在此，不去爭鋒呢？」

誰知太陽汗已經被札木合一派謊言嚇壞在那裡，火力速八赤雖然高聲問他，只當沒有聽見一般，低著頭，閉著眼，坐在地上，一動也不動。火力速八赤連問數聲，不見答應，惹得發起火來，重又高聲說道：「你既不出戰，又不派兵把守山口，哪有這樣行軍呢？難道守候鐵木真前來，束手被擒麼？你的妻子古兒八速，還在那裡待你凱旋哩。」

說到這裡，太陽汗方才有氣無力地說道：「我現在疲乏得很，明天再和他交鋒罷。」

火力速八赤見他如此模樣，只得退將下來，令自己的部下在山口守住。

等到夜間，乃蠻的兵士因為昨夜防備鐵木真劫營，沒有睡覺，一齊昏昏地倒在山前，尋他的好夢。哪裡知道，一聲吶喊，鐵木真的大隊人馬殺將上來。乃蠻部眾睡眼還未睜開，頭顱已經落地。還是火力速八赤，帶了部眾，上前攔截，倒也奮勇直前，殺了好些敵兵。無如寡不敵眾，被鐵木真圍住，殺了個盡淨。

火力速八赤身帶重傷，尚能砍死數人，方才倒地，被敵兵一擁而上，亂刀齊下，剁成肉醬。鐵木真不禁嘆息道：「乃蠻部下，若能人人如此勇敢，我哪裡能到這裡呢！」那乃蠻的部眾被鐵木真堵在前面，無處可以出外，只得都向山後逃命。不料後面都是峭壁巉岩，不為追兵所殺，便顛在岩下，斷股折脛而死。

太陽汗聞得殺聲震天，已是嚇得縮做一團，被鐵木真部下手到擒來，朵兒班、塔塔兒、哈兒斤、撒兒助諸部落，見太陽汗已經就擒，一齊歸順了鐵木真。

唯有太陽汗的兒子屈曲律、蔑里吉部酋脫黑脫阿兩人相偕逃去。鐵木真遂將乃蠻的子女、牲畜，盡行擄來，連古兒八速也做俘虜。

當下升帳，將太陽汗牽來訊問。太陽汗嚇得戰戰兢兢，連話也說不出來。鐵木真笑道：「這樣無用的人，也要和我作對麼？」吩咐左右，拖去斬首。

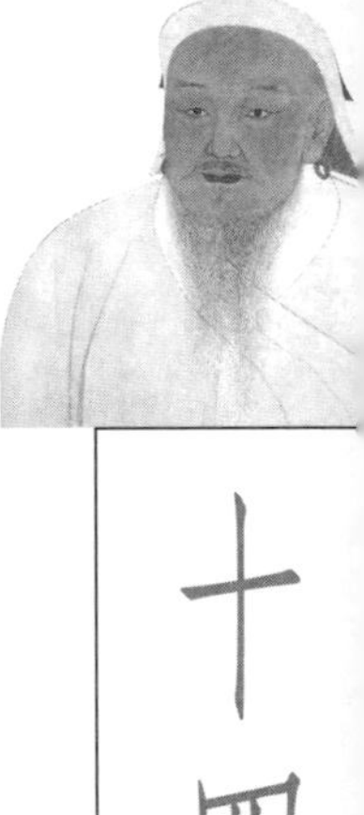

又將古兒八速傳上訊問道：「你說韃子騷臭，今日為何也落在我的手裡呢？」古兒八速不待言畢，已倒豎蛾眉，圓睜鳳目，高聲道：「你這韃子，擄我人民，殺我夫主，我與你誓不兩立，今既被擒，有死而已，何用多問。」說著，一頭向案前撞去。

鐵木真見她撞來，早已輕舒猿臂，將她的粉面托住。覺得一股脂粉香氣，沁入心脾，再把她嬌容舉起一看，見她蟬鬟鴉鬢，光可鑑人；杏臉桃腮，容光絕代；雖然愁凝秋水，眉蹙春山，含著一股怨恨之氣，愈加覺得楚楚可憐。不禁失聲說道：「你恨我韃子，我偏生叫你做個韃婆。」

古兒八速掩淚說道：「我是乃蠻的皇后，豈肯做你的婢妾。」

鐵木真道：「這有何難，你肯順從了我，我便叫你仍舊做個皇妃，可好麼？」古兒八速聽了這話，舉起俊眼，將鐵木真望了一望，重又低頭道：「這個麼？我卻不願。」

鐵木真知她芳心已動，遂命投降的婦女，把她帶入後帳。將擄來的人發落已畢，然後安排一切，在乃蠻故帳裡面，與古兒八速成婚。依照蒙古的俗例，交拜如儀。又大張筵席，犒享諸將。酒席散後，鐵木真退入內帳，與古兒八速一同歸寢。古兒八速也便半推半就，成其好事。那枕席的風光，倒比太陽汗覺得勝強多多了。

從此以後，非但不怨騷韃子，嫌他騷臭，倒反死心塌地地侍奉著鐵木真。鐵木真也十分寵愛，比較也速干姊妹更加恩愛。

到了秋間，鐵木真因蔑里吉部酋脫黑脫阿未曾歸附，又興兵往討。到了喀喇喀拉額西河，脫黑脫阿已率領部眾列陣而待，遂即揮兵殺去。脫黑脫阿抵敵不住，重又逃去，只擄了他的子婦及部眾還營。

鐵木真見被擄的婦女姿色明豔，訊問她的來歷，始知是脫黑脫阿兒子忽都的妻室，便把她賜於第三子窩闊台為妾。

蔑里吉人答亦兒兀孫，前來獻其親女忽蘭。鐵木真問道：「你為何今日方才來獻？」

答亦兒兀孫道：「我帶了女兒，走到半路，為亂兵所阻，遇著巴阿鄰種人諾延，問起情由，我將情由告訴了他。諾延說是沿路兵荒馬亂，你又帶了美貌女子，倘若獨自前進，恐怕送了性命，我也有心要投奔蒙古，不如在我家耽延數日，一同前去。因此我和忽蘭，在諾延家中住了三日，才得前來。」

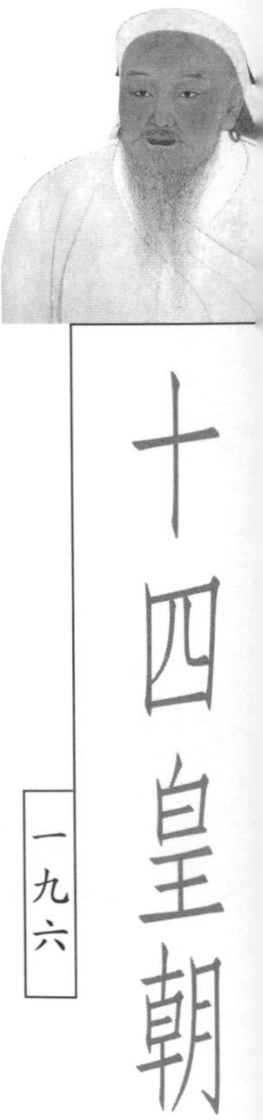

鐵木真聞得忽蘭在諾延家中住了三日，不覺怒道：「諾延留住忽蘭，必是見她美貌，生了歹心。」便令左右，將諾延拿來治罪。

忽蘭忙上前說道：「諾延留我住在家中，實因途中有了亂兵，並無歹意，與我的身體並無什麼關係。如果蒙恩不棄，收做婢妾，可以立刻試驗。」

諾延也在旁說道：「我只知得了美女好馬，奉獻於主人，倘有二心，情願受死。」

鐵木真聽了兩人的話，即令答亦兒兀孫與諾延退出帳外，留下忽蘭，實地試驗，果然是個處女，便傳諾延說道：「你的為人，果然誠實不欺，我當重用你。」諾延稱謝而出。

鐵木真得了忽蘭，見她嬌小玲瓏，聰慧可人，倒也十分寵愛。獨有答亦兒兀孫將自己的女兒前來進獻，原想得些好處的。哪知鐵木真自納了忽蘭，並沒有賞賜給他，甚為失望，即於暗中聯絡了蔑里吉投降的人，叛亂起來，在色楞格河旁築寨據守。鐵木真發兵征討，所有叛眾盡皆殺死，將築的營寨，也踏成平地。

答亦兒兀孫不知下落，想必死於亂軍之中了。鐵木真又因脫黑脫阿未曾就擒，進兵窮追，聞得脫黑脫阿進往也兒的石河，與太陽汗之子屈曲律會合在一處。恰值斡亦剌部長忽都哈別乞部前來投降，遂令他充作嚮導，直達也兒的石河，一陣亂箭，將脫黑脫阿射死。屈曲律獨力難支，只得帶了乃蠻的遺民和蔑里吉餘眾，逃奔西遼而去。

鐵木真下令班師，忽有札木合的伴當，擒了他的主人來獻。鐵木真傳伴當入帳，詢問情由，原來札木合棄了乃蠻之後，部下的百姓因他反覆無常，也都散了。札木合身旁只剩了五個伴當，十分窮蹙，便在倘魯山劫奪為生。

這日沒有劫得食物，五個伴當饑餓不過，殺了一頭綿羊，正在那裡煮食，札木合見了，便發話道：「你們這樣嘴饞，連一個綿羊都放不過，要把來吃了，將來餓死的日子有呢！」

伴當聽了，大家不服，趁他睡熟之時，用繩索綁了來獻於鐵木真。鐵木真問明情由，反命左右將五個伴當綁將起來，親自下帳，替札木合鬆了綁，說道：「奴僕可以害主人，天下還能太平麼？我當將他們斬首以儆後來。」遂將五人當著札木合面前，一律殺死。

又令人向札木合說道：「我從前念輔車相依之誼，願與你協力同心，共建大

業，你偏生不懷好意，離了我去。現在既已前來，何妨做我的伴當？我並不是記仇忘恩的人，但願互相輔助，不要再拋棄我。況從前我與汪罕廝殺，你曾將汪罕的機謀報告我。後來與乃蠻廝殺，你又用言語驚嚇太陽汗。這兩事，都是有恩於我的，我永遠不會忘記，你可放心，留在我帳下罷。」

札木合聽罷，嘆口氣說道：「從前年輕的時候，我與你們的主子交情很好。後來因受了離間，所以兩下睽隔，互相猜疑，我實羞見你的主子。現在他已收服各部，大位既定，昔日勢力相等，可以做伴的時候，我不與他做伴。如今他土廣民眾，身為大汗，如何反要我伴呢？況且留著我在，好似膚上有蟣蝨，背上有芒刺，使他寢食不安。天命攸歸，大數難逃，我也沒甚怨恨！倘若立刻將我殺死，也是分所應得。若蒙許我自安，全屍而死，就是大恩了。」

傳語的人將這番話回報了鐵木真。鐵木真道：「我不忍殺他，他反願意自盡，便依了他，成就他的志願罷。」札木合遂即自殺。

鐵木真用厚禮安葬，報他同居年餘之情。當下旋師，回至斡難河邊，闔家相聚，十分暢快。

此時朔漠各部俱已歸附。鐵木真乃於宋寧宗開禧三年，金泰和六年，大會各部於斡難河，建著九遊白旗端然正坐。各部部長先後進見，相率慶賀，情願推他為大汗。

鐵木真尚未許可，合撒兒早已踴躍說道：「我聽說中原有個皇帝，我哥哥現在威德及人，便稱為皇帝，又有何妨！」部眾聞言，一齊歡聲如雷，高呼皇帝萬歲。

適有異鳥立於石上啼鳴，口中叫著「青吉思，青吉思。」便有闊闊出上前說道：「既稱皇帝，不可沒有尊號，剛才的異鳥，口中所呼的青吉思，正是祥瑞，我的意見，宜加『成吉思』三字，方才尊嚴。」

那闊闊出平時好談休咎，頗有應驗，部眾素所佩服。聽了他的話，大家不約而同地齊聲贊成。鐵木真也很高興，當即擇了吉日，祭天告地，自立為成吉思汗。

這「成吉思」三字的意義：成者，大也；吉思，乃最大之意。蒙古稱皇帝為汗，成吉思汗，便是最大皇帝的意思。遂由各部部長，拜告天地山川，立了盟誓，永遠服從成吉思汗。

他這盟誓，不用文詞，都由口頭宣布，向成吉思汗說道：「自你為汗之後，

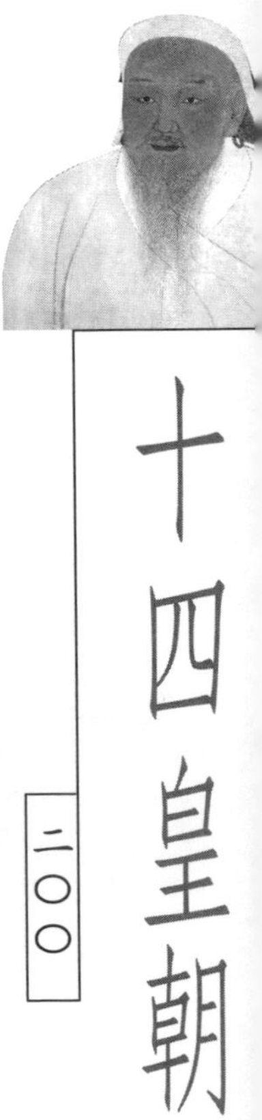

遇見敵人，我們做前哨。擄得美女、良馬來獻於你。出去打圍的時候，我們先去將野獸圍攏來，與你獵取。在廝殺時，如果違了你的命令，或辦事時，漏了你的機密，聽憑你將我們妻子離散，家財抄沒，並無怨言。」

盟誓設後，鐵木真就是朔漠的皇帝了。在下書中，也就不稱他為鐵木真，要改稱他為成吉思汗了。

成吉思汗既已稱尊，便不比得當初做部長的時候，可以隨便居住，和人民一般地到處為家，遷徙無定。所以第一件事情，便是建立都城。他在杭愛山下，相度形勢，擇了一處位置適宜、土地肥沃、形勢雄壯的地方，名為喀喇和林。命工興築，建造都城，待工程完畢，即徙居於此。既然有了都城，自然要分官授職，治理庶務，方可成為國家。況且追隨成吉思汗的那些功臣，也須一一頒賞，以酬其勞。

第十五回　分賞有功

成吉思汗定都和林以後，便要設官授職，分賞有功。

除自己兄弟均封王爵以外，其餘有功之人，以木華黎為首，博爾朮次之，按功應賞的，共有九十五人。均皆分賞已畢，尚有曾共患難，情同骨肉的幾個人，成吉思汗要叫來當面獎諭，特別封賞。

恰值忽禿忽侍立於旁，便令他去傳木華黎、博爾朮等進帳。

忽禿忽道：「他二人雖有功勞，已經加恩，何必再行升賞！我自小便在主子家內，追隨左右，直至於今，未尚離開，功勞亦不在小處，主子又以何物見

賞呢？」

成吉思汗道：「你是我母親的養子，現和諸弟一樣看承，九次犯罪不罰。今值開國的時候，你當做我的耳目，你有何言語，無論何人不能違反，刑事由你懲罰，民事由你處斷，他人不得更改。」

忽禿忽復求土城內的人民，成吉思汗亦復允許，忽禿忽方去把木華黎、博爾朮、蒙力克等傳入帳來，一齊參見過了，分班站立。

成吉思汗頭一個對蒙力克道：「你受我父托孤之重，自幼相隨，處處護助，其功不小，當從優敘，使世世子孫不絕。」

蒙力克謝過了恩，成吉思汗向博爾朮道：「我與你自途中相遇，一見之下，即復氣味相投，始終隨我。塔塔兒之役，遇著大雪，我軍戰敗，營帳俱失，你與木華黎披著氈裘，為我遮蔽，兀立終夜，足跡未嘗稍移，忠誠可嘉，其餘功勞更是不小。今封你在眾人之上，九次犯罪不罰，以金山迤西萬戶封你，號為左萬戶。」

又對木華黎道：「你隨父來歸，以圖讖助我成就大業。今以金山以東萬戶封你，號為右萬戶。」

博爾朮、木華黎受過了封，謝恩已畢。

成吉思汗對豁兒赤道：「你自幼一見我，即知必貴，和我作伴，在遊戲的時候，曾對我說道：『你他日倘做了大汗，我要在部屬內，揀美女三十人為妾，那時休要忘懷。』今日我果然做了大汗，你可在投降婦女內選三十個美貌的去，再以巴阿里等處萬戶封你。額兒的失河一帶，任你隨意紮營。」

又向術撤帶道：「你的大功，第一是射桑昆，第二是平蔑里吉，今特命你統帶兀魯兀四千人。」

又將自己的愛妃亦巴合賞給他。那亦巴合便是汪罕的侄女，平時頗為成吉思汗所寵幸，不知何故，竟肯把來賞給功臣。有人說：成吉思汗曾經做了一個惡夢，便以亦巴合為不祥，所以賜給術撤帶的。

當遣出之時，成吉思汗將亦巴合叫來，當面吩咐道：「你有德有貌，性復貞潔，處於夫人之列，我卻最喜。只因術撤帶幾次捨命立功，所以將你賜給他，將來我的子子孫孫，當永遠不忘你的名位。」

亦巴合聽了這番話，默默無言，低頭走出。

成吉思汗又命將亦巴合當初從嫁來的膳夫等二百人，以及奩資家產一律帶

去，只留下金杯一隻作為紀念，從此亦巴合便與術撤帶做了長久夫妻了。

成吉思汗封賞了術撤帶，又對忽必來道：「你為四狗之一，性情剛猛異常，所至之處，堅石為開，深水橫斷，有你四人充當前哨，有四傑隨護我，又有術撤帶、畏答兒相輔佐，我諸事都可放心。今封你做千戶，並總管軍馬。」

又對忽難道：「你能戰能守，札木合屢次來招致你，均不肯去。今著你領格泥格思，在我長子朮赤名下做萬戶。」

又向者蔑道：「你在襁褓之中，即由你父抱來，做我的貼己奴僕，和我一處長大，家業便蒸蒸日上，可算是員福將！今許你九次犯罪不罰。」

又對蒙力克的兒子脫侖道：「你父子為何得管千戶？因你父收集百姓有功，所以與你扯兒必的官階。如今你將自己收集的百姓做千戶，與我子拖雷商議著行事。」

又向司膳官失乞兒道：「你從前聯絡脫忽剌、兀惕諸族姓衛護我，在昏霧中未嘗迷惑，亂離中亦不失散，寒濕處一同忍受，如今你願意得什麼賞賜，由你自擇。」

失乞兒道：「我同姓的兄弟，散在各處的為數不少，我願去收集了來。」

成吉思汗道：「你去收集了來，就派你做個千戶。」
又對汪古兒、雪亦客禿、合答安、答勒都兒等道：「你們散放茶飯，甚為均勻，使我可以安心辦事，以後賞你們散放茶飯，騎馬往來，並准在大酒局旁，分左右坐著。」
又向博爾忽道：
「你乃我母親四養子之一，養育提攜，恩情不薄，自你長大與我作伴，凡遇征戰，無論風雨深夜，你總替我預備茶湯飯食，不曾使我口渴或枵腹。族滅塔塔兒時，有個合兒吉從敵營避出，到母親家內，假稱尋衣食的。母親信以為真，便讓他裡面坐下。他在西門後坐著，此時拖雷方才五歲，從外面遊戲回來，被合兒吉挾在肘下，一手抽刀欲逃。我母見了，狂呼喊救，幸得你妻阿塔泥正在東邊坐著，隨即飛奔而前，將合兒吉頭髮牽住，一面又打落他手中的刀。者歹、者蔑兩人正在房裡殺牛，聞聲齊出，遂用殺牛刀將合兒吉砍死。事過之後，三人爭論頭功，者歹、者蔑道：『不是我們來得快，你一個婦人，如何打得過他，拖雷必定受害。』阿塔泥道：『我如不喊，你們如何會出來。我如不將他的刀打落在地，你們雖然出來，也無及了。』因此你妻得了頭功。與汪罕戰爭時，窩闊台頭上中

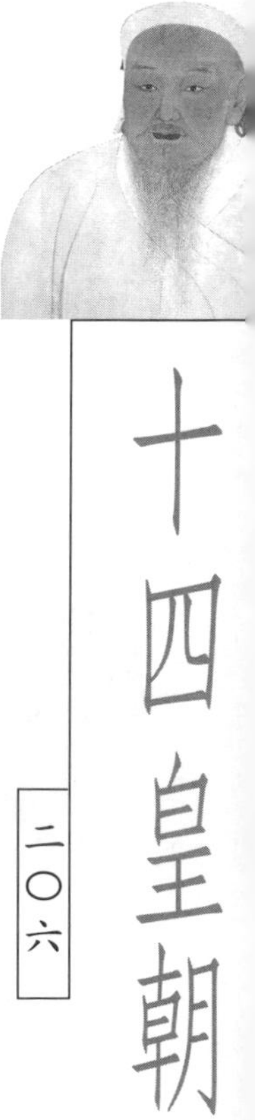

箭，也是你吮出淤血，迭騎回營。你夫妻連救我兩子的性命，不枉我母親撫養你一場。今賞你九次犯罪不罰。」

又因鎖兒罕失刺父子有救命之恩，也叫了來，問他欲得何種賞賜。鎖兒罕失刺道：「我們第一要求許在蔑里吉的薛涼格地方，任意下營居住，其餘的恩典，聽憑吩咐，不敢妄求。」

成吉思汗道：「這事依你，再叫你子子孫孫，世世得帶弓箭陪宴，九次犯罪不罰。」又向其子沈白、赤老溫道：「從前你說的話，難道忘了麼？以後缺少什麼，只管來要。」

且因鎖兒罕失刺、巴歹、乞失里三人都是奴籍，便與他們開脫了，永遠逍遙自在。

又向諾延道：「你空手來歸附我，且能不欺暗室，我曾稱許你的忠誠，並允你重用。如今我左右萬戶已經有人，封你做個中軍萬戶罷。」

又向牧羊的迭該道：「你可將沒有戶籍的百姓收集了，做個千戶。」

又因修造車輛的古出古兒，名下的百姓太少，命在各官名下抽了幾戶，並合攏來做個千戶。

所有的功臣，封賞已畢，一一謝恩而退。

成吉思汗又查明從前陣亡的將士，封其子弟。復想起禁軍太少，不足以資拱衛，遂下令道：

「以前宿衛，僅有八十人。護衛散班，僅有七十人。現在承天休命，眾百姓皆隸你字下，此後護衛可增為萬人，即於萬戶千戶百戶內選充。其挑選之法，無論官員子弟及白身平民，凡屬身體壯健，精擅騎射，便可選來進禦。千戶之子，每人帶弟一人，伴當十人。百戶之子，每人帶弟一人，伴當五人。牌子及白身人子，每人帶弟一人，伴當三人。其入選者，所需馬匹，如千戶之子，即於本千戶內科斂，整備給與。其父分與家財，並自置財物牲口，仍照定例分給，有違者加罪。若宿衛時，有意躲避不到，別選他人補充，並將其人發配遠地。其有自願充當宿衛的，無論何人，不得阻擋，違者加以重罪。」

宿衛之制既定，便命也客扯連統帶教練。

看官，這也客扯連你道是什麼人？便是塔塔兒人當日曾向別勒古台探聽機密，同塔塔兒人一同拼命抵抗，將成吉思汗的兵馬殺死不少。成吉思汗大怒，即命別勒古台拿他前來治罪。

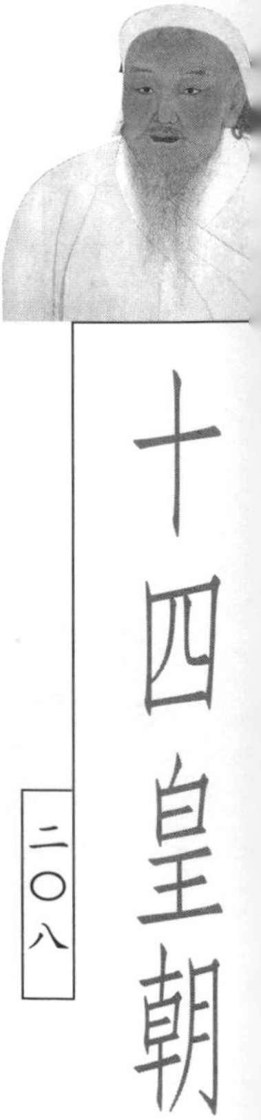

這也客扯連十分刁滑，早已逃匿得不知去向。別勒古台尋找不著，疑他死在亂軍之中，便將他的女兒也速干拿來。成吉思汗見也速干生得美貌非凡，便收她為妃。

那也速干知道自己父親並未身亡，要想救他的性命，便百般的奉承成吉思汗，還恐成吉思汗另有妻室，寵愛不專，又將她妹子也遂薦舉於成吉思汗，生生地將個有夫之婦奪了前來，還將她丈夫殺死。從此姊妹兩人聯絡一氣，施盡了狐媚手段，把成吉思汗侍奉得事事如心，十分寵眷，一天也離不開她姊妹二人，因此將她姊妹二人也封做了皇后。

蒙古的皇后，本無定例，凡是寵愛的妃嬪皆可封為皇后，不過以第一、第二的名號作為分別，所以元朝的皇后，有第一鄂爾多，第二鄂爾多的名稱。甚至一代皇帝的皇后，多至十餘人，並后匹敵，乃是胡人的風俗，不足為奇的。也速干、也遂姊妹既經做了皇后，便代她父親也客扯連，在成吉思汗跟前哀求赦罪。

成吉思汗寵愛這兩人，自然非但一口答應，把也客扯連的前罪赦宥不問，並且把他召來加以官職。

現在成吉思汗登了大位，也客扯連便以外戚的關係，得備宿衛，舊有宿衛的四百人，仍命者勒與吉歹兩人分管，且向他們說道：「你等十餘年來，在大雨雪的夜裡，或是天色晴明的夜裡，或是和敵人廝殺的夜裡，都在我的營帳前後左右守衛，使我身心安泰，得以休息，其功甚大。今日得登大位，自應特別看待，以後可稱為老宿衛，和現在九十五個千戶內挑選的人，都是我貼身的親隨。凡散放衣食的時候，須先從宿衛發起，然後始及他人。凡遇出征的時候，宿衛不得徵調，違者罪其頭目。」

宿衛既增，威儀與前大不相同，成吉思汗居然做了朔漠的皇帝了。

哪知諸事方才料理停妥，吐麻部忽然又發生起亂事來了，軍報傳達和林，成吉思汗遂命博爾忽領兵往討。

那吐麻部在額爾齊斯河左近，乃是蒙古的東北境，久已服從了蒙古，為何忽然發生叛亂呢？

只因成吉思汗允許豁兒赤在投降的婦女中，挑選三十人作為妻妾。豁兒赤得了這個恩命，好不歡喜，打聽得吐麻部的美貌女子最多，遂將部下的忽都合別乞叫來說道：「我奉恩命，在各部挑選三十個美貌婦女前來侍候。聞得吐麻部的女

子最美。你是吐麻部人，熟悉部中的情形，就派你前往挑選，須要揀好的選來，事後自有重賞。」

忽都合別乞奉命而往，來到吐麻部中，揚武耀威，傳令部中，不論官家平民，凡有女子的都要前來報名，聽候挑選。

其時吐麻部的部長莎合兒恰恰病死，其妻孛脫灰塔兒渾代理部務。聞得忽都合別乞是奉了成吉思汗之命而來，倒也不敢違逆，只得任他挑選。

哪知忽都合別乞眼界太高，凡來聽選的女子，能中他意的為數很少，便又想出一個主意，命部中的婦女，不論有夫無夫，都要前來應選。這個風聲傳了出去，部人不禁大嘩起來，誰肯把自己的妻室前來應選呢？因此過了三日，並無一人前來應選，連以前未曾出嫁的女子，都一齊自行回去，不願意任他挑選了。

忽都合別乞自恃是上國的使臣，正在那裡出風頭，擺威風，這樣一來，豈不坍盡了臺麼？他便惱羞成怒，吩咐手下的從人，挨家排戶地前去搜查，遇見美貌的婦人，便硬行劫奪了來。

吐麻部人如何受得了這樣騷擾？大眾一哄而起，將忽都合別乞綁縛起來，送往女酋孛脫灰塔兒渾處，遂即拘囚起來。豁兒赤聞知忽都合別乞被囚，便去報告成吉思汗，成吉思汗即命博爾忽領兵往征。

博爾忽跟隨成吉思汗出征，每戰輒捷，自恃英雄無敵，視這吐麻部如同無物，揮軍輕進。不料女酋孛脫灰塔兒渾拘住忽都合別乞以後，知道成吉思汗必定不肯甘休，早就調兵派將，在深林密箐之中暗暗埋伏。

博爾忽軍兵到來，走入深林裡面，天色已暮，遂即紮下營寨。到了夜間，伏兵猝發，竟將博爾忽的人馬殺得他七零八落。博爾忽倉猝迎戰，遂死於亂兵之中。

敗報到和林，成吉思汗勃然大怒，便欲親往征討。木華黎、博爾朮從旁進諫道：「區區小丑，何勞聖駕親行。都魯伯為人謹慎持重，可當大任，何不派他前往呢？」

成吉思汗遂命都魯伯為大將，領兵往剿。

都魯伯懲著前轍，嚴整紀律，行抵博爾忽敗軍之地，仍在那裡安設營寨，大張聲勢，自己帶了精騎，從小徑抄入吐麻部內。諸將皆以為危，勸其不可輕進，都魯伯不從，命兵將背上各負荊條十根，有退縮的，即用荊條鞭打。又令每人腰

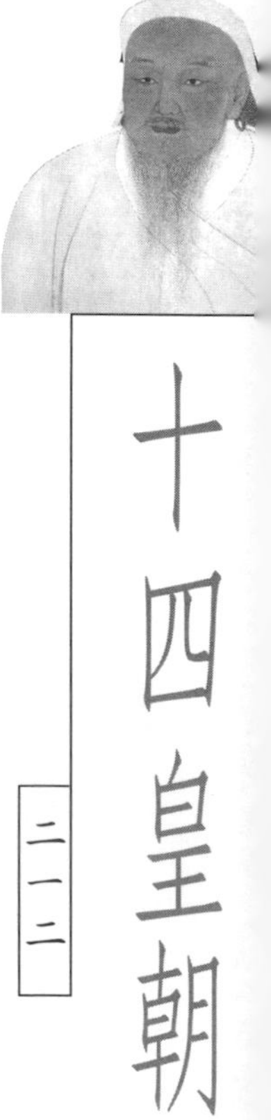

間各帶鑄斧鋸柄一柄，遇到荊棘石塊，立刻除去，以免障礙。

行了多時，已抵一座高山之上，立在山頂俯視吐麻部全境，歷歷在目。那吐麻部的女酋，殺死了博爾忽，十分高興，正在排著酒筵在帳中慶賀勝利，被都魯伯的人馬一擁殺入，驚得目瞪口呆，手足無措，一個個束手就擒。女酋孛脫灰塔兒渾還算身體伶俐，見大軍殺來，抽身出席，奔入後面匿藏。

都魯伯將擒獲的人一一檢點，不見女酋，遂將忽都合別乞放出，引導著往後面搜尋。那女酋正縮做一團，躲在那裡。

都魯伯上前觀看，見她花冠不正，衣裳錯亂，杏臉失色，柳眉顰蹙，現出一股驚惶之態，實在惹人憐惜！遂即牽了出來，把她的纖腰一抱，大踏步而去。過了半日，方攜了女酋的手重行前來。

此時的女酋，卻不是以前的驚惶之態了，雲髻蓬鬆，星眼惺松，滿面含著春色，又微著羞澀之容。都魯伯卻行若無事地指揮部兵，把吐麻的百姓盡行擄掠了，回至和林面見成吉思汗。

成吉思汗即令豁兒赤在俘獲的婦女裡面挑取三十人，輪流伴宿，又將女酋孛脫灰塔兒渾賜於都魯伯，以酬其功。都魯伯自然十分欣喜，叩謝領賞。

就是孛脫灰塔兒渾雖然國破家亡，反免了孤鸞寡鵠之悲，心中也很願意。況且都魯伯身材魁梧，軀幹偉大，孛脫灰塔兒渾在初被擒時，已經飽嘗滋味，比較前夫勝強十倍，更是死心塌地和都魯伯做夫妻了。

第十六回　人生樂事

成吉思汗剿滅了吐麻部，朔漠平定，遂殺牛宰馬，大饗群臣。諸臣皆捧觴上壽，致敬盡禮，真是履舄滿堂，觥籌交錯。成吉思汗南面高坐，瞧著這威嚴靜肅的模樣，大有漢高祖「吾今日始知為天子之尊」的感想，心內不勝歡悅，便向群臣問道：「吾人生於世上，當以何事為最快樂？」

群臣驟聞此言，不知所對。

獨木華黎答道：「人生最樂的事情，無過於掃蕩中外，混一區宇。」

成吉思汗道：「此言甚是！但尚有未盡之處。」

博爾朮道：「控著駿馬，臂了名鷹，鮮衣華服，在那暮春天氣，日暖風清，馳騁原野，獵取禽獸，暢飲至醉，不也是人生的快樂事情麼？」

成吉思汗不答。

赤老溫道：「鷹鶻在天空搏擊飛禽，憑騎仰視，倒也很覺快樂。」

成吉思汗仍舊不答。

忽必來道：「打獵的時候，鷹犬爭逐，狐兔遁逃，禽獸驚突，我於其間，往來馳騁，也覺得可樂。」

成吉思汗搖著頭道：「你三人所說的快樂，皆不及木華黎志願來得闊大。我的意思雖與木華黎略同，但也有一半異處。」

群臣齊聲道：「願問主子的樂事。」

成吉思汗道：「殺仇敵如摧枯拉朽，奪他的駿馬，劫他的財物，並將他的妻女擄了回來，令他伴寢，這不是人生第一樂事麼？」說到這裡，不禁掀髯大笑，舉巨觥一飲而盡。

群臣也齊聲贊和，一同哄飲。

成吉思汗又對木華黎、博爾朮道：「平定朔汗，實是你們的功勳。我和你們譬如車之有轅，身之有臂，尚望你們能夠善體我意，始終如一才好。」

木華黎即席陳進窺取中原的計畫。

成吉思汗道：「攻取中原，蕩平南方，須要仰仗於你了。」

木華黎道：「主子放心，窺取中原的程序，我已定了，首先圖取西夏，次圖金邦，再次圖宋，按次進行，自有成功之一日。」

成吉思汗道：「此言甚是！我就從西夏開手了。」暢飲既畢，盡歡而散。

次日便擬進取西夏。恰巧西北吉里吉思荒原，有兩處部落前來通好，所以把窺取西夏的事情暫行擱起。那兩部是什麼地方呢？一部名為伊德爾訥呼，一部名叫阿勒爾都，與乃蠻部相接壤。聞得乃蠻被滅，伊德爾訥呼差使臣來說道：「我主慕大皇帝聲威，如雲盡見日，冰消見水，十分欽佩！倘蒙天恩，情願做第五個兒子，宣勤效勞。」

成吉思汗道：「你主如誠意來歸，除准其為第五子外，當以我女與他結婚，永敦和好。」

使臣回去，告知其主亦都兀愓。亦都兀愓大喜，親自齎了許多金銀珠寶，前來朝見。成吉思汗即以優禮相待，把第三個女兒阿勒海別姬下嫁於他，相偕

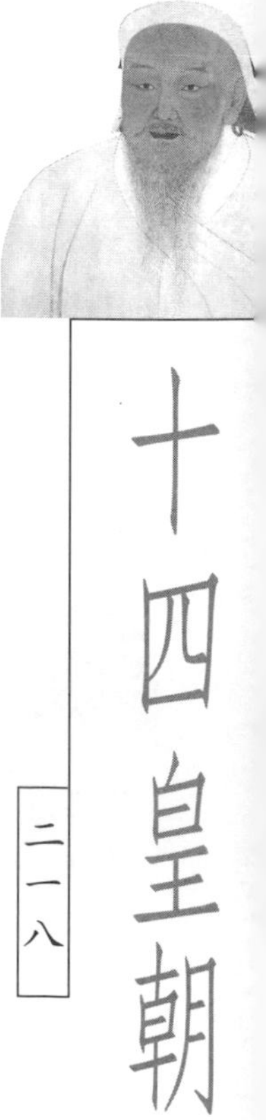

回部。

那阿勒達爾部主忽都阿別乞，聞知伊德爾訥呼部歸附蒙古，得了許多賞賜，且以公主下嫁，十分榮耀，不禁羡慕起來，也遣使臣將了白海青、白騸馬、黑貂鼠等前來進獻，願意投誠。成吉思汗因忽都阿別乞首先歸命，便將第二女扯扯干公主，許配其子脫亦列赤，又將長子朮赤之女豁雷罕，嫁於亦列赤之兄為妻，以示親睦。

成吉思汗的長女火真別姬，從前擬配與桑昆子禿撒哈為妻，後因婚議未成，兩下失和，因此滅了克烈部，另適亦乞剌人孛徒為繼室。那孛徒，本是成吉思汗幼妹帖木侖之夫，帖木侖不幸亡故，成吉思汗便將長女火真別姬下嫁於他，作為繼室。到了這時，又將兩個女兒亦皆出嫁，三個女兒的終身大事總算了結。

還有庶出的女兒，名喚阿勒墩，尚未許字，適因成吉思汗的威名傳播遐邇，連西域也知道蒙古有個成吉思汗。回疆的畏兀兒部也遣使前來通誠。成吉思汗命使答聘，且徵他進獻方物。畏兀兒部酋亦都護收集了許多金珠緞匹，令使臣前來進獻。

成吉思汗意在羈縻遠人，便對使臣說道：「你主若真心歸附，我當以己女下嫁於他為妻。」使臣回去告知，亦都護得了這個消息，很是高興，便親自前來謁見。成吉思汗當面將阿勒墩許他為妻，亦都護一口答應，只說回國後差人來迎。哪知亦都護歸去之後，他的正室知道這事，心懷妒忌，不准他前來迎娶，因此杳無音信，直到窩闊台嗣位，亦都護的正妻已死，方得前來迎娶。這是後話，暫且按下。

單說成吉思汗自畏兀兒部歸服之後，將國內的政事益加整理起來。因太后諸王未便親理民事，便按其人數之多寡，為之設官分治。揀選諸臣之有功者，加以委任。知道窩闊台性情剛強，特命闊闊溯思早晚追隨，勤加輔導，以變化其性質。

蓋成吉思汗於諸子中，最愛窩闊台，此時命闊闊溯思輔導他，便是慎選師保，早已有傳位於他的意思了。

那功臣裡面，要算蒙力克年紀最老，他是也速該臨歿時托孤之臣，當成吉思汗年幼時，訶額侖以一寡婦，撫養諸子，勢力衰弱，部眾叛離，蒙力克始終如一，隨侍主人，絕無異心。因此成吉思汗念其功勳，格外優禮。

蒙力克生有七子，其第四子名喚帖卜騰格里，習為巫術，專以降神召鬼為

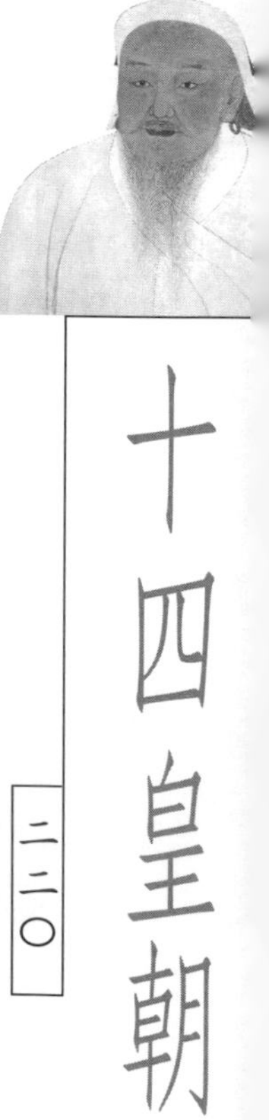

事，成吉思汗也很相信他的話說。帖卜騰格里既有寵於成吉思汗，又自恃其父是開國元勳，便驕奢跋扈，欺壓良善，聲勢異常烜赫，非但群臣不在他眼裡，便是成吉思汗的兄弟，如合撒兒、帖卜木格，他都時加侵侮，絕不講禮。眾人因他深得主子的恩眷，只得忍氣，不去與他計較。

唯有合撒兒性情剛正，見帖卜騰格里的行徑，心內很覺不快，常常加以抑制。

帖卜騰格里深恨合撒兒與自己作對。這日，暗中約下自己的兄弟，有意與合撒兒挑釁，一言不合，便呼噪一聲，七個兄弟哄擁而上，將合撒兒包圍痛毆。合撒兒不曾防著他動手毆打，因此大吃其虧，便至成吉思汗跟前哭訴其事。

成吉思汗適因有事憤怒，他也不詢問情由，便怒罵道：「你平日動言天下無敵，怎麼會被人毆打呢？像你這樣無用，還有面目來告訴我麼？」

合撒兒受了一場沒趣，退了下來，心裡實在懊悶，在家睡著，三日不曾入謁。

帖卜騰格里聞得合撒兒受了成吉思汗的斥責，心內自然得意，又恐他日後要圖報復，暗暗想道：「一不做，二不休，索性斬草除根，免得貽留後患。」

想定主張，便去見成吉思汗道：「昨日有長生天的聖旨神，降於壇上，向臣說道：『天帝的旨意，第一次命鐵木真管理百姓，第二次命合撒兒管理百姓。』臣想主子已經登了大位，為什麼還要命合撒兒管理百姓呢？莫非合撒兒有什麼異謀麼？若不早些將他除去，主子日後恐受其害。」

成吉思汗聽了他的一派謊言，信以為真，立命宮衛兵將合撒兒拿了，拘押起來。群臣盡來諫阻，俱不聽從。

曲出無法可施，星夜奔往訶額侖所居之地，稟明此事，求她親去救合撒兒的性命，訶額侖聞得此信，甚為著急，忙用白駱駝駕車，兼程而行。

原來白駱駝乃是朔漠的特產，用來駕車，施以手術，一夜之間可行五百餘里，比驛馬還要迅速，只是行至其地，就要倒地而斃，所以不是遇到萬分緊急的事情，不肯輕用。

此時訶額侖因為要救合撒兒的性命，唯恐遲了，有誤大事，因此用白駱駝駕車而行，連夜追趕，如飛風掣電一般，絕不停留，至日出時，已抵和林，遂直驅進宮。恰值成吉思汗將合撒兒提來，去了冠帶，縛了兩手，在那裡嚴加審訊。不意母親遠道趕來，一見之下，甚覺惶恐，連忙起身出座，上前請安。

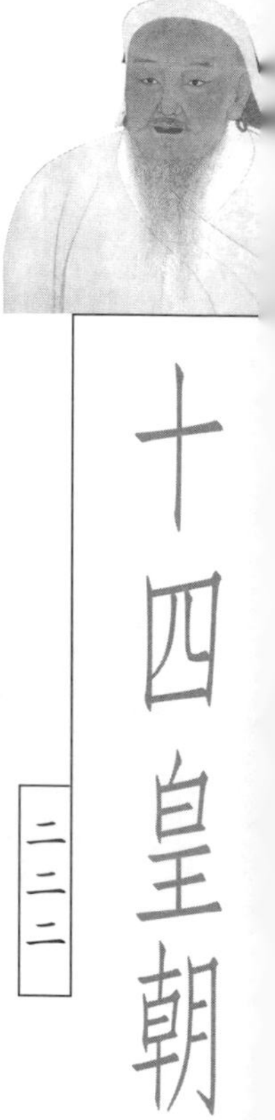

訶額侖如同沒有瞧見的一般，氣吁吁地滿面流淚，走下車來，逕自替合撒兒鬆了綁，仍舊將冠帶給還，一直走進後宮。成吉思汗與合撒兒只得跟隨入內。

訶額侖向床上盤膝坐下，解開了衣襟，露出兩乳，垂垂至腹，叫兩個兒子進前，含淚說道：「你們瞧見麼？這是你們做嬰孩時吃的兩乳，你們看著雖是異體，在我看來，卻是一般。」

又向成吉思汗道：「你弟合撒兒犯了什麼大罪，你要把他置之死地？我記得你們幼時，只有你能吃盡我這一個乳；合赤溫、帖木格兩個人還吃不盡我這一個乳，獨有合撒兒能一頓吃盡兩乳，使我胸腹爽快。所以，現在你長大了，富有謀略，能到今日的地位。合撒兒膂力無窮，精於騎射，倘有叛去的百姓，他憑著弓箭，能夠收捕回來。如今敵國已盡，你的謀臣戰將又很多了，想是用不著他，故要害他性命。但是『飛鳥盡，良弓藏，狡兔死，走狗烹』這幾句話，只可對於旁人使用，在骨肉之間，卻用不著的。你如何不想一想，竟聽信旁人的讒言，殘害自己的手足呢？」

成吉思汗聽了這一番責備的話，雖然不能駁復，但是心內很覺不樂，以為母親偏袒合撒兒，有意羞辱自己，便悻悻地說道：「現在合撒兒已經依你放了，便是羞辱我，也羞辱得夠了。你老人家遠道而來，很是勞苦，還請休息一會罷。」說罷，退了出去，等到訶額侖回去了，成吉思汗究竟還放不下合撒兒，竟將他名下的百姓奪回了一大半，只剩得一千四百名。訶額侖聞知此事，也屬無可如何，唯有憂悶在心，鬱鬱不樂，不上幾年，便一病死了。這是後話，暫按不提。

單說帖卜騰格里仗著成吉思汗的寵信，竟在外面招納叛亡，聚集無賴，伸張勢力，不論三教九流，只要前來投奔，無有不收納的。他門下的食客，竟比成吉思汗還要多些。

帖木格乃是成吉思汗最幼的兄弟，他名下有些百姓，也偷偷地叛離了去投附帖卜騰格里。帖木格知道了，便令莎豁兒到帖卜騰格里門上，向他索回叛民。哪知帖卜騰格里非但不肯交還叛民，反喝令自己的弟兄和許多無賴，將莎豁兒一頓飽打。打過之後，還在他的背上繫了一副鞍韉，方才放他回去，以示羞辱。

帖木格見莎豁兒狼狽而回，問了情形，哪裡還按捺得住，立刻跨了馬，親自前去理論。誰料帖卜騰騰格里兄弟七人一齊圍上前來，反說帖木格無理，不該遣人去討回百姓，其勢洶洶，竟要動手毆打。帖木格因為寡不敵眾，恐怕受了他們的虧苦，只得認錯求饒。

帖卜騰格里道：「既然服罪，須向後面跪了。」帖木格不肯下跪，帖卜騰格里又要動手毆打。帖木格無奈，只得向後跪下，直跪至天晚，方才放他出外。

帖木格忍了一肚皮的悶氣，回轉家中，也沒睡覺，等到天色黎明，便進宮去求見成吉思汗。

成吉思汗和孛兒帖睡在床上，還沒起身。帖木格直至床前跪下，將細情哭訴了一遍。

成吉思汗未及開言，孛兒帖已從繡被中伸出頭來，打了個呵欠，說道：「蒙力克近來狂妄得了不得了，前回縱容著他的兒子將合撒兒打了，如今又罰帖木格下跪，這還成何體統？主子現尚在位，兄弟們又都身強力壯，他尚敢如此藐視，將來主子千秋萬歲之後，倘若遇著幼弱的子孫，這些新收服和麻一般亂的百姓，還能為我所有麼？」說到這裡，不禁滴下淚來。

成吉思汗也覺得很是悽惶，便對帖木格道：「我不過念著蒙力克是先王的舊臣，曾經與我共受患難，所以處處擔待著他，不肯認真。誰道他的兒子竟如此放縱起來，若不加以懲戒，在朝的功臣人人效尤，還了得麼？你可先行起去，停會兒他父子來朝，准你用氣力對付他就是了。」

帖木格謝恩起來，急去叫了三個力士，在門外等候。

不多一會，蒙力克帶了七個兒子一同入朝。帖卜騰格里氣昂昂地在酒局邊坐下。帖木格仇人相見，分外眼明，走上前來，一把將他的衣領扭住，口內說道：「昨日你叫我伏罪，今日你敢和我來比試麼？」兩人扭將起來，用力過猛，帖卜騰格里的帽子落在火盆邊上。蒙力克拾了起來，在鼻間嗅了一嗅，藏於懷內。

帖木格將帖卜騰格里扭出門外，三個力士迎上前來，用木椎將帖卜騰格里背脊捶斷，丟在左邊車梢頭去了。帖木格走將進來，連譏帶諷地說道：「這人昨天叫我伏罪時，何等兇猛，今日我同他比試，他卻很客氣，臥在地上，不肯起來，原來也是個無能之輩。」

蒙力克聽了，心中明白自己的兒子已經沒了性命，垂淚說道：「我自主子患難之際，便追隨左右，做了伴當，不料今日得此酬答。」

他六個兒子聽了這話，也都捋拳將袖的，圍定門限立著，大有躍躍欲試的狀態。幸而帶弓箭的侍衛當帖木格動手的時候，已經上來圍護了成吉思汗。蒙力克的六個兒子見衛士們弓上弦，刀出鞘，分班立著，方才不敢動手。

成吉思汗見帖卜騰格里已死。命人將他的屍首抬了出去，用帳房蓋了，派

人在旁看守。到了第三日天明，看守的人來報說：「帖卜騰格里的屍首忽然不見，門戶依舊閉關，窗洞上面的天窗洞開。」成吉思汗知是蒙力克的六個兒子所為，便把他傳來申斥道：「你子過於兇橫，故為上天所不容，把他的性命都收拾了去，皆是你平日失教之過。現在的六個兒子，你須時時加以訓誨，不可再蹈覆轍。帖卜騰格里的屍首忽然不見，必是你六個兒子所為，我若早知道德性如此，便應與札木合等一樣看待。但我已經許你九次犯罪免罰，若加罪責，恐人笑我朝令暮改。今且姑念前功，恕其初犯，倘若不知悛悔，再敢縱容兒子在外橫行，斷難寬容，那時休要說我薄待功臣。」

蒙力克聽了，甚是惶惶，謝恩下去。

第十七回　進圖西夏

蒙力克受了成吉思汗的申斥，惶悚而退，從此他父子們方才不敢狂縱，氣焰消了許多。

成吉思汗自丙寅年即位，便擬進圖西夏。只因邦家新造，不免有一番經營，如建都城，築宮室，設堡寨，定官制，正陛儀，皆是創始舉行。到了第二年，方才進兵去攻西夏。

成吉思汗親自往征，連拔西夏數城，只因吉里吉思荒原，伊德爾訥呼、阿勒達爾兩個部落前來歸附，成吉思汗因欲懷柔遠人，所以班師回國，親見使臣，便

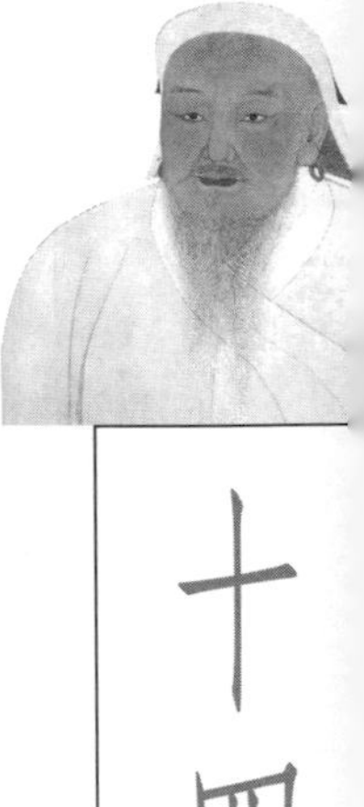

把征伐西夏的事情耽延下來。現在一切事情辦理妥善，又不免要舊事重提，整頓人馬，進取西夏了。

在下趁成吉思汗預備出兵的時候，先將西夏的歷史約略表明。

那西夏的建國，源流倒也很遠。他的始祖，名喚拓跋思汗，本是朔方黨項部的後裔，在唐朝末年，黃巢作亂，拓跋思汗領兵入援，以功封夏國公，賜姓李氏，世居夏州，便在蒙古的南境。傳到元昊手裡，其時已在宋朝，拓地漸廣，僭稱帝號，建都興慶，部下有雄兵五十萬，屢次入寇宋邊，宋朝不能剿滅，只得加以羈縻。

金興以後，西夏國勢漸漸衰弱，內亂頻興。當李存孝嗣位的時候，奸臣專權，國勢岌岌可危。幸得金世宗發兵扶助，代他討平了內亂，西夏得免於亡，因此專屬於金，不敢有二。李存孝既歿，其子純佑嗣位。存孝從弟李安全篡位自立，國內重又擾亂。恰值成吉思汗統一了朔漠，欲圖中原，所定窺取的計畫，以先圖西夏為入手辦法，因此西夏便首遭蒙古兵的蹂躪了。

那成吉思汗將兵馬加以整頓，遂即親自率領，長驅而入，來攻西夏。夏主李安全得了警報，雖知成吉思汗的厲害，但已兵臨其境，斷沒有束手待斃的道理，只得檢點兵馬，預備迎敵。命長子做了元帥，部長高令公為副，率兵往烏梁海城拒守。

那烏梁海城乃是一個要隘，蒙兵入夏，必須從此經過，所以夏人在此拒守。那知蒙古兵到了城下，高令公開城迎戰，剛才動手，已被蒙古兵活擒了去。敗殘人馬退入城中，將城門閉上，蒙古兵便團團圍住，晝夜攻打，把李安全的長子嚇得亡魂喪魄，如何還敢堅守城池，和蒙古抵抗？便在夜間，悄悄地開了城門，一溜煙逃命去了。

有個西壁氏，乃是西夏的太傅，逃走得略遲一步，已被蒙古兵擒去。

成吉思汗奪了烏梁海城，勢如破竹，直攻夷門。夏將明威令公，不知蒙古兵的厲害，冒冒失失領兵前來抗拒，被蒙古一頓亂砍，又把明威令公擒住。所到之處，夏國的將官，不是被殺，就是遭擒，哪裡還有人敢來攔截？被他長驅而進，如入無人之境，一直到了夏都，派兵團團圍住。李安全急得手足無措，一面向金人乞援，一面召集了全國的人馬，拼命地守住城池。

蒙古兵攻撲了數次，因為城池甚是堅固，一時之間竟攻打不下。

成吉思汗十分焦急，也不察看形勢，傳命眾軍，掘開堤岸，要將城外的河水

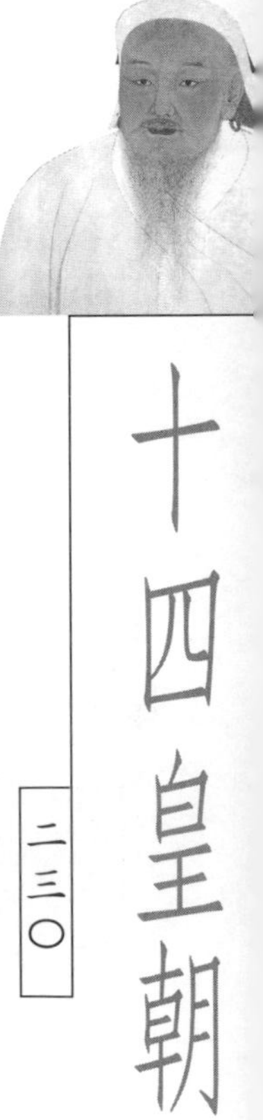

灌入城中。不料堤防方才掘開，那水不向城中灌去，反四散奔流，把城外變成澤國，蒙古兵不能立足。成吉思汗只得撤了圍困，命額特入城諭降。

李安全因金邦救兵未至，只得與他議款乞和，並將自己的親生女兒，名喚察合，獻於成吉思汗，以充下陳。成吉思汗心愛的只有美人、金帛兩樣，如今既得了西夏犒師的許多金帛，又有夏主的愛女察合進獻。再瞧那察合時，又生得如花花見羞，如玉玉生香，那種美麗容光，真個可以奪目眩心，把個成吉思汗歡喜得難以形容。當日夜間，便命察合侍寢，枕席風光歡暢異常，遂暫允西夏議和，收兵回國。

西夏主李安全，自蒙古兵退去，雖然得保國家，卻因愛女為成吉思汗擄去，心內十分懊喪，不怨自己無用，卻恨金人不發兵馬前來救援，以致自己損失了許多金帛，又將愛女獻出，因此遷怒金人，也不思想自己的兵力如何，能否勝得金人，居然起了人馬，去攻金之葭州，被金將慶山奴，殺得大敗虧輸。

李安全便遣使蒙古，勸成吉思汗興兵伐金。成吉思汗本有南下之意，受了李安全的慫恿，練兵豢馬，造箭製盾，預備大舉。

原來成吉思汗久有伐金之志，只因自己國家興創，金邦又是大國，未敢輕舉。後來金人陸續來降，都說金主璟暴虐無道，殺戮宗親，人心離叛，取之甚易。成吉思汗伐金之意，更加堅決。但因未知虛實，仍舊不敢實行，每年進獻的歲幣，依然按時繳納。

到了庚午這一年，成吉思汗要窺探金邦的虛實，親自賚了歲幣，前往進獻。金主璟命衛王永濟至靜州受貢。永濟年輕孱弱，舉動浮躁，成吉思汗見了這般模樣，很瞧不起他，便不與他為禮。永濟大怒，回國後便要請兵征討。適值金主璟薨逝，永濟嗣位，遣使至蒙古，宣告新主登極。

成吉思汗問道：「新主乃是何人？」

使臣道：「便是衛王永濟。」

成吉思汗道：「我道中原皇帝只有天上人能做，這樣庸懦的人，居然也做著皇帝，豈不是怪事麼？」

使臣道：「你曾受我朝敕封，詔旨到來，理應竭誠拜受，如何說出這般話來？」

成吉思汗發怒道：「我祖上俺巴該汗，受了你邦慘刑而死，我正要報仇，你反要我拜受詔書麼？快快與我滾出去，饒你性命，回去寄個信與你們的皇帝，叫他好好地守著。」使臣見他語言橫蠻，不敢多說什麼，快快而返。

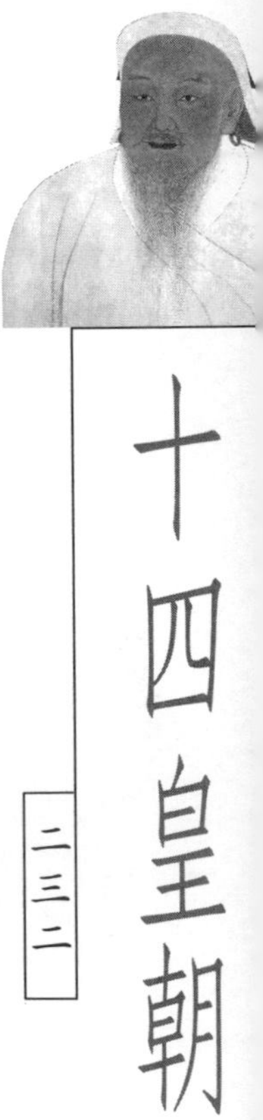

成吉思汗遂即趁著秋高馬肥，帶了長子朮赤、次子察合台、三子窩闊台，率領人馬，祭旗出發。前隊先鋒，乃是哲別，行到烏沙堡，忽報金將通吉、遷嘉努、完顏和碩，領兵到來。哲別聞報，率兵疾進，掩入金營。金人不防敵兵猝至，頓時潰散。

哲別取了烏沙堡，遣人報告成吉思汗。成吉思汗聞得前軍勝利，也催動人馬，趕速來會，進取西京。金將胡沙虎，支持了七日，便突圍逃走。被蒙古兵追殺前來，死傷無數。成吉思汗又得了西京及撫州，分命三子領兵略地，把金國所有的西北一帶州縣，相繼攻下。

金主永濟聞得胡沙虎敗歸，又命招討使完顏糾堅、監軍完顏鄂諾勒統領四十萬大兵，屯守野狐嶺，防禦蒙古。那野狐嶺，形勢高峻，雁飛到此，遇風亦必墮落，世稱這嶺，距天不過十八里遠近，要算是西北地方的要隘，乃是一夫當關，萬夫莫開的地方。金兵屯紮此嶺，只要牢牢地守住，蒙古兵也不能飛度的。偏是那完顏糾堅，自恃有些武藝，要與蒙古開仗。

部將明安諫道：「蒙古兵來勢甚盛，其鋒銳不可當，不如屯兵固守，較為萬全。」

完顏糺堅道：「我奉詔退敵，如何可以不戰？」

明安道：「既要進兵，宜速取撫州，攻其不備。」

完顏糺堅道：「我有大軍四十萬，何必懼怯他，盡可與他大戰一場。免得下次再來窺視。」遂將明安叱退，不從其言。

未幾，偵騎來報，蒙古兵已至嶺西。完顏糺堅又差明安往蒙古營中，責問何故興兵侵犯，明安因主將不用其言，心裡懷恨，奉命之後，即馳赴蒙古營中，投降了成吉思汗，將金人的虛實一齊告知。

成吉思汗連夜發兵掩襲，完顏糺堅不知明安降敵，還在那裡等他的回報，哪知蒙古兵已經殺到，一聲吶喊，突入營中，金兵措手不及，立刻紛亂起來。又當天昏夜黑之際，匆促接戰，動手的人分辨不清自己的軍馬和敵人軍馬，竟至自相殘殺。逃走的人，又瞧不清路徑，以至自相踐踏。殺到天明，積屍如山，血流成渠，四十萬金兵，已是一個不見。成吉思汗乘勝馳追，攻下了宣德州，又令哲別去取居庸關。

這居庸關依山建築，可稱天險所在。哲別領兵到了關下，見山高插天，壁壘完固，倒也不敢輕視。先傳令部眾，奮勇攻打。諸軍奉令齊上，攻了一日，絲毫

未能損動，哲別即揮兵退去。金將道他力怯而退，盡發關內人馬，前往追趕。殺到半途，一聲炮響，伏兵齊起，殺得大敗而回。來到關下，關上已經樹了蒙古旗幟，金兵非逃即降，一座號稱天險的居庸關，竟被哲別用計截取了。

哲別得了居庸關，馳報大營，成吉思汗遂即入關駐紮，即日進取中都。金主永濟見蒙古兵已抵都下，不勝恐慌，竟欲徙都汴京。還是衛兵情願決一死戰，出城抵禦，鏖戰了一日一夜，總算把蒙古兵殺退。成吉思汗乃回兵駐紮居庸關。

過了數十日，因天氣嚴寒，人困馬乏，即留兵屯守居庸關，自率三子回國。

過了殘臘，又至新年，金將耶律留哥糾集故遼遺眾，佔據遼東州，自稱都元帥，投降蒙古。成吉思汗令他居於廣寧，以伺金釁。到了夏季，金主永濟又為臣下胡沙虎所弒，改立升王珣為帝。成吉思汗得此機會，又復分兵三道，殺向金都而來。

那胡沙虎為什麼要弒君呢？因他前次為蒙古殺敗，殺了回來，金主將他革職，後來又復召為右副元帥。他再用之後，並不治事，每天在外圍獵。金主聞知，遣使詰責。胡沙虎挾著前嫌，居然率兵倡亂，強迫金主出宮，即行酖死，另立升王珣為君。

此時朝中大權，盡在胡沙虎一人手內，成吉思汗三道分兵，直犯金都。胡沙虎恰患足疾，聞得蒙古兵來，便乘車督戰。金之衛兵本來很有能力，胡沙虎又十分嚴厲，因此把蒙古兵殺傷甚多，成吉思汗退兵十里下寨。

到了次日，胡沙虎又要出戰，徵召高琪的人馬，未曾如期到來，便矯詔去殺高琪。哪知高琪非但不肯奉詔，反率領部兵入城，圍了胡沙虎的住宅。胡沙虎越垣走，因足疾未癒，墮地傷股，遂為高琪所殺。取了首級，詣闕待罪。金主珣下詔特赦，並宣布胡沙虎罪狀，奪其官階，所有兵馬均命高琪統帶，堅守都城。

成吉思汗並不竭力攻打，反分兵掠取東南，所至之處，州郡皆下，共破九十餘郡，兩河、山東屍骸堆積，數千里村落為墟，雞犬不遺。部下諸將皆勸成吉思汗速攻金都，成吉思汗不從，遣使告金主道：「汝山東、河北郡縣盡為我有，汝只有一個燕京，我豈不能踏平？但天既弱汝，我再苦苦相逼，未免助天為虐。汝能速發金帛犒師，我便當歸去了。」

金主珣聽了來使的話，即召右丞完顏承暉計議。

完顏承暉道：「天地氣運，循環往復，都有一定，非人力所能強為。蒙古的成吉思汗，以殘敗之餘，不上十餘年，鯨吞蠶食，盡平朔漠。現在興兵南下，不

過年餘，山東、河北盡為所占，聲勢非同小可。我軍素稱驍勇，戰無不勝，攻無不利，今與蒙古相遇，動即敗衄，這不是氣數所繫，非人力所可挽回麼？若再廝拼下去，恐我軍潰散，即在目前。為今之計，不如暫顧一時，先與求和，待他退兵，我們方可從長計議，徐圖恢復。不如多出金帛，前往犒軍，乘此謀和，也還容易。」

金主聽了這話，乃命完顏承暉前往乞和。成吉思汗向完顏承暉道：「金金銀財帛，我這裡並不稀罕，你主應有子女，何不遣來侍我！」完顏承暉只得唯唯答應，回城報告。金主沒有法想，只得把故主永濟的女兒飾為公主，送入蒙古營中。又將金馬童男女五百名，良馬三千匹，作為犒軍之費。

成吉思汗得了金國的公主，遂即出關回國。那金國公主，姿色卻是平常，但成吉思汗年已花甲，金公主方在少艾，復因她是大國的公主，不得不格外寵愛，因此待以后禮，頗加眷注。

金主珣自蒙古兵退後，怕他再至，便要遷都汴京，以避其鋒。左丞相圖克坦鎰力諫，不從。遂命完顏承暉為都元帥，與左丞穆延盡忠，奉太子守忠，鎮守中都，自與六宮赴汴。成吉思汗聞得金主徙汴，勃然說道：「你既與我修和，何故又要南徙？這明明是疑心我了。他既疑我，便去與他為難。莫說徙往汴京，就是逃到天上，我也將他追回呢。」遂大閱師徒，擇期南下。

恰值金國軍作亂，戕殺主帥，北走蒙古，前來請降。成吉思汗命薩木哈、舒穆魯、明安率兵與會，直入長城，再圍中都。金太子守忠，聞得蒙古兵來，慌忙逃往汴京。完顏承暉與穆延盡忠，督兵堅守，蒙古兵屢攻不下。成吉思汗又命木華黎為後援，率兵南下。木華黎從前隨征金都，曾收降史天倪兄弟。

那史天倪乃永清人氏，從兄名天祥，弟名天安、天澤，都是智勇兼全，可謂大大的人物，木華黎倚為心腹，保天倪為萬戶，餘亦用為隊長。現在奉命南征，帶了天倪兄弟等出發，天倪對木華黎道：「金人棄幽燕而徙汴梁，最是失策，遼水東西，乃金邦咽喉之地，我若奪他北京，略定遼水諸郡，塞住咽喉，則中都孤立，不難拔取了。」

木華黎從其言，引兵直指遼西，攻金北京。金守將銀青，率兵二十萬，抵禦於和托戍堡，為蒙古所敗，逃歸城內。部將完顏昔烈、高德玉等，不服銀青節制，遂將銀青殺死，推寅塔虎為帥。木華黎聞知此事，率兵進攻，寅塔虎舉城投降。

　　北京下後，遼西一帶，望風歸附，中都孤立無援，勢甚危急。完顏承暉見了這般情形，十分著急，遣人向汴京告急，請發救兵。金主為得了中都危迫之信，便命御史中丞李英，率兵往救。

第十八回　天賜奇才

金主珣命李英率兵往救中都，哪知李英素性嗜飲，以酒為命，馭軍又無紀律，行到霸州，與蒙古兵相遇，臨陣的時候，他還連呼「酒來」，飲至百觥，醉醺醺地爬上馬去，東倒西歪，煞是好看。麾下兵士見他如此朦朧，不禁掩口而笑。

蒙古兵卻如猛虎一般，見了金兵，便大呼衝殺。金兵攔擋不住，被他突入中軍，李英酒尚未醒，在馬上晃搖不定。蒙古兵馳向前來，手起一刀，砍落馬下。金兵沒了主帥，立即奔潰。中都盼望援軍，不見到來，被蒙古兵困得內外不通。

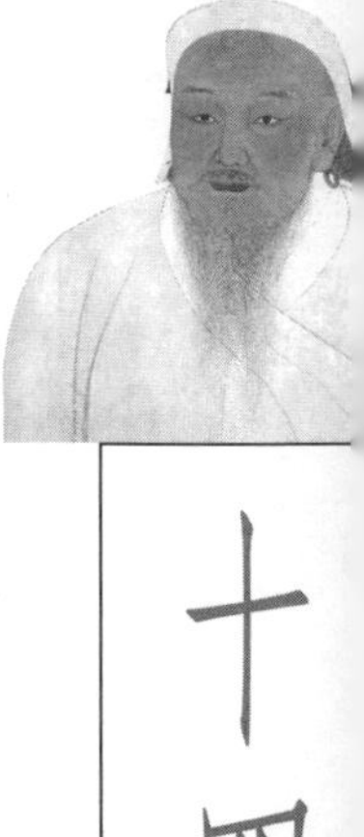

完顏承暉決計死守，和穆延盡忠商酌，穆延盡忠口中支吾答應，絕無誠意。

完顏承暉瞧了他的情形，知道不是可靠之人，遂長嘆了一聲，叩辭家廟，親作遺表，抗論穆延盡忠與左副元帥高琪的罪狀，差尚書省令史師安石，賫往汴都，便和家人訣別，仰藥而死。

穆延盡忠帶了家屬，將出通元門逃走，金國妃嬪未曾攜往汴京的，一齊攔住了他，要他帶領逃命。

穆延盡忠恐為所阻，即謊言道：「我當先出，與諸妃啟途。」諸妃嬪信以為真，由他出外。他竟攜了家眷，揚長而去。那些妃嬪進退無路，蒙古兵入城，把年少貌美的掠去姦淫，年老貌陋的盡死刀下。

中都既破，宮室付諸一炬，府藏搜劫一空，太廟裡面供著金國朝廷祖宗的神主，盡都擲入溷廁裡面。比到滅亡北宋的時候，絕無歧異，也可說是天道好還，報應循環了。

那師安石賫了完顏承暉的遺表，到得汴京，穆延盡忠也便到來。金主覽了遺表，追封完顏承暉為廣平郡王。穆延盡忠之罪，亦加赦宥，命為平章政事，後來盡忠謀逆，方才伏誅，暫按不表。

單說成吉思汗聞得中都已拔，即親率精兵，往取潼關。潼關在汴京之西，勢極險峻，屢攻不下，遂命將由間道入關，又為金花帽軍所敗。成吉思汗乃率兵回國，命木華黎鎮守南方，統轄燕雲，建立行省，加封為國王，兼太師，並賜誓寡金印。對他說道：「我略北方，汝略南方，分途進取，勉立大功。」

木華黎奉命之後，即由中都調遣兵馬，攻取河東諸州郡，拔太原城。降將明安，領偏師趨紫荊關，擒金元帥張柔。張柔素性任俠，鄉里多慕義相從，金中都副經略苗道潤深加器重，薦他為昭義大將軍。權署元帥府事。道潤為其副賈瑀所害，張柔率眾報仇，行至半路，與蒙古兵相遇，在狼牙關開仗，馬蹶被擒。

明安勸其投誠，張柔遂降於蒙古，招集部曲，連下雄、易、安、保諸州，進攻賈瑀。賈瑀據孔山台，堅守不出。張柔圍攻兩旬，斷絕汲道，遂破孔山台，生獲賈瑀，剖心以祭道潤，所有賈瑀部眾，徙治滿城。

金真定帥武仙會合人馬，約有數萬，前來攻擊。張柔全軍適出，帳下僅有數百人，遂令老弱婦女登城，自引壯士潛出，突攻武仙之背，毀其攻具。武仙部下猝不及防，疑有救兵前來，相顧駭愕。又見山後，隱隱的旗幡飄揚，益加驚疑，四散奔逃。張柔乘勢追殺，積屍遍野，因此威震河朔，深冀以北，鎮定以東，三

十餘城，皆為收取；武仙率眾來爭，一月之中，經十七戰，皆獲勝仗。武仙勢窮力蹙，遂舉真定城，至木華黎軍前投降。木華黎命史天倪，權知河北西路兵馬事，而以武仙副之，此事暫按不表。

且說乃蠻部太陽汗之子屈曲律逃往西遼，那西遼乃是耶律大石所建設，又名黑契丹。從前遼為金邦所滅，耶律大石西奔，據了葱嶺東西的地方，聯合了回紇諸部，成為大國。傳至其孫直魯克，東方屬部，多叛歸蒙古，國勢漸衰。恰值屈曲律投奔前來，直魯克正因蒙古納其叛屬，心內忿恨，欲思報復，知道屈曲律熟悉東方情勢，遂加任用。

直魯克之妃格兒八速，生有一女，取名叫晃，年已十五，姿態嫵媚。直魯克欲收屈曲律之心，即以女兒嫁他為妻。自此屈曲律的權力日盛，遂存襲奪西遼之意，便向直魯克說道：「我父所遺舊屬，為數頗眾，我欲出招潰卒，一來保衛國家，二來報復父仇。」

直魯克竟從其言，屈曲律束裝東行，乃蠻舊屬果來歸附，遂乘勢劫掠各部，路中遇見花剌子模王的使臣。這花剌子模，便是唐朝所稱的貨利習彌國，國王名喚謨罕默德，本是突厥種族，素奉回教，其父在日，為西遼所敗，歲奉貢幣。

到得謨罕默德嗣位為君，心中很以屈於西遼為辱，不過沒有機會，未能報復就是了。屈曲律深知內情，途中遇見他的使臣，便約他共滅西遼，允許他事成之後，東方歸屈曲律掌管，西方歸於謨罕默德。

使臣回國，告知一切。謨罕默德正要與西遼為難，只恨無隙可乘，現在得了屈曲律的密約，正中機會，便允為幫助。屈曲律得了謨罕默德的許可，即率其部眾，攻入西遼。謨罕默德亦率兵來援，前後夾攻，生擒西遼將塔尼古，兵馬頓時四散奔潰。直魯克不及逃走，被眾圍住。

屈曲律向部下說道：「直魯克是我婦翁，不得加害。」乃留部眾於外，自己入內，謁見直魯克。

直魯克已驚惶無地，見了屈曲律，便道：「你不要害我性命，我當把王位讓你。」

屈曲律道：「你是我的婦翁，與我的父親一樣，怎麼叫你讓位？」

直魯克道：「你既不要我讓位，如何又令部眾圍困我呢？」

屈曲律道：「只是部眾因你年老，要我幫你辦事的緣故。」

直魯克道：「就依你的話，幫我辦理便了。」屈曲律便揮退部眾，將西部西

爾河以南的地方，割讓於花剌子模，且將歲幣免除，謨罕默德方才領兵回去。

誰知屈曲律陽尊直魯克為主，一切國事，皆由自己決斷，絕不使直魯克預問。直魯克憂恚異常，不到一年就死了。屈曲律遂繼位為西遼之主。聞得故相的女兒很是美貌，娶為妃子，這妃子不信回教，勸屈曲律皈依佛教。屈曲律為她所惑，便令民間俱要奉佛，不得信從回教。回教徒阿拉哀丁出而爭執，屈曲律怒他無禮，將阿拉哀丁的手足釘於門上以示威。又復增加賦稅，派兵監謗，人民十分怨恨。

這個消息傳到蒙古，成吉思汗便命哲別前往征討。哲別到了西遼，先出令聽百姓各歸舊教，並免除一切苛政，人民大悅，爭來迎接。屈曲律見軍民無一肯為己助，只得帶了眷屬逃去。哲別進兵追趕，來至巴克達山，因途徑叢雜，正在躊躇，忽見有個牧人，前來報告屈曲律的蹤跡，遂命為前導，將屈曲律搜獲，一刀殺死，所有眷屬盡作俘虜。西遼的土地遂亦歸併蒙古，西境便與花剌子模接壤。

蒙古有商人前往貿易，被訛答剌城主劫掠了金銀，並將商人殺死。成吉思汗遣使責問，又被所害，便欲親自往討。

其時已是十四年六月，成吉思汗將欲西行，與各皇后話別，只命忽蘭夫人隨軍同行。也遂皇后便道：「主子年紀已老，天方盛暑，何必親自往征？不如命各皇子帶兵前去。」

成吉思汗道：「我不在軍中，總覺得有些放心不下，況且我的精神很好，應該沒有意外之事。即使有甚不測，也不枉了創業一場。」

也遂顰眉說道：「諸皇子中嫡出的共有四人，主子千秋萬歲後，應由何人繼統，也應早些定奪。」

成吉思汗點頭道：「此事頗關重要，我因政務匆忙，無暇及此，宗族大臣也未提起，今日幸有你一言，把我提醒，此事倒要斟酌一番。」說道，遂出外宣召各皇子前來，先向朮赤道：「你是我的長子，將來願意嗣位麼？」

朮赤未及答言，察合台已勃然說道：「父親何故問他，莫不是要他繼統麼？他是蔑里吉帶來的種，我們如何受他的管轄？」

成吉思汗道：「胡說！」

察合台道：「父親忘了麼？我母不是被蔑里吉擄去，後來在歸途中便生了朮赤。」

察合台說到這裡，朮赤再也忍耐不住了，便一把揪了察合台的衣領道：「在

父親面前，也敢胡言亂道，你不過仗著有些氣力，此外有何本領！我們到外面先賭射遠，我若輸了，便將大指剁下，再與你相搏。你若能扳倒我，我就伏在那地方，永不起來。」

察合台也不肯相讓，兩人扭結起來。眾宗族忙來相勸，闊闊搠思本有輔導察合台之責，便上前向察合台道：「我們爭鬧，不應牽及母親，當你未生下時候，天下擾攘，互相攻擊，以至你賢明之母不幸被擄，似你這般說，不傷你母之心？你母一生深苦，輔助你父成就大業，如日同明，如海同深，你尚未報親恩，如何反可譭謗她呢？」

成吉思汗道：「察合台，你聽見麼？朮赤是我長子，你下次休這般說。」

察合台微笑說道：「似朮赤的氣力技能，也不用爭執，我願與他追隨父親效力。兄弟窩闊台，性情敦厚，處事謹慎，若令他繼承基業，定可不負父親所託。」

成吉思汗聽了，便問朮赤的意見如何。朮赤道：「察合台既已說了，便照他的話辦理也好。」

成吉思汗道：「這才是有志氣的，天下如此廣大，你二人還怕沒有封地麼？

今日的話須要大家牢記，不可忘了。」朮赤與察合台均各無言。

成吉思汗又向窩闊台道：「你兩個哥哥都叫你續統，你意下如何？」

窩闊台道：「承父親的恩典，兩位哥哥的抬舉，我有什麼話說。但是自己沒有什麼智力，還可以小心謹慎行去，不至有何閃失，只恐後嗣不才，不堪承繼，奈何？」

成吉思汗道：「你能小心謹慎地辦事，還有何說。」又向拖雷道：「你的意見如何？」

拖雷道：「我只知道奉父親的訓諭，若是哥哥們有忘了的事，我便提醒他，差我去殺敵，立刻上馬就行，此外便沒什麼意見了。」

成吉思汗即召合撒兒、別勒古台、帖木格與合赤溫之子阿勃赤歹前來，說道：「我母去世，我弟合赤溫亦已病歿，現在只有三個兄弟，和兒阿兒勒赤歹，是我的至親骨肉，我已議定第三子窩闊台，將國繼承大統，當使朮赤、察合台、拖雷三人皆有封土，各守一方。我的兒子原不應違背訓諭，但願你們也要永遠不忘。倘若窩闊台的子孫沒有才能，不能擔當大任，我的子孫中，總有一二個好的，可以擇賢繼立。大家能秉公去私，同心協力的去做，國祚自然綿長，便是我

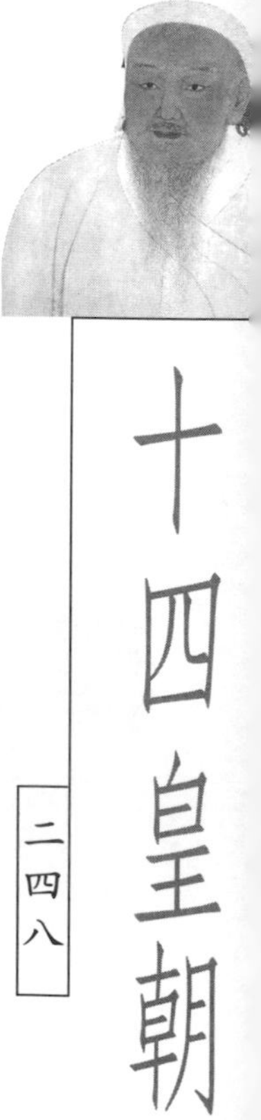

死後，也得瞑目了。」合撒兒等一同答應。

儲位問題既已解決，成吉思汗便帶了忽蘭夫人，統率大軍，預備起行。先派哲別先行，速不台為二隊，自統人馬為後應。又差使往西夏，徵他會兵西征。

西夏不肯發兵，成吉思汗怒道：「他敢違我命令，待我征服了西域，再去問罪。」遂即祭旗啟行。其時適當六月，祝告方畢，忽然狂風大作，黑雲四起，頃刻之間，降下一場大雪，不過半日工夫，積雪深至三尺。

成吉思汗心下不快道：「時當六月，天應炎熱，如何下此大雪，莫非此行有甚不利麼？」語尚未畢，忽然閃出一人說道：「主子放心，這場大雪，正是克敵之兆，此去必獲大捷。」

成吉思汗大喜，諦視那人，乃是耶律楚材。這耶律楚材本是故遼皇族，仕金為員外郎，生平博覽群書，能能天文、地理、律曆、兵刑之學。成吉思汗伐金，取了中都，聞得耶律楚材之名，徵為掾屬。遇事諮詢，莫不通曉，又長於占卜，頗多奇應。因此，成吉思汗甚加信任，稱為天賜奇才。現在他說這場大雪乃是克敵之兆，自然深信不疑，當下便命耶律楚材隨營效力，以備顧問。耶律楚材又為成吉思汗訂定軍律，所過嚴肅，並無侵擾。

行至也兒的石河、柯模里、畏兀兒、阿力麻里各部落，皆遣使來會，情願發兵隨征。成吉思汗大悅，遂屯駐下來，等候各部人馬，會合西進。直至過了殘臘，各部人馬方才會齊，傳令進兵，直至訛答剌城。

城主伊那兒只克率兵數萬，堅守城池，頗為完固。成吉思汗圍攻了數月，方可破城，花剌子模的援軍又復到來，領兵頭目叫做哈拉札，入城助守，城又完固。成吉思汗遂即分兵，四下攻略，留察合台、窩闊台圍攻訛答剌城。令朮赤統一支兵去攻毯的城。阿剌黑、剌客圖、托海領一隊人馬，攻白訥克特城。自己與拖雷統率大軍，渡忽章河，直驅布哈爾城，橫斷花剌子模的援軍。

那察合台、窩闊台分兵之後，盡力圍住訛答剌城，又經過了數月之久，城中糧食已盡，外面的援軍又為成吉思汗截斷，不得前來，哈拉札見形勢危急，意欲出降。伊那兒只克道：「要降應該早些，現在勢已窮蹙，再行投降，蒙古人暴橫得很，恐怕你難保全性命，與其出降就戮，反不如與城共亡，同是一死，還較為值得一點。」

兩人的議論不合，哈拉札便於夜間率領親軍，突圍出走。察合台領兵追上，將哈拉札擒獲，訊問了城內的虛實，立即殺死，梟首示眾。率兵向城內猛攻，將

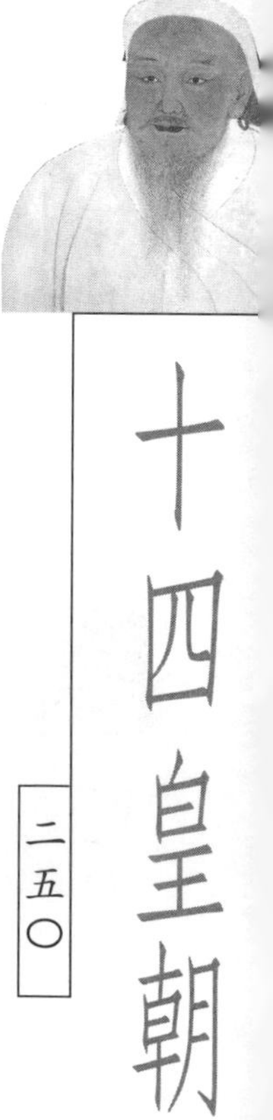

城堞毀去，攀援而上。

伊那兒只克戰了一場，退守內城。又復相持月餘，無如糧食盡絕，人馬餓死一半，戰死一半，只剩了兩名兵卒，還登屋揭瓦，飛擲蒙古人馬。察合台、窩闊台突入內城。伊那兒只克此時兵馬已被蒙古掃盡，他還單人獨馬，手執雙刀，衝突馳驟，拚命死鬥。

察合台、窩闊台見他如發了瘋的癲犬一般，部下兵馬無人能夠抵敵，不禁大怒起來，兩人一同齊上，又指揮部眾，將他團團圍住，奮力截殺。

第十九回　威震回部

伊那兒只克城破之後，部眾已盡，剩了單身獨馬，又復拚命死門。察合台、窩闊台兩人戰他一人，又指定兵馬團團圍住。伊那兒只克直殺至刀鋒殘缺，氣力已盡，方才被執，押入囚籠，送往成吉思汗大軍，命將生銀熔化為液，灌入他的口耳，以報殺商、戕使的怨恨。

朮赤的一支人馬，盡略西北一帶，先抵撒格納克城，遣畏兀兒部人哈山哈赤，入城諭降，竟為所戕。朮赤憤甚，奮力攻撲，破城之後，將城中人民殺戮殆盡，以哈山哈赤之子為城主。遂進攻奧斯懇、八兒真、遏失那斯三處城池，盡皆

陷之。兵至毯的，守將遁去。再西進，陷養帖干城，均命官留守。那阿剌黑等三將，兵臨訥克特城，一鼓而下，遂進取毯城。

城主名喚帖木兒瑪里克，守著河裡面一個小洲，和城內互為應援。阿剌黑等屢次與戰，均遭失利，亟遣使向成吉思汗請增兵助戰。成吉思汗已拔取了布哈城、塔什干城，行抵布哈爾，得了阿剌黑等報告，即派兵往援。阿剌黑等兵力既增，即運石填河築堤達洲。帖木兒瑪里克幾次來爭，皆為殺敗，只得在夜間乘舟，意欲逃往白訥克特城。不料阿剌黑等已用鐵索鎖在河間，阻他前進，兩岸上都用強弓硬弩，亂放亂射。帖木兒瑪里克只得棄舟登岸，且戰且行。阿剌黑等揮兵追躡，殺傷殆盡，只剩得帖木兒瑪里克一人走逃。

不過三月工夫，各軍馬皆來報捷。成吉思汗大喜。唯朮赤、察合台、窩闊台三人，將所取各城的人民擅自處分，並未稟明。成吉思汗因此發怒，傳令諸子不准入見。朮赤與察合台、窩闊台等奏凱回來，在營外三日，不敢通報，惶恐異常。

至第四日，博爾朮入見成吉思汗道：「回疆梗化，主子大張撻伐，占了他的城池，擄了他的百姓，朝野臣民，莫不歡欣鼓舞，額手慶賀。主子為何動起怒來？諸皇子雖擅取了百姓，行為不合於理，但都是主子之子，他們所有，便是主子所有，況且他們都已知過，在營外待罪三日，主子何不傳入，面加訓飭，令其以後謹慎行事呢？」

成吉思汗怒氣稍息，傳三子入帳，拍案大罵。三子皆汗流浹背，不敢仰視。左右均上前諫道：「諸皇子年輕，初次領兵，無異出巢的鷹雛，今日第一次立功，主子不加獎勵，反而責罵，恐阻其向上之心。現在世界的敵人尚還不少，主子何不令他們戴罪立功呢？」

成吉思汗遂命三子跟隨自己，攻取了布哈爾城。

追趕至阿母河，成吉思汗傳令，除投降者免死，其餘一概誅戮。且登回教的講臺，召集了人民，宣布殺商、殺使的罪狀，令富戶各出家財犒軍。回民處在積威之下，哪裡還敢違逆？只得將私財盡行獻出。

那謨罕默德已引兵駐紮於薛米思干。消息傳來，成吉思汗立即率兵往薛米思干，謨罕默德聞得大軍將至，即行逃去，城內尚有民四萬，守具甚是完備。成吉思汗命朮赤等三路軍馬，四面圍困。城中出戰，又為大軍所敗。守將阿兒潑，四圍而困，城內無主，遂即投誠。成吉思汗許以不死，待到兵民出城，命各兵剃髮

結辮，俱入軍籍，人民仍照舊制。

至夜間，搜殺降兵，靡有孑遺。又俘工匠三萬名，分隸各營。壯丁三萬名充作奴隸。餘民五萬，令出金錢二十萬，始得安居，因謨罕默德未能就獲，令哲別、德不速率兵往追。

又探悉謨罕默德的母親、妻子，居住玉龍傑赤城，與丹尼世們去對她說道：「你的兒子謨罕默德得罪了我，所以發兵來討，你所居之地，我不來侵犯，可以遣人議和。」

謨罕默德的母親，名喚支爾干，非但不肯遣使議和，反將丹尼世們逐出，逕自率領婦女向西而去。

謨罕默德逃走之時，其長子札蘭丁隨父出奔，要召集部民，扼守阿母河，謨罕默德不從其言。札蘭丁又要自任統帥，任父他往，謨罕默德又不允其請。次子屋克丁，駐兵於義拉克，萬人來迎，說是有兵有餉，可以堅守。謨罕默德遂向西行，部下隨從的兵卒，多康里部人，暗中叛亂，幸得事先戒備，每夜輒易寢處。

一夕，已徙他處，所留空帳，叢矢如蝟。謨罕默德心中大恐，藉稱出獵，帶了心腹數人，與札蘭丁奔往義拉克而去。哲別、速不台率兵窮追。到了阿母河，因無舟楫可以渡過，遂令兵士伐木編筏，內置器械，外裹牛羊獸皮，繫於馬尾，驅馬泅水，將士扳援以隨，竟得渡過。過渡之後，分兩路追趕。哲別趨西北，速不台趨西南，將至寬甸吉思海左近，敵軍重又會合。

謨罕默德在義拉克聞得蒙古軍將到，遂即西行。屋丁克亦不敢抵敵，棄城而去，謨罕默德逃到伊蘭，只住得數日，又東奔馬三德蘭。馬三德蘭的舊部酋，從前為謨罕默德所殺，地亦被併。其子聞謨罕默德忒蹇而來，率眾報仇，殺入帳中。

謨罕默德已聞信先逃，越寬甸吉思海，在小島中休息。此時謨罕默德因晝夜奔竄，辛苦成疾，彌留之際，將腰間所佩之劍，付於札蘭丁，命他嗣位而死。札蘭丁將謨罕默德草草殯葬，從島中潛行出外，至玉龍傑赤城，支爾干雖已逃走，城中尚餘兵六萬，半屬康里部人，見札蘭丁到來，又欲加害，札蘭丁倉惶而逃，途中遇見帖木爾瑪里克，率著三百騎西行，兩人會合一處，奔往哥集寧。

哲別、速不台兵抵馬三德蘭，聞知謨罕默德竄死小島，遂勒兵往伊拉爾堡，圍住了謨罕默德的母、妻。那伊拉爾堡，在萬山之中，茂林深溪，陰翳蔽天，難

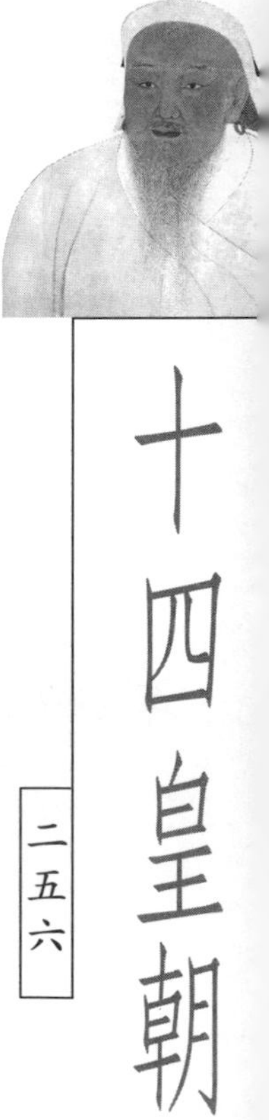

以攻入，遂分佈人馬，四面圍困，斷其汲道，適值一月不雨，山中無水，人民口渴欲絕，只得出外逃命。哲別、速不台早已派兵守候，見一個捉一個，來兩個擒一雙，等到山內人民紛紛出外，哲別、速不台料知山中已經內亂，即引兵入內，將謨罕默德的母、妻、女、孫，完全拿獲，送往成吉思汗大營。

成吉思汗赦了支爾干的死罪，將她幼孫殺卻，所有女子四人，一個給了丹尼世們，一個給了從前被殺的商人之子，餘兩個皆給了察合台。察合台只留一女，把一女給了部將。

哲別、速不台又奉到成吉思汗命令，叫他們暫勿回軍，寬甸吉思海之北，有欽察部，曾經收容蔑里吉部的降人，可往征討。二將奉了命令，只得又向西進。那成吉思汗平定了撒馬耳干，即至碣石避暑。

到了秋涼時節，親率拖雷往略南方，命朮赤、察合台、窩闊台往征玉龍傑赤城。此時玉龍傑赤城，已由兵民公推康里部人庫馬兒充當首領。朮赤等兵臨城下，守兵出外迎戰，殺得大敗而回，自此不敢出戰，憑城死守。蒙古兵圍攻數日，均不得手。朮赤遣使諭降，庫馬兒不從。遂伐木為橋，令兵三千進攻。

城中一大隊人馬，就從內殺出，將三千蒙古兵圍於垓心。朮赤忙發兵往援，橋腹被毀，不得過去，只有眼睜睜地望著三千人馬被敵兵殺得一個不留。察合台要乘風縱火，焚毀城廓，朮赤欲王此土，不肯答應，因此兩下不和，各存意見，直至七月之久，還未攻下此城。成吉思汗聞得此信，遣使切責二人，改命窩闊台統領諸軍。

窩闊台竭力為兩人和解，遂決河水灌城。城中驚惶擾亂，窩闊台乘勢殺入。庫馬兒猶帶領部兵死戰至七晝夜之久，力竭而身亡，城內人民盡遭屠戮。朮赤留城居守，察合台、窩闊台兩人回見成吉思汗。此時成吉思汗已略定阿母河，直指塔里寒山，命拖雷領兵往呼羅珊，為哲別、速不台後援。成吉思汗親自取塔速里寒寨，其寨西面叢山環抱，守兵極為勇猛。蒙古軍戰了數次，不能取勝，傷亡了許多人馬，成吉思汗只得召回拖雷。

那拖雷往呼羅珊，所過城寨，剿撫兼施，已抵呼羅珊西北，奉到召還之命，遂由寬甸吉思海抵木乃奚國，縱兵大掠。又破匿察兒、也里各城，始抵塔里寒山，在途中已耽延了數月，方得與成吉思汗會合攻寨。拖雷奮勇進撲，經過七月之久，才能攻下。成吉思汗即在寨中避暑。察合台、窩闊台亦於其時到來。

到了將近秋天，忽報謨罕默德長子札蘭丁，在哥集寧收合餘眾，與班勒紇城

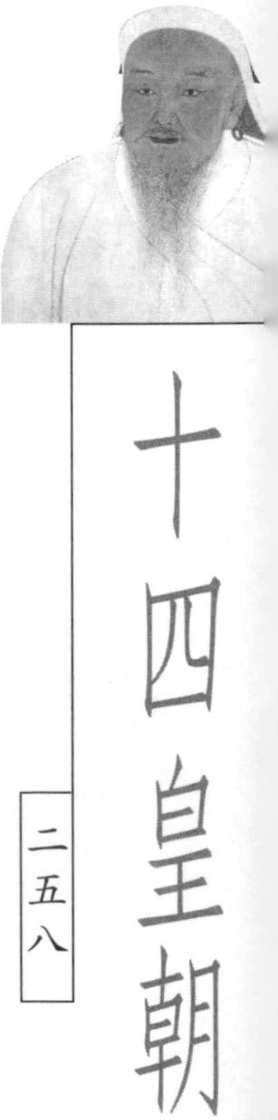

主滅里克汗互相聯合，聲勢甚盛。謨罕默德的次子屋克丁，也出屯於合兒拉耳，部下亦有千人。成吉思汗乃命哲別等分兵攻屋克丁，親往征札蘭丁。

那札蘭丁已擁眾六萬有餘，復得滅里克汗相助，欲與蒙古軍抵抗。成吉思汗逾五達克山，抵八米俺城，令忽禿忽領前哨，向東南進發。忽禿忽行至可不里，與札蘭丁相遇，兩軍會戰。忽禿忽見敵軍甚眾，恐眾寡不敵，密令軍中，將毯縛成了人的形狀，置於軍後，到了臨陣的時候，前軍奮呼廝殺，戰至半酣，把氈毯載於馬上，從後推至。札蘭丁的部兵果然疑是援兵大至，漸漸卻退。

獨札蘭丁奮然言道：「我軍較敵人多至數倍，何用怕他！」乃分部眾分為三隊，自領中軍，滅里克汗領右翼；部阿克格拉領左翼部，包抄上來，將蒙古軍圍住。

忽禿忽見疑兵之計已被識破，只得率領兵士力衝敵陣。無如敵兵好似蜂屯蟻聚一般，裹將前來，殺了一陣又是一陣。忽禿忽情知不妙，便令部眾視著大旗所向，親自秉著大旗，奮勇大呼，衝開一條血路，向北逃走。

札蘭丁揮軍追殺，死傷無數，軍械馬匹盡為奪去。蒙古軍自西征以來，所向披靡，這一仗要算是大敗虧輸了。

這個消息傳達至成吉思汗軍前，成吉思汗也正在失意的時候。你道何事失意？原來成吉思汗引軍攻八米俺城，察合台之子莫圖根，少年驍勇，精於騎射，充當前哨，猛攻八米俺城，為守兵一箭射死。察合台見莫圖根陣亡，失聲大慟。成吉思汗喪了愛孫，也悲傷異常，恰恰忽禿忽的敗報又於此時傳來，失意之事更迭而至，怎麼不要怒發裂眥，誓必攻破八米俺，以報此仇，當即督軍力攻。

察合台報仇心切，親冒矢石，揮軍撲城，前仆後進，城下屍積如山，兵山踐蹈積屍而上，將城攻破，一擁而入，不論老少男女，一概戮盡，連牛羊犬馬也不存留，並將城垣完全拆毀，其地竟成一片荒土，至今尚無人煙，你說可慘不可慘呢？

成吉思汗破了八米俺，並不耽延，率軍南行，途中遇見忽禿忽領了敗殘人馬狼狽而來，責其狃勝輕敵，命引至交戰之地，閱視一番，指點缺失，遂兼程而進。一路之上，軍士因緊趕路程，不及炊煮。都懷著米，生啖裹腹，兵抵哥疾寧。

札蘭丁早已得信，聞知成吉思汗親自前來，如何還敢抵敵？又因滅里克汗

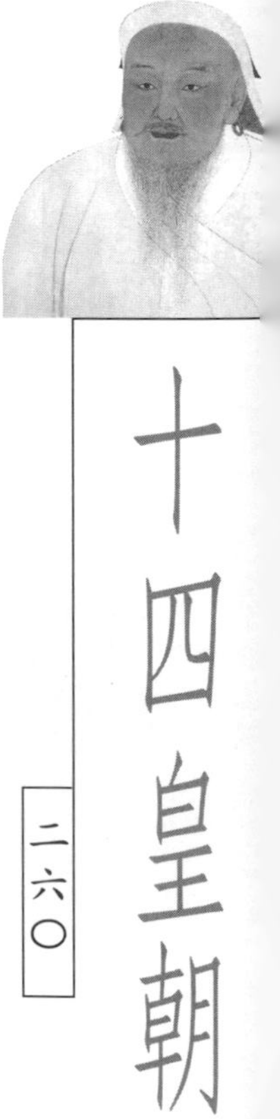

與阿格拉克為了爭馬啟釁，滅里克汗用馬鞭打了阿格拉克一下，阿格拉克自引部眾，憤憤而去。札蘭丁失了臂助，更加不敢和成吉思汗對敵，因此同滅里克汗奔向印度河而去。哪知成吉思汗打聽得札蘭丁已不在哥疾寧，便也捨城不要，星夜趕向印度河來。

札蘭丁的部眾，還距印度河里許，成吉思汗的人馬已經追到。札蘭丁不及渡河，只得排開陣勢，拼命一戰，成吉思汗的人馬趁著一股銳氣，甫經交接，便大刀闊斧，突入敵陣。札蘭丁奮力支持，正在兩不相下，誰知忽禿忽因前次敗北，甚為羞慚，意欲立功贖罪，他便引了部下，直衝札蘭丁的右翼滅里克汗軍。滅里克汗抵擋不住，退至印度河旁。

那蒙古軍已有一支抄在前面，見滅里克汗前來，便突出攻殺。滅里克汗措手不及，被蒙古軍斬於馬下。札蘭丁孤軍力戰，自晨至午，部下人馬被蒙古兵殺死無數。札蘭丁見部眾已盡，只得突圍而出，奔到河邊。忽禿忽又引軍殺來。札蘭丁勢孤力竭，馳上一座高崖，將坐騎一拍，連人帶馬，投入印度河中，竟自半沉半浮，泅水逃去。

蒙古諸將都欲赴水力追，成吉思汗道：「窮寇莫追，且是由他。但這人勇健異常，為我生平所僅見，若不除去，必為後患。」

當有部將八刺，聽了這話，自告奮勇，願渡河往追。成吉思汗便令八剌伐木為筏，率兵渡河，追捕札蘭丁，自己卻領了大軍，還擊哥疾寧。城內的守將已聞風逃去，剩下的兵民開門迎降。

窩闊台奉了成吉思汗之命，偽稱調查戶口，命兵民遷居城外，工匠婦女不得同處。到了半夜，率領部眾出城，把哥疾寧的兵民盡行殺戮，只留下工匠婦女在軍中應用。

成吉思汗屠了哥疾寧，復沿印度河西岸北行，追捕札蘭丁餘黨，聞得阿格拉克已為其部下殺死，便欲掃蕩各寨。分兵四出巡行，凡遇部落，即加屠殺，共殺一百六十萬人，西域一帶，總算平定。

那追札蘭丁的八剌，也有報告前來，已拔取了壁耶堡，進攻木而攤城，因天時炎熱，不便行兵，因此駐兵不進，札蘭丁現尚未知蹤跡，俟探聽得其下落，即往追捕。成吉思汗得了報告，對諸將說道：「我此番征討西域，意欲一勞永逸，所以用兵數年，絕無退志。現在札蘭丁尚未捕獲，留他在此，後必生事，又不得不進取了。」

耶律楚材道：「札蘭丁勢窮力蹙，遠遁無蹤。諒亦無甚大害。我軍轉戰四五年，聲威已震，不如班師為上。」

第二十回　北征欽察

耶律楚材勸成吉思汗班師回國，成吉思汗道：「我兵一去，札蘭丁即糾集餘眾，前來侵擾，如何是好呢？」

耶律楚材道：「命將鎮守，分兵屯駐，即使札蘭丁前來滋擾，又有何妨？」

成吉思汗聞言，默思半晌道：「且待哲別、速不台的軍報前來，再作區處罷。」

過了幾日，接到哲別等報告：已逾太和嶺，殺敗了欽察的人馬，進兵阿羅思了。成吉思汗道：「哲別等既獲勝利，一時如何能夠回兵？我們空守在此，不如

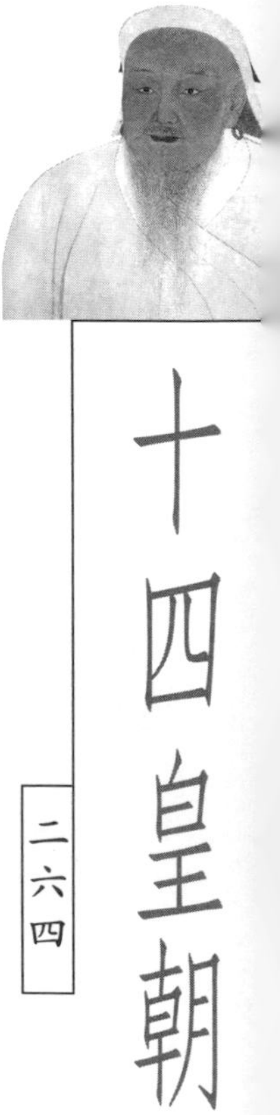

渡河去接應八剌，非但掃清餘逆，還可平定印度哩。」遂即傳令拔營前進。

此時正當盛暑，印度又在赤道之下，更覺炎蒸難耐，方才行得數里，兵士們已是汗流氣喘，口渴異常，只得下馬就印度河中，掬水而飲。哪知河水如沸，不能入口，一齊蹙額皺眉，恨不能立刻回國。

正在這個時候，忽見河旁現出一個奇獸，身長數丈，其形如鹿，其尾如馬，鼻生一角，毛皆綠色。成吉思汗見了，大為驚異，即命放箭。部下將士一齊彎弓搭箭，向那獸欲射，箭尚未發，忽聽那獸叫了一聲，好似人言一般，乃是「汝主早歸」四字，耶律楚材連忙出阻眾將，不要放箭。

成吉思汗見楚材阻止從將，不令發矢，便向他問道：「這樣大獸，世所僅見，你既阻止弓箭，必然認得，究是何獸？」

耶律楚時道：「此獸名為角端，能日行一萬八千里，通曉四裔之言，聖王在位，方才出現，靈異如神，矢石所不能傷。」

成吉思汗道：「據你這樣說來，乃是瑞獸了。」

耶律楚材道：「正是瑞獸，牠乃旄星之精，好生惡殺，今日出現，是來警告主子的，主子為人間帝皇，人間的百姓皆為主子的兒子，深願上順天心，下保民命。」

成吉思汗尚未回言，又聽那獸喊了幾聲「汝主早歸」，逕自去了。成吉思汗方向耶律楚材道：「天意如此，我亦不能違逆，就此班師罷。」

耶律楚材道：「主子能奉行天命，便是下民之福了。」當下命人渡印度河，令八剌回兵。

成吉思汗即日率兵北旋，過阿母河，歷布爾哈，回民一齊前來瞻謁。成吉思汗召主教曷世哀甫入見，行禮既畢，敷陳教中規則。

成吉思汗道：「汝言亦復有理，我聞回民禮拜，必赴麥加城教祖的墓所，這件事也覺得過於拘泥了。我們向天禱告，何處不可舉行，為何必往墓所呢？且我也收降此地，以後禱告，可用我名。」曷世哀甫唯唯遵命。

成吉思汗乃免主教及各處教士賦役。在布哈爾暫時駐紮人馬，命人召朮赤來會，並頒敕促哲別、速不台班師，方才拔營赴撒馬爾干，渡過忽章河，令謨罕默德母妻隨軍同行。

兩個婦人到了此時，國破家亡，只得向西大哭一場，永辭故土。到了葉密爾河，守候朮赤和哲別二將不見前來，也就慢慢地回國去了。只是成吉思汗已經

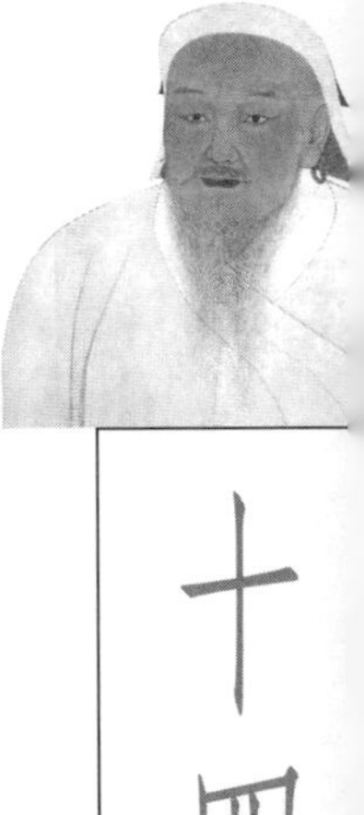

回國，這一方面西征的事情，總算交代清楚，那哲別、速不台二將北征欽察的事情，也不能敘述一番。

原來哲別、速不台繞寬甸吉思海至太和嶺。欽察頭目玉里吉，率領了阿速、撤耳哥思等部前來截攔。蒙古軍不意敵軍猝至，未及防禦。哲別忽生一計，令西域降將曷思麥里去對玉里吉說道：「我等乃是同族，並沒有相害的意思，因聞得嶺北有幾個大部落欲來修好，幸勿見疑。」

玉里吉聞了此言，信以為真，遂引兵退去。

哲別與速不台登山遙望，隱隱的還瞧得見阿速部的旗幟。速不台道：「敵人信了我的言語，麾兵而退，歸途必無警備，何不掩殺上去呢？」哲別連連點頭道：「此計甚妙！」立刻指揮兵卒，追趕而去。

阿速部的人馬正在徐徐而行，忽聞背後一聲呼嘯，刀槍劍戟，亂戳將來，阿速部的後隊方欲返顧，人頭已經落地，哪裡還措手得及呢？後隊已經沉沒，前隊還未得知，及至蒙古軍趕到，奮力衝殺，始知有敵人前來，連忙迎敵，已是轍亂旗靡，不復成軍。只得四散奔潰。

前面的玉吉里，率了人馬，直向歸途進發，聽得後面吶喊，不知有何事故，便命他的兒子塔阿兒領了數騎，向後探望。恰與蒙古軍碰個正著，尚未開口，已經一刀飛來，砍做兩截。帶來的數騎也被蒙古軍一擁而上，殺了個盡淨。

玉吉里還立著馬，等候兒子的回報，突然間敵人飛來，槍起處挑落馬下，洞肋而死。餘眾見主將身亡，驚駭得四散奔逃。哲別、速不台揮軍追殺一陣，只剩得一小半跑得快的，脫命回去。

哲別、速不台見前面已無敵蹤，料知撤耳柯思部的人馬已是去遠，追趕不上，便見擇地安營，暫時休息，互相商議道：「我們雖然獲勝，但孤軍深入，終恐寡不敵眾，何不遣使往朮赤那裡，報告獲勝情形，請他派兵援助呢？」當下商議定了，即派人往朮赤處報告。

朮赤此時方攻下了玉龍傑赤城，駐兵於寬甸吉思海的東部。正在閒暇無事，得了兩將的報告，立刻派了一大半人馬來助。

哲別、速不台得了援軍，即行北進，到了浮而嗄河，河水凍成堅冰，人馬履冰而過，攻拔阿斯塔拉，縱兵大掠。欽察部酋霍脫思罕，乃是玉里吉之兄，聞得弟侄盡為蒙古所害，人馬死了大半，便起了傾寨之兵，前來報仇。哲別見霍脫思罕悉銳而來，便命曷思麥里出戰，只許敗，不許勝，自己卻與速不台各領一支人

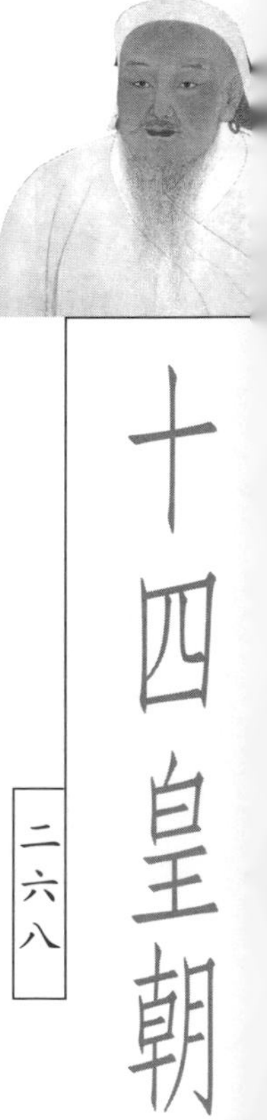

馬，分頭埋伏。

曷思麥里奉令出戰。欽察兵見他的麾下不過數千人，又多是衣敝履穿，器械不整的羸卒，不覺呵呵大笑起來。曷思麥里指揮部眾，向敵衝突。霍脫思汗哪裡瞧得起這樣的人馬，便對部下說道：「咱們殺盡了敵人，然後會食。」言罷，一馬當先，與曷思麥里交戰起來。兩下裡酣鬥移時，不分勝負。

曷思麥里見欽察人馬眾多，深恐陷入重圍，不能退走，便虛晃一刀，詐作敗陣而逃。霍脫思罕只道蒙古軍真個敗了，便揮眾追趕。

曷思麥里命軍士棄甲拋戈而走，欽察兵爭著拾取蒙古兵遺棄之物，軍律已經混亂，看看追到一座山下，徑路崎嶇，嶺巒複雜。霍脫思罕忽然省悟道：「此地甚為險峻，敵人莫非有詐。」當即傳令收軍。

哪裡知道，一聲胡哨，左有哲別，右有速不台，兩路人馬奮勇殺出。曷思麥里又復揮軍回戰，三路夾攻，把欽察人馬圍裹起來，如砍瓜切菜一般，亂殺不已。霍脫思罕只得拼著性命，向前衝突，殺開一條血路，單人獨馬，潰圍而出。

回到本部，深恐蒙古兵追來，自己的部下盡行沉沒，如何能夠抵敵？沒有法想，只得逃往阿羅斯，投奔他的女婿密只思臘。

那阿羅斯便是如今的俄羅斯，唐朝懿宗時候，方在北海立國，土地漸漸地開拓起來。到北宋時，創行封建制度，國內分為七十部，日事爭鬥，互相併吞。密只思臘是南俄列邦哈力赤部的部酋，生平自詡知兵，每與同族火拼，必獲勝仗，因此意氣自豪，目空一切。聞得霍脫思罕到來，親自迎接入城。詢明情由，憤然而起道：「多大的蒙古，敢到咱們這裡來騷擾。岳父放心，待咱起兵殺他個片甲不回，與你報仇。」

霍脫思罕道：「蒙古將士非但很有勇力，而且詭計多端，須要嚴加防備。」密只思臘道：「他們孤軍深入，咱這裡鄰部甚多，一經號召，立刻齊集，何愁平不了他呢？」遂即遣使，召集各部酋長，共議發兵之策。

計掖甫酋長羅慕、扯耳尼哥酋長司瓦托司拉甫和密只思臘最是投機，交情甚好，聽得這個消息，兩人不約而同地首先趕來。南俄列邦的各部長也陸續到齊。大開會議，議定出境迎敵，免被蒙古兵前來蹂躪國土，並報告阿羅思首邦物拉的迷爾部，請他出師助戰。

首邦的部酋名喚攸利第二，聞得蒙古兵前來侵擾，不得不出兵協助，當即應允，不到數日，各部的人馬陸續會齊，共計八萬二千人馬，殺氣騰騰地到了欽察

部。霍脫思罕又收集了部下敗殘兵卒，磨拳擦掌，專等蒙古兵前來廝殺。

哲別、速不台二將自戰敗了欽察，已探聽得霍脫思罕逃往阿羅斯，會集各部協力抵禦，心下也不免有些氣餒。商議了一會，想出一條緩兵之計，派了十個人，到阿羅斯軍前來見密只思臘。密只思臘召來使入見，問明來意。十個人同聲說道：「我國因為欽察部收納我的叛眾，所以聲罪致討，與阿羅斯諸部素沒嫌隙，並不相犯。況我國敬信天神，和貴部的宗教亦復相同，貴部何不助我，共滅敵人，永敦和好呢？」

此言未畢，霍脫思罕已從帳後出來，說道：「這乃敵人詐謀，欲緩我師。從前我的兄弟玉吉里，也因聽信他的話說，以至全軍覆沒，喪了性命。我婿萬萬不可為他所惑。」

密只思臘立命左右，將來使殺了八個，剩下二人回去報告。

哲別、速不台見計策不行，又命二人重去說道：「兩國相爭，不斬來使。你今無端殺我使命，天必降罰，快快約定戰期。我當和你決一勝負。」

霍脫思罕又要將二人殺卻，還是密只思臘道：「殺了他，沒有前去報信，不如借他的口，約定戰期。」遂即說道：「饒你狗命，快去叫你主將速來送死。」

二人抱頭鼠竄而回。

密只思臘便率兵萬餘，渡帖泥博耳河，適遇蒙古將哈馬貝，率領數十偵騎沿河探望，被密只思臘殺得一個不剩。哲別聞報，立率全軍退去。密只思臘以為蒙古兵膽怯，便引兵追來。

行至喀勒吉河，只見蒙古軍已列營東岸，使在北岸紮住了陣腳，霍脫思罕亦引兵到來，那計掖甫、扯耳尼哥各部，卻列陣於南岸。密只思臘也不和南岸各部酋計議，逕自帶了部眾，渡河與蒙古軍開戰。兩軍在鐵兒山左近大戰起來。自日中戰至日落，未分勝敗。

速不台見欽察旗幟列於敵陣之右，便領了精騎，突向欽察軍中衝殺過去。欽察之軍，前為蒙古兵殺得心膽俱碎，聽見了蒙古二字也覺害怕。此次前來臨陣，不過仗著阿羅斯的威風，撐膽而來。忽見蒙古軍突入己陣，早已心慌意亂，紛紛驚退，頃刻之間，一齊潰散。

欽察軍一經兵敗，連密只思臘的部兵也為牽動，頓時慌亂起來。密只思臘禁止不住，急急奔還，渡河西走，並將船隻鑿沉，部下人馬溺斃無數，不及渡河的盡做了刀頭之鬼。蒙古軍就此渡河，直攻計掖甫各部。

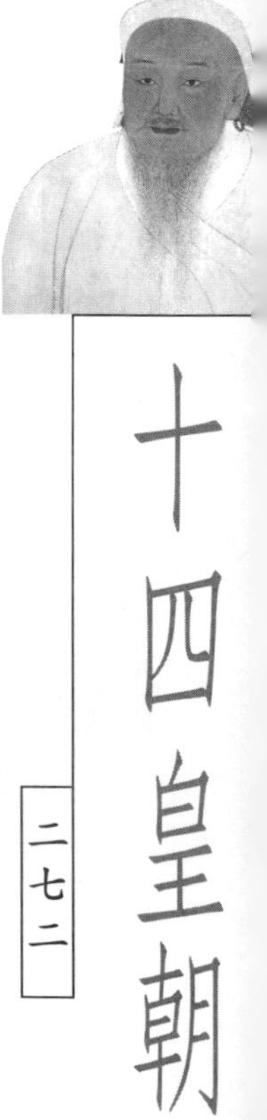

各部還不知密只思臘已經敗退，毫不設防，被蒙古軍一鼓圍住，衝突不出。哲別、速不台知道他們勢窮力蹙，遣人誘他納賄議和。各部酋不知是計，一齊出營議和。哪知剛出營門，伏兵齊起，殺的殺，捉的捉，殲馘和被擒的不計其數。統計這一役，阿羅思各部的酋長，共亡六人，傷七人，兵馬十死八九。

蒙古軍獲勝之後，置酒慶功，將生擒的部酋和將士捆縛了置於地上，用板覆蓋。哲別、速不台同了諸將，皆在板上歡呼、飲酒。直至酒闌席散，揭板啟視，板下的俘虜全都壓斃，獨有扯耳尼哥部酋還是活的。哲別遣曷思麥里押赴朮赤軍前處斬。阿羅思首邦部酋攸利第二，正令其侄康斯但丁領兵南來，協助各部，得了這個敗耗，連忙逃回。阿羅斯全境震動。

哲別正要進兵，忽然生起病來，只得將人馬暫時屯駐，以便休養。恰巧成吉思汗下詔，命他班師，行至中途，哲別竟病歿軍中。速不台獨自率師回國。成吉思汗聞知哲別已死，十分悲傷，命其子生忽孫台，為千戶。又頒諭朮赤，命他就欽察之東，忽章河之北，新定各部，悉歸統轄；那西北未定的地方，也要相機進取，隨時蕩平。

朮赤奉了諭旨，不願再出征戰，只在寬甸吉思海北岸的薩萊地方遊獵度日，卻令人回報成吉思汗，說是有病，不能出征。成吉思汗也只得置之不問。到了乙酉年，又想起西夏，在出兵西征之時，向他徵調人馬，竟敢不肯答應，便要去征伐西夏，討他慢命之罪，遂即下諭親征。

從前成吉思汗征伐西夏，夏主曾獻其愛女求和。這位夏公主，年少貌美，頗得主眷。後來成吉思汗伐金，金主又獻公主求成。成吉思汗得了金公主，亦即捨了金邦而返。

這金公主年方及笄，成吉思汗年已周甲，得了這樣少年的女子，更要加意寵愛，何況她還是大國的公主呢？因此一層，成吉思汗對於金公主格外寵幸，將她封為皇后，優禮相待。那夏公主見金公主封為皇后，自己也是一國的公主，論身分也和金公主不差什麼，又比金公主先來，偏偏屈居其下，心裡未免懷著妒意。

巧值也遂皇后年紀雖長，爭嬌奪寵的念頭仍舊未衰。成吉思汗宮中原有好幾個皇后和許多妃嬪，雨露已不能均匀，忽然來了個夏公主，又把成吉思汗的恩情分沾了去，心內已是不快，現在又來了個金公主，成吉思汗竟將她封為皇后，也遂雖不便明言，那怏怏不快的意思，早已顯露出來。

夏公主察言觀色，已知其意，便要和也遂聯絡爭寵了。

第二十一回　群女爭寵

成吉思汗得了金公主，因她是大國之女，封為皇后，格外優禮。再說那金公主年輕貌美，生得修短合度，穠纖得中，一搦瘦腰，雙肩如削，臉暈朝霞，腮凝晚翠，不用敷粉，肌膚瑩潔；無煩薰香，竟體芬芳；眼同秋水，眉若春山。聲疑出谷嬌鶯，態似行雲流水。凌波微步，不亞洛浦神妃；笑靨迎人，何異漢皋仙子。

那一種翩若驚鴻，翻若游龍的芳姿，不但蒙古地方不曾見過，便是中原地方恐也少有。古人所說的沉魚落雁之容，閉月羞花之貌，唯金公主足以當之。成吉

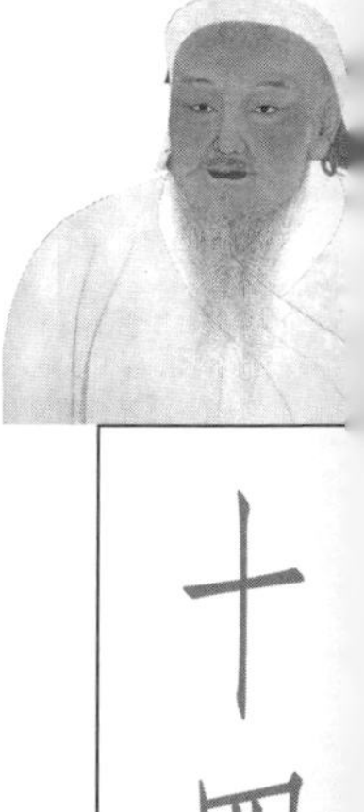

思汗自然視同心頭之肉，一刻也不能離她，六宮寵愛在她一人身上，別人哪裡能夠及得她來？

夏公主因自己先來，反不得皇后的位號，心內正在不快。恰巧也遂皇后也因此事懷著妒意，雖然不曾明言，那詞色之間很是覺得。夏公主暗想：也遂皇后現在主持內政，唯有乘機與她聯絡，方可以保持自己的地位，和金公主爭寵，因此在也遂皇后跟前百般諂媚，常常地數說金公主的過失。

也遂皇后在後庭裡，所妒的就是夏公主和金公主兩人，其餘如也速干皇后，原是自己的姊妹，又復秉性謙和，絕無競爭之意。古兒八速皇后，原是太陽汗之妻，初來時深得成吉思汗的恩眷，不上幾時，便一病不起，奄然而逝。還有和拉哈喇皇后、魯忽渾皇后、合答安皇后、不顏渾禿皇后，都已年老色衰，退居閒宮，不再承恩。

那妃子裡面，還有呼實罕妃子、忽蘭妃子、伊津妃子、忽魯灰妃子、拉拜妃子，也都如已殘之花一般時過運退，不得成吉思汗的恩眷了，因此也遂皇后並不把那些皇后、妃子放在心上，獨有夏公主和金公主，身分既高，年紀又輕，深得主子的寵愛，也遂皇后便時時的懷著妒意，卻又不便怎樣處治她們。

夏公主初來之時，自恃是一國的公主，很覺傲慢，忽地來了個金公主，平空裡將她的恩眷分去一半，她心中如何甘服，便暗地和也遂皇后聯絡起來。也遂皇后見夏公主溜到自己一邊來了，便也將她倚作心腹，暗暗地商議著謀算金公主。

那金公主年紀尚輕，哪裡知道人情的險詐，每天在宮內，除了吃飯、睡覺以外，便和一般宮女歡笑嬉戲，也不防有人在背地裡妒忌自己。成吉思汗見她天真爛漫，也格外地寵愛著她。

到了西征的時候，成吉思汗初意原要攜了金公主一同前去，後來又恐她年紀太輕，受不來行軍的苦楚，只得把她留在宮中，另外帶了忽蘭、金蓮兩個妃子一同出發。夏公主見成吉思汗不攜帶自己同行，心內甚是不樂，轉念一想，金公主也沒有同去，正可趁著成吉思汗出兵的時候收拾了她，以償宿願。想到這裡，便悄悄地來到也遂皇后宮中。

此時她們兩人已打成一氣，十分融洽，遇有什麼秘密事情，彼此互相商議，並不隱瞞。夏公主見了也遂皇后，行禮已畢，談了一番閒話，慢慢地說到金公主身上。也遂皇后不覺憤然道：「她自恃是大國的公主，又得主子的寵幸，居然也做了皇后，全不把俺放在眼內，你道可恨不可恨呢？」

夏公主乘勢說道：「她也太不懂道理了，平常時候，仗著主子的勢力，瞧不起我們，倒也罷了，如何連皇后也不放在眼裡呢？但皇后現在掌著六宮的權柄，豈可任她如此無禮？不加處治，倘若宮內的妃嬪人人效尤，皇后的威嚴不是完全墮地了麼？」

也遂皇后道：「俺也懂得這層道理，久已要想處治她，無奈主子十分留戀，竟是無從下手，如何是好？」

夏公主道：「昨日有軍報前來，說主子已戰敗了回部，皇后何不如此如此，把她處置了呢？主子行軍在外，後庭裡面都是皇后的心腹，諒必不至於洩漏的。日後主子得勝回來，只說暴病而亡，也就無從追究，豈不得好麼？」

也遂皇后聽了這一席話，便道：「還是你有算計，俺就這樣辦罷。」

到了次日，也遂皇后召集全宮后妃，說是主子征討回疆，迭獲勝仗，應該開筵慶祝，命司膳官備下盛筵，與眾后妃一同入席暢飲。

到了酒闌席散，各人辭別也遂皇后，回去休息，皆是安然無事，唯有金公主回到自己的內宮，到了夜間，腹中絞痛，竟是死了。宮女們驟遇變故，驚惶異常，忙去報告也遂皇后。

她卻從容不迫地說道：「昨天在酒筵上還好好的，怎麼有這樣事情呢？想必是天氣炎熱，中了暴疾的緣故。但人死不能復生，須得從速殯殮。」當下傳命出去，將金公主照皇后禮殯殮。

群臣意欲報告成吉思汗，也遂皇后道：「這個可以暫緩，主子現在軍中，若知此事，心內必定傷感，俺們應該體恤他一點兒，暫時隱瞞著，待到班師回國，再行稟明罷。」

群臣聽了這話，也就不再多言。金公主的性命就此白白地送掉。到得成吉思汗平定西域班師回國，聞得金公主死了，悲傷了一會，也就罷了。哪裡想得到有人謀害她呢？

也遂皇后因為這件事情和夏公主打通一氣，因此格外要好。這番成吉思汗要去征伐西夏，夏公主十分著急，自己因關係著祖國，不便出面諫阻，所以囑託了也遂皇后，暗中阻止進行。成吉思汗聽了也遂皇后諫勸之言，果然暫緩進兵。遣使往諭夏主，令他遣子入侍。哪知夏主不識起倒，偏偏不肯答應。

使臣回來，稟明夏主不允遣子，成吉思汗已經發怒。恰巧邊境又來報告，說是克烈部汪罕的餘眾至今不肯歸附，盡皆逃匿西夏，夏主儘量收容。成吉思汗得

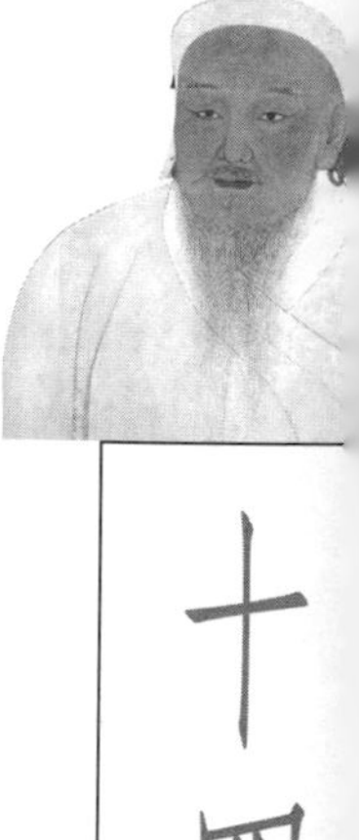

了這個報告，怒上加怒道：「夏人太瞧不起我了，我若不把他剿滅，豈不貽笑鄰邦麼？」遂即重議征伐西夏。

也遂皇后又來阻擋，成吉思汗不從道：「我自即位以來，已二十年。西北均皆平定，唯南方尚未收服，必須親往一行，我意已決，不必阻止了。」

也遂皇后道：「主子既決意南征，妾亦不便阻撓大計，唯求恩准隨行。」

成吉思汗道：「忽蘭、金蓮二妃隨我西征，深覺辛苦。你的身體比較二人尤為怯弱，如何能隨軍南下？況且內政由你主持，也不能拋撇而行的。」

也遂皇后道：「主子東征西討，尚不嫌辛苦，妾不過追隨營中，並不臨陣，有什麼受不了呢？至於宮中的事情，有我姊姊也速干皇后可以代為處理，盡可放心。」

成吉思汗道：「既是如此，你就隨我南征罷。」說罷此語，心內甚是歡然，晚間即在也遂皇后處息宿。因為要將宮中的政事交付於也速干，索興將她召來。長枕大被，做個聯床大會，一雙姊妹花，左右擁抱，說不盡的歡娛暢快。枕席風光，不必細表。

到了次日，成吉思汗下令南征，點齊了人馬陸續出發。也遂皇后也改著戎裝，身披錦紋軟甲，頭戴雙鳳嵌雲金盔，兩根雉尾，顫巍巍地插在上面，晃蕩不定。腳上蹬著綠皮挖雲繡花盤金小蠻靴，跨下一匹黑色捲毛小驪駒，錦韉繡鞍，玉勒絲韁，再配上她絕世的丰姿，真好似一幅昭君出塞圖。成吉思汗瞧著，怎麼不要醉魄銷魂呢？遂即也跨上他那匹能征慣戰的紅鬃名馬，與也遂皇后並騎而行。左右的將士軍馬，執著刀槍旗幟，在前後左右衛護。

來至郊外，成吉思汗忽欲打圍，吩咐軍馬駐紮下來，撒開了圍場。一聲令下，千乘萬騎屹立如山，頓時布好了圍場。成吉思汗親自射獵，往來馳騁，正在得意，忽由深樹裡面突然跑出一頭野豕，向著馬前奔來。成吉思汗見了，拈弓搭箭，咈的一聲，正中野豕，倒在地上，心內很覺得意。

不料跨下的坐騎忽然昂起頭來，四蹄亂騰。成吉思汗連忙收勒韁繩，一時勒收不住，突然翻下馬來，將士們忙來救護，將他扶起，另換坐騎。成吉思汗定了半晌神，還覺得頭目昏花，心神不定，即命罷獵回營。

也遂皇后接著殷勤慰問。成吉思汗道：「我這匹紅鬃馬，乃是千里名駒，隨了我南征北討，從未失過事，今天被這野豕一驚，便會溜起韁來，卻是意想不到的事情。」

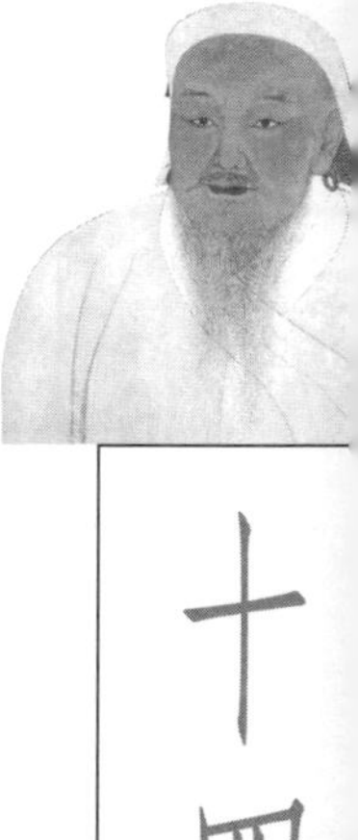

也遂皇后道：「馬驚溜韁乃是常事，只要主子萬金之體沒有受傷，就是萬幸了。」

成吉思汗搖頭道：「並沒有受傷，不過突然間吃了一驚，覺得此時還是心神不安，頭目有些暈眩，你可扶我去安睡片刻。」也遂皇后輕舒玉臂，扶了他到後帳睡下。

哪知成吉思汗就在這夜生起病來，寒熱交作，甚為沉重。也遂服侍了一夜，待至天明，便走出帳來，向諸將說道：「主子昨天因馬蹶受驚，忽然抱病，南征的事情不如暫時作罷，你們大家可酌議一番。」

眾人計議了一會，都贊成皇后的話說，入奏成吉思汗，請他暫時罷兵，待身體痊癒再去征討。

成吉思汗聽了諸將之言，沉吟了一會道：「西夏見我回兵，必定疑我怕他，豈不示弱於人？我且暫在此處養病，先差使往西夏，責他不肯納質，擅容逃人之罪。他若服罪，我方可以回兵。」當下計議已定，便遣使前往西夏。

其時夏主李安全已經病歿，族子遵頊繼立，又傳位於子德旺。德旺庸懦異常，聽得蒙古使臣傳成吉思汗之言，前來詰責，竟至全身戰慄，面目失色，連一句話也說不出來，卻轉出了阿沙敢不，對蒙古使臣道：「不納質子、收容逃人，都是我的主意。你們要和我廝殺，可到賀蘭山來；倘要金銀緞匹，可到西涼來取，我都預備在此。不必多言，快快滾蛋。」

使臣回來，把這話稟明，成吉思汗勃然大怒，立刻躍身而起，喝令大軍，從速進發。也遂皇后和左右侍從還要諫阻，成吉思汗怒道：「他說這樣的大話，我如何可以回兵，便是死了，也要去責問他的，何況我此時還沒有死呢！」當下扶病上馬，喝令起行，直趨賀蘭山。

那賀蘭山，地近河套，距寧夏府西六十里，樹木青白，形勢雄壯。北方人呼駿馬為賀蘭，夏人倚此山為固，因此假駿馬為名，喚作賀蘭山。

蒙古的人馬到了山前，阿沙敢不已率領人馬，在山下紮住。見蒙古軍到來，他也不問青紅皂白，居然揮兵衝突。哪知蒙古軍並不出戰，只把強弓硬弩射來，不使夏兵近前。阿沙敢不衝突不入，只得收兵而回。休息了一會，又去衝突，又被射回。

如此的衝突了三次，到第四次上，忽聽得蒙古軍中一聲胡哨，宮門大開，千乘萬騎，如怒濤一般直捲過來。阿沙敢不的部兵衝突了三次，銳氣已衰，蒙古的

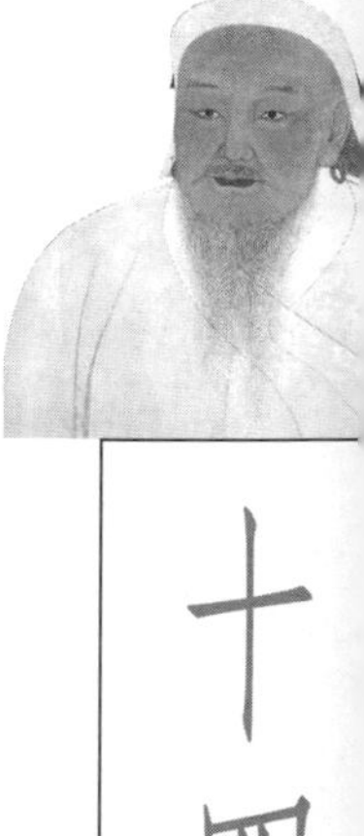

兵士鬱鬱地守了半日，銳氣方盛，一經廝殺，便大刀闊斧，拼命亂砍。阿沙敢不哪裡抵擋得住？只得逃上山頂的營帳裡面，還想把賀蘭山守住。那蒙古兵好似不怕死的一般，齊擁上山，任憑阿沙敢不矢石亂下，他也前仆後繼衝殺上來，突入寨中，將夏兵殺死大半，阿沙敢不此時慌了手腳，逃命要緊，便棄了賀蘭山落荒而奔。

蒙古兵只一仗已奪了賀蘭山。成吉思汗也不休息，便進兵黑水。因為天氣炎蒸，病體未癒，便攜了也遂皇后，往楚琿山避暑。等到秋涼時節，又進兵奪取了西涼府與綽羅和拉各縣城，越過黃河，圍困靈州。夏主的援兵又為蒙古殺敗，陷了靈州，兵抵鹽州川，度過年關，復率兵下積石州，破臨洮府，所至皆克。

其時夏主李德旺驚憂成疾，已經去世。猶子晛嗣位，年尚幼小，不知道什麼軍務國事。諸將見主上幼弱，更加不肯盡力，非但不出兵抵抗，反在山谷裡穿鑿土窟，將所有的金帛財物盡行藏匿。民間見將士朝臣這樣舉動，也都效尤起來，略略富庶的人家，都爭向山中築了土窟，秘密收藏。膽小的連人口也伏在裡面，不敢出外。以為這個土窟乃是安樂窩，蒙古人總不會找尋前來的。

國內的人都存著逃匿的心裡，哪裡還肯捨命迎敵？蒙古軍勢如破竹，直逼夏都。夏主李晛嚇得戰戰兢兢，不知所措，忙召文武會議。誰知滿朝文武與都中的富戶皆躲入土窟中去了，如何還有人前來會議。夏主晛束手無策，只得將祖宗傳下的一尊金佛及金銀器皿、男女駝馬等物，賚獻蒙古軍中，投誠歸附。

成吉思汗定要夏主親自出降，李晛無法，只得拜辭宗廟，親至六盤山來見成吉思汗。成吉思汗只令他在門外行禮，行禮即畢，便將夏主拘於帳中，命諸將入徇夏都。

諸將都要掠取子女玉帛，奉了這令，莫不踴躍爭先搶入城內。哪知到了裡面，非但金銀財寶搬了個淨盡。便是臣民的影兒也不知去向，僅有些貧民小戶躲在室內，不敢出外。

蒙古諸將見了這般情形，知道夏人早將財物隱匿過了，如何便肯甘休，遂捉了些貧民，命他引導來至山谷裡面細細找尋。剛才一進山谷，便見那些土窟如峰房一般，裡面伏著西夏的文武諸臣和有錢的富戶。蒙古人不由分說，一一搜了出來，盡皆殺死。只剩下些年輕婦女，預備取樂，所有土窟裡的金銀財寶，一齊你搶我奪的擄掠一空。

可憐西夏的臣民，被蒙古人殺得白骨遍野，都城為墟。諸將皆心滿意足，歡

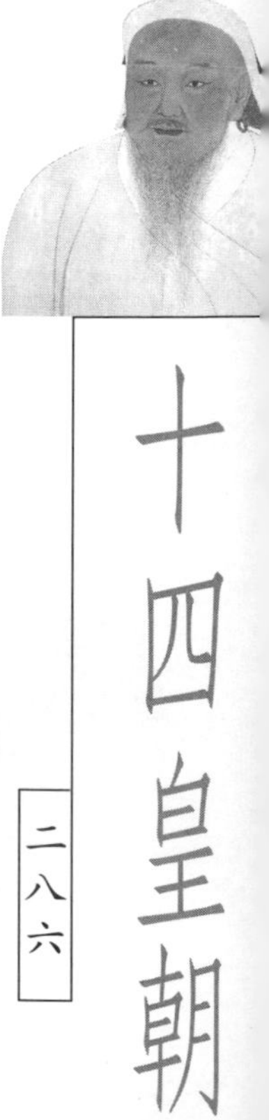

呼而回。獨有耶律楚材入城之後，僅取書數部，駱駝兩頭，大黃數擔，命親兵攜了回去。後來大軍回去，中途遇疫，耶律楚材便將大黃治病，全活何止萬人。

閒話休絮，單說成吉思汗將夏晛拘繫了三日，令他改名為失都兒。過了一日，又把他殺死，並將他父母子孫也一概加刑。西夏自元昊稱帝，共傳十主，計二百有一年，至此滅亡。

成吉思汗掃平了西夏，正要班師回國，忽然前病復發，寒熱交作。也遂皇后忙在左右日夕侍奉，並傳軍醫前來診視。無如天命已終，藥石如何挽回得來？病勢日見沉重。

成吉思汗也自知不起，便執了也遂皇后的手道：「我要和你長別了。」也遂皇后聞言，早已哭得和淚人一般。

第二十二回　大數已盡

也遂皇后聽得成吉思汗說要和自己長別，禁不住悲從中來，嗚咽哭泣。

成吉思汗道：「你也不用悲傷。我自即大位以來，蕩平西域，威振寰區，今又滅了西夏，雖死亦可無恨！但是辛苦一生，實指望統一海內，與你們再聚數年，安享榮華，誰知大數已盡，無可指望。你待我死後，可回去傳語各皇后，叫她們不要悲痛。」

也遂皇后聽到這裡，更是哭不可抑，成吉思汗見了，也不禁灑了幾點英雄淚來，勉強說道：「世上無不散的筵席，有什麼可傷之處？你可去叫大臣進帳。」

也遂皇后只得去傳集群臣，來至榻前，問候主子的疾病。

成吉思汗道：「我死無恨，可惜諸子未曾隨侍左右。朮赤在西域慘死，我命窩闊台前去料理喪事，察合台奉了我命，往攻金國，責貢歲幣；拖雷又留守和林。現在只有你們隨我在此，後事全仗你們料理。我前已命窩闊台為繼統之人，他此時尚在西域，不能即日回國，可暫命拖雷監國。」復指著也遂皇后道：「她隨我南征，我病了，又親奉湯藥，早夕服侍，我無以報她，可將西夏的子女多分一份給她，以償她的勞苦。」群臣同稱遵諭。

成吉思汗又停了片刻道：「窩闊台嗣位之後，可傳諭他，說西夏已亡，金勢已孤，不難蕩平。但金之精兵，悉集潼關，我軍往攻，頗非容易。最好假道南宋，兵下唐鄧，直搗大梁。金主必抽潼關勁旅，往援都城，那時他兵遠來，緩不濟急。即使趕將前來，千里奔馳，人困馬乏，也必為我所破了。這樣一來，滅金豈不很容易麼？」言罷而逝。享壽六十六歲，即大汗位共二十二年。南征北伐，闢地至中央亞細亞，波斯東半部，及高加索山附近。所向有功，土地之廣，為從古所未有，元代稱為太祖，可算得是個人傑了。

成吉思汗逝世，群臣即行在舉喪，遣人報之拖雷，傳成吉思汗諭，命他暫時監國。拖雷得報，一面派遣急足星夜往西域，促窩闊台回國嗣位；一面親自奔往行在，辦理大喪。這裡的事情，暫且慢表。

單說那窩闊台，因為朮赤死了，奉成吉思汗之命前去視喪。那朮赤究如何死的，成吉思汗為什麼要命窩闊台趕將前去？這件事也不能不表明一番。

原來朮赤自以為是成吉思汗的長子，理應繼承大統。上次商議嗣位問題，被察合台當面說他是蔑里吉帶來的種，所以未便爭執，只得退讓一步，將個大汗的位置生生地奉送於窩闊台，心內很是不服。還虧得成吉思汗當時說明，將來四方平定之後，諸子都有封地，後日可以各守封疆，自成一國，因此朮赤便甘心退讓，希冀將來得一好好的封地。

在初征西域的時候，成吉思汗命他與察合台率兵攻取玉龍傑赤城時，他見西域一帶，土地廣博，河岸沿長，極宜於遊牧的生涯，便存欲王西域之心。當玉龍傑赤城攻打未下，察合台欲用火攻，朮赤既想鄉封此地，如何肯將城池焚毀？遂即竭力阻止。

為了此事，竟與察合台大起衝突。嗣經成吉思汗聞知此事，命使申飭二人，且派窩闊台來監視其軍。窩闊台到後，竭力為兩人調合。將火攻之策，改為決水

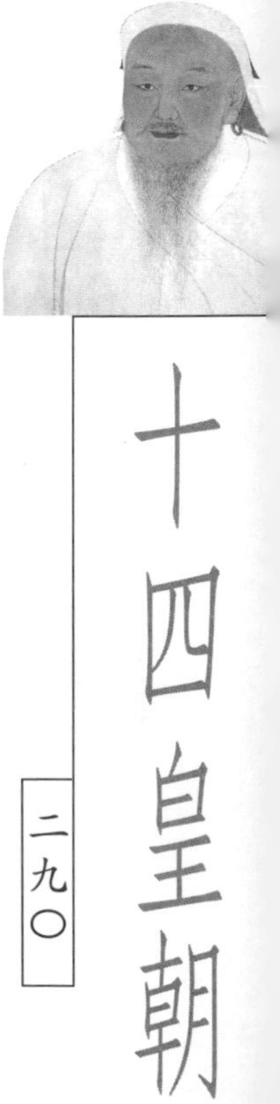

灌城。攻下之後，朮赤統領人馬，略取寬甸吉思海一帶部落，頗為得手，遂將人馬駐紮於寬甸吉思海北岸的薩萊地方，不復有回國之意。

因此成吉思汗班師回國，遣使召朮赤來會，他非但不來，反於暗中派人向成吉思汗說道：「朮赤是嫡出，又是長子，理應立為儲君。今既將大位傳於窩闊台，他也並不爭執。惟當日議論繼統問題時，主子曾允諸皇子各有封地，現在西域一帶，雖已平定，但札蘭丁不知遁跡何所，餘黨未靖，恐怕大軍去後，死灰復燃，又勞師徒，朮赤甚願在此鎮守，掃清餘孽，主子何不就將西域一帶地方分封於他呢？」

成吉思汗聽了這話，已知朮赤的意思，當下也不多言，朮赤的人馬不見前來，也不下諭催促，逕自班師回國。

等到哲別、速不台之軍奉詔回國，便將欽察以東、忽章河以北一帶地方，命朮赤鎮治，以遂其願。並命他將西北所有未曾平服地方，也要相機進取，開拓土地。朮赤奉到命令，便在寬甸吉思海的薩萊地方，建牙設帳，遊牧度日。一面回報成吉思汗，說是身體患病，不能出征。一面派了自己的心腹人，往西北各部訪求美女，以圖娛樂。

那時距玉龍傑赤城不遠，有一個小小的部落叫做豁禿里部，部長曼羅。當成吉思汗命朮赤攻取玉龍傑赤城時，他見蒙古人強馬壯，將士勇猛，料知西北諸部必難抗拒，便首先來蒙古軍前請降。成吉思汗因曼羅能知時勢，頗加優待。曼羅心內很是感激，回部之後，又糾了鄰近阿戛斯、高偕梭各部向蒙古投誠。因此西域諸部落莫不為蒙古所踐躪，唯有豁禿里部晏然無驚，且得了成吉思汗許多賞賚。

這時朮赤奉命鎮治西北新定各部落，派遣心腹，往各部搜羅美女。雖然搜羅得很是不少，但是美者甚少，都是些回面巒耳，反唇裂齒，傴肩皤腹的婦女。朮赤檢視了一會，並無一人瞧得上眼，心內怏怏不樂，將派遣的人大加申斥，說他不能辦事。

當時有部將伊立上前說道：「回疆各部的婦女，大都是醜陋的，主子要得美女，只有豁禿里部長曼羅生有一女，甚為美麗，回部沒有一人不說她是天女降生，主子若得此女，定能合意。」

朮赤聞言道：「既有這樣的美女，何不早言？如今就派你去對曼羅說明，叫他送女前來，我當優禮款待，立為王妃。」伊立奉命，即往豁禿里部去見部

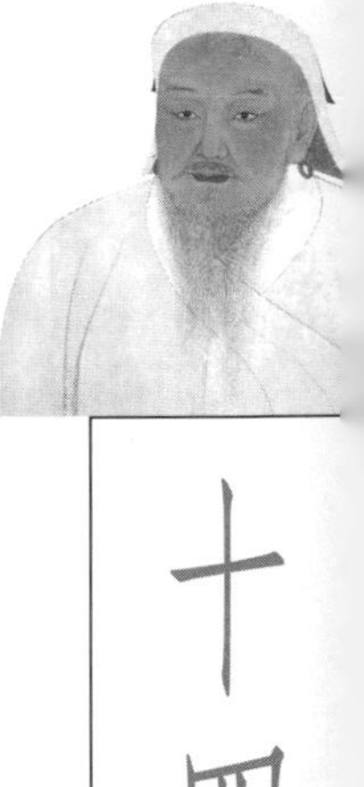

長曼羅。

那曼羅單生一子一女，女名美玲，子喚努爾。美玲雖已長成，努爾年尚幼小，因此曼羅深愛這個女兒，視同珍寶一般，部中皆稱她為美玲公主。

這美玲公主生得如花如玉，性情又甚聰明，也自恃才貌，立意要得一個如意郎君作為配偶。無如西北一帶的男子，都是身體粗壯，蠢如鹿豕的人諸多，哪裡有美玲公主看得上眼的人物呢？美玲公主既沒有中意的男子，便將婚事耽延下來。

這日，美玲公主因為日長無事，在帳內坐著，甚是無味，便乘了馬，帶了一隊侍兒，往寬甸吉思海畔前去射獵。到了海邊，侍女們拉開了圍場，美玲公主縱馬馳騾，射了幾頭兔兒，並沒有什麼大的野獸可以獵取。

美玲公主的性氣十分高傲，每逢出獵，總要獲得到許多野獸，方肯回去。今天馳騾了半日，僅射得幾個兔兒，如何便肯甘休？遂即放開座下的胭脂馬，向山深林密的地方前去尋找。

找了一會，忽見東面樹林裡面，一隻梅花鹿奔將出來。忽見美玲公主騎在馬上，好像知道是獵取牠來的一般，一抹頭仍向林中跑去。

美玲公主見了這梅花鹿，如何還肯輕輕放過？忙取過寶雕弓，搭上狼牙箭，覷定了那鹿，嗤，一箭射去，恰恰中在鹿的背上。那鹿「呦」的一聲，帶著那支狼牙箭飛奔而去。美玲公主見梅花鹿帶箭逃走，怎生捨得，便將跨下的胭脂馬一拍，向前追去。那匹胭脂馬，乃是曼羅從高加索買來的名駒，放開四蹄，好似騰雲駕霧一般，十分捷速。轉瞬之間，已跑了三十餘里。那些跟隨的侍女早已落在後面，追趕不上。美玲公主找那鹿時，已是不知去向，只得將馬勒住。覺得嬌喘微微，香汗津津，很是吃力。意欲略略休息，尋路回去。

正在這個當兒，忽然一陣狂風，震得四圍的大樹簌簌有聲。風過去，便有一頭斑斕猛虎從林間躍出，吼了一聲，直向美玲公主撲來。美玲公主方要帶馬躲閃，哪知這匹胭脂馬聞得虎的吼聲，已嚇得伏將下來，把美玲公主從馬背上直跌下來。那虎前爪一起，已經撲到美玲公主身旁，相距不過尺餘光景。

美玲公主已驚得花容失色，倒於地上。說時遲，那時快，那邊樹林裡面，忽然跳出一個少年，手執鋼叉，喝聲「孽畜不得無禮」，舉起鋼叉，戳中虎的頸項。那虎著了一叉，便棄了美玲公主，陡轉身向少年撲去。少年舞動鋼叉，施出解數鬥那猛虎，不上一會，已將猛虎刺倒於地，又在虎肋上接連刺了幾叉，那虎

已是不能動彈。少年方才回轉身來，看視美玲公主，見她雙眸緊閉，玉容慘澹，驚得昏暈過去。

少年見她如此模樣，心內十分憐惜，忙走上幾步，坐將下來，把美玲公主扶將起來，靠在自己懷中，連聲呼喚。

美玲公主悠悠醒來，聞得耳旁有呼喚之聲，慢慢地睜眼一看，見個少年，生得面如冠玉，劍眉星目，一貌堂堂，坐在地上，將自己摟在懷裡，貼耳喚著道：「姑娘醒來，姑娘醒來！」美玲公主見了，不禁一陣羞慚，頓時紅暈朝霞，要想掙扎起來，離開那少年。卻因受驚過甚，四肢軟癱，嬌軀無力，掙扎不動。

那少年見美玲公主已醒，便低低地說道：「姑娘受驚了，那猛虎已被俺殺死，可以不必害怕！未知姑娘是哪一部落？因何獨自一人，不帶隨從來到此地？」美玲公主見問，定了一定神，方才把自己的部落和出外射獵的話，告知那個少年。

少年大喜道：「姑娘原來是豁禿里部的美玲公主，俺久聞得公主是天上神仙，欲圖一見，只恨沒有機緣，不意在無意中得於此處相會，真是俺的大幸了。」

美玲公主此時氣力已經恢復，初見少年，生得相貌不凡，覺得自己部落中，從沒有見過這樣的人物，心內已有喜愛之意。及聽了他一片纏綿之言，不由得抬起頭來，將一雙俊眼向他瞧了一瞧，徐徐地離開少年的懷中，坐了起來，低聲說道：「俺遇見猛虎，正在危急，倘若沒你相救，性命早已不保，未知尊姓大名，居住何部？」

少年不待說畢，便道：「俺乃阿戛斯部長昂特布之子，名格林洛兒的便是。今天獨自出外打獵，無意之中救了公主，也是前緣。俺的父親，和貴部最為敦睦，俺當奉送公主回部而去。」

美玲公主道：「仰承厚情，十分感激。但俺出獵之時，曾有侍女跟隨前來，只要將她們找到，一同回去，何敢勞你奉送呢？」

格林洛兒道：「俺得與公主相見，真是生平第一幸事，就是赴湯蹈火，亦所不辭。送你一程，如何說勞呢？」

美玲公主聽了，臉上又禁不住一陣紅暈，暗中想道：「這格林洛兒，不但生得面紅齒白，眉清目秀。而且說話之間，知情識趣，深能體貼人心，必是個有情有義之人，我若嫁得這樣的夫婿，才稱得起郎才女貌，一雙兩好呢！」

想到這裡，由不得又將盈盈秋水注視了格林洛兒，欲要立起身來，卻因自己

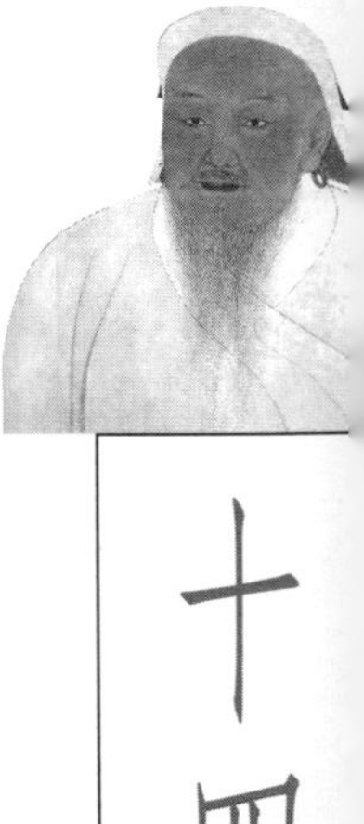

的纖手被格林洛兒緊緊攥住，一時不忍捨脫了他立將起來，芳心之中，不知如何方好。

正在這個當兒，忽聽得遠遠的鸞鈴聲和馬蹄聲得得而來。美玲公主料知自己的侍女追尋而至，恐被她們瞧見了不好意思，忙向格林洛兒道：「前面馬蹄聲響，想是我的隨從跟蹤而來了。」說著，掙脫了格林洛兒的手，便要立起身來。

哪知兩條腳還抖個不已，立身不住。格林洛兒即從地上一躍而起，輕舒猿臂，將她一扶，美玲公主方得借了他的力，站穩當了。格林洛兒又把那匹胭脂馬牽了過來，親自扶著她坐上鞍轎。那邊一群侍女，已騎著馬趕到跟前，見了美玲公主齊道：「好了！好了！公主在這裡了。累得俺們四下尋找，原來卻在這裡。」口中說道，一眼瞥見了格林洛兒，大家注視不已。

美玲公主道：「俺追那頭梅花鹿，來到這裡，誰知驀然跳出一頭猛虎，幾乎送了性命，要是沒有這位公子打死猛虎，盡力相救，早已葬身虎腹，不能和你們相見了。」

眾侍女聽了，都七嘴八舌地向格林洛兒道謝。美玲公主便要辭別回去。格林洛兒道：「此處距離貴部道路雖不很遠，但沿途皆是叢山深林，猛獸甚多，公主回去，俺實在放心不下，必須親自奉送一程。」

美玲公主見他心意誠懇，不便推辭，只得點頭答應。格林洛兒如飛地跑向樹林裡面，將自己乘坐的一匹黃驃馬牽了來，騰身而上，與美玲公主並轡而行，由一班侍女們簇擁著，回到部中，領著格林洛兒見過曼羅，說明出獵遇險，幸得格林洛兒相救，又復護送回來。曼羅聽了，很是感激，便留格林洛兒住了一夜，次日方才辭歸。

格林洛兒回至部中，一心要娶美玲公主為妻。便向他父親說明，遣使至豁禿里部，向曼羅求親。曼羅對使人說道：「俺與你們部主，向稱莫逆，小女前次出獵，幾罹虎口，又蒙你們小部主相救，這件親事，原沒有什麼推卻之處。但俺只生一子一女，兒子年尚幼小，全賴這個女兒追隨膝下，娛我老境，意欲招贅一個女婿，以慰岑寂。你們小部主能夠入贅我部，這頭親事方可成就，望你將俺的話說，去回報部主罷。」

使人回去，把曼羅的意思告部長昂特布。昂特布心內雖捨不得兒子前往，但因美玲公主十分美貌，格林洛兒又一意要娶她為妻。倘若不允入贅，這頭親事就沒有指望了，所以心內很覺躊躇，不能決定。

第二十三回　暗箭難防

阿戛斯部長昂特布得了使人的回報，欲要允許曼羅的要求罷，又捨不得兒子遠離膝下；欲要不允他的要求罷，這段美滿姻緣又絕了指望，使格林洛兒抱撼無窮。因此進退兩難，躊躇不決，只得將格林洛兒傳來，把曼羅要入贅的話說了，問他意下如何。

格林洛兒道：「孩兒自幼便立定志願，非有才貌雙絕，中得心意的女子，誓不娶妻。現在無意中遇見美玲公主，深得兒心。除了美玲公主之外，誓不他娶。曼羅既要入贅，孩兒斷沒有拋了自己父親，去就妻子的理，這事實出兩難，孩兒

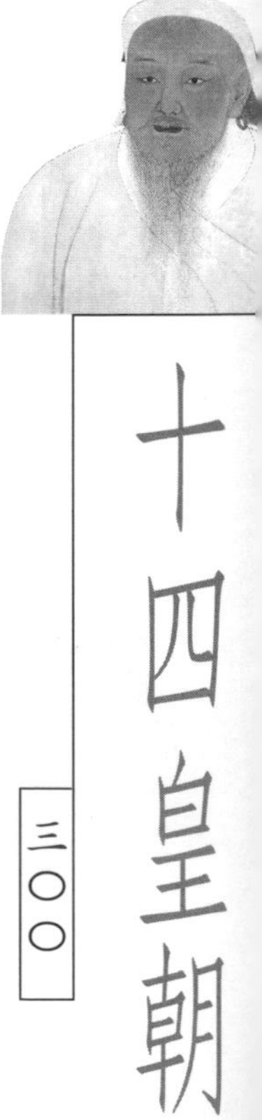

情願鰥居一世，不復娶妻了。」

昂特布聞得此言，更覺為難，一時之間竟想不出兩全之策。

當下走出一個頭目，名烏爾西的說道：「主子休要憂愁！入贅之事盡可允許。」

昂特布道：「俺僅此一子，倘若入贅於豁禿里，如何捨得呢？」

烏爾西道：「豁禿里部主乃是有兒子的，不過年紀幼小，所以要贅婿以慰寂寞。小部主此去，至多不過三年，即可攜美玲公主回來了。況且我部與豁禿里部境界毗聯，若再結成姻眷，兩部無異一家，小部主竟可以來往兩處，侍奉晨昏。主子何憂岑寂呢？」

昂特布聽了此言，方才點頭應許，令使人回報曼羅，擇吉成親。

婚事已定，格林洛兒心滿意足，預備一切。到了吉期，擺開隊伍，鼓樂喧天，來至豁禿里部，與美玲公主成了親事。郎情似玉，妾貌如花，自然十分恩愛。

哪裡知道，朮赤奉到成吉思汗鎮守西北各部之命，差人往四下選取美女，沒有一個能夠中得心意。聞說豁禿里部美玲公主十分豔麗，無異天上神仙，遣使至豁禿里部，命曼羅將女兒獻出。曼羅向使人道：「小女美玲久已出嫁，望回報王爺，另行選擇罷。」

使人道：「王爺久已知道你的女兒還在部中，所以派我前來，如何可以違命？」

曼羅道：「我女雖在部中，乃是招贅女婿的有夫之婦，哪可獻於王爺？此事萬難從命。」

格林洛兒也從旁閃出說道：「王爺乃是西北一帶之主，如何可以強娶有夫之婦？這裡的美玲公主，即是我妻，你可寄語王爺，不要妄想，否則各部落將聞風離心了。」

使人見他出語不遜，知道徒爭無益，只得怏怏回去，將曼羅與格林洛兒的言語又加了些枝葉，回報朮赤。

朮赤勃然大怒道：「多大的豁禿里部，竟敢抗我命令，若不將他剿滅，何以威服各部！」當下點起人馬，親自帶領，殺奔豁禿里部。

曼羅領了部眾前來抵敵，被蒙古兵殺得大敗而遁。格林洛兒見情勢不妙，忙去對美玲公主道：「蒙古兵兇猛異常，婦翁已為殺敗，不知去向，我只得暫時躲

回部中，設法報仇了。」

美玲公主道：「朮赤起兵，全是為我一人，倘若得了我即可罷兵，天下多美婦人，你只再娶一個，即可團聚，不必記念我。我已拿定主意，雖被擄去，亦不受辱，當以一死報你。」

格林洛兒道：「你能以死全節，我難道不能守義麼？朮赤賊子，我與他誓不兩立。」正在說著，忽報蒙古兵已殺入城內了。格林洛兒見勢已危迫，只得拋下美玲公主，一溜煙逃回自己部中。

朮赤帶兵入內，令人搜尋美玲公主。哪知她於格林洛兒走後，已經解下羅帶，自盡而亡。朮赤見美玲公主已死，心內愈加發怒，下令將豁禿里部的人民盡行屠戮，只留下些婦女，擄了回去，以充使令。

那格林洛兒回到自己部中，打聽得美玲公主自盡全貞，豁禿里部屠戮已盡，不禁仰天泣血道：「我不報此仇，非人也！」當下便去尋找勇士古勒台，向他說道：「蒙古人逼死我妻，又將豁禿里部掃蕩一空。我欲報仇，無奈兵微將寡，不能抵抗，如何是好？」

這古勒台本是著名的勇士，生得短小精悍，能使一柄鐵錘，重六十四斤，施展起來，如流星一般，無人能夠近得。格林洛兒見他勇猛，收在門下，優禮款待。

古勒台受了格林洛兒的恩德，也感激圖報，常常對人說道：「格林洛兒如有差遣，雖赴湯蹈火，亦所不辭。」此時聽了格林洛兒的話，便道：「莫說我部的人馬萬萬不能和朮赤對敵，即使可以勝他，把他殺了，那蒙古的成吉思汗，如何便肯甘休？必然派遣大兵前來報仇，豈不是自招其禍麼？」

格林洛兒道：「這樣說來，我的仇恨竟無法可報了！」

古勒台道：「小部長儘管放心，憑著俺一柄鐵錘，必將朮赤的性命取來，以洩此恨。」

格林洛兒道：「你怎樣取他的性命呢？」

古勒台道：「從來說明槍易躲，暗箭難防，俺悄悄地潛入他的帳中，等到睡熟之時，一鐵錘取了他的性命，豈不直截了當！就是蒙古人要追究刺客是何人所使，也不能疑心我們了。」

格林洛兒道：「你說得雖然容易，做來卻很艱難，那朮赤身為蒙古親王，手下勇兵猛將不計其數，豈無人追隨左右，暗中保護，哪裡可以刺得呢？倘被擒

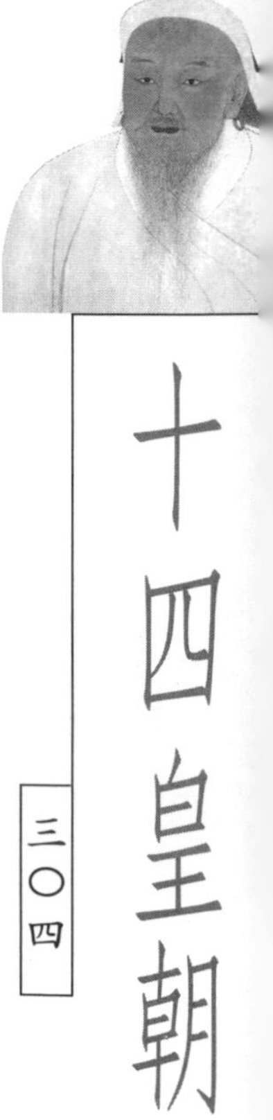

住，豈非惹火傷身麼？」

古勒台奮然作色道：「小部長放心，憑仗俺的本領，必將朮赤殺死。倘若不幸被擒，俺也決不供出指使的人來貽禍於小部長的。」

格林洛兒聽了這話，沉吟一會，實在無他法可以報仇，只得說道：「你既決意要去，俺也不能阻擋，但萬事須要小心了，不可走漏消息，枉送性命。」

古勒台拍著胸脯道：「俺蒙小部長優待之恩，殺身難報，此去必定成功的。」

格林洛兒大喜，立刻整備酒肴，與古勒台送行。古勒台飲罷了酒，回轉家中。他的妻子阿托森領著兒子哈布、女兒瓊英相見過了。

古勒台道：「俺受了格林洛兒的厚恩，情願殺身圖報。現在他的妻子美玲公主被蒙古親王朮赤逼死，並將豁禿里部完全屠戮。格林洛兒無從洩恨，俺已允許他去行刺朮赤。唯恐他防備嚴緊，不能成功，俺的性命也就難保，你可好好地扶養兒女，待他們長大，替我報仇。」

說罷，不待阿托森開口，便將平日用的鐵錘插在腰內，又覓取一柄極鋒利的鋼刀，揚長出門，頭也不回地去了。

阿托森見丈夫已去，料知他凶多吉少，只得攜了兒女，在家中聽候消息。

那朮赤自滅了豁禿里部，回到帳中，將掠來的婦女，挑選幾個年少美貌的，命她侍寢，其餘的都充作奴婢使用。他也知道豁禿里部長曼羅逃得不知去向，定要前來報仇，吩咐部眾，須要小心防備；又命勇將克努、百力追隨左右，以防不測。每日出外打獵，追飛逐走，夜間回到帳中，擁了許多美女，酣呼暢飲，這樣的過了一月有餘，朮赤早把豁禿里部的事情丟在腦後了，那些部眾見許多時候平安無事，防備也就疏懈了。

古勒台已經到來多時，只因他是個精細之人，從家中出外，撒開大步，一直來至薩萊地方，在朮赤營帳前後，探看了一會，見他防備得十分嚴緊，知道一時難以下手，便覓取了一處山窟，藏身在內，日間在外面探聽朮赤的舉動，夜裡便在山窟中睡覺。

他見朮赤每日出外打獵，便改變主意道：「我要往他帳中行刺，他的兵將甚多，防備又嚴，很不容易下手。何不待他出獵的時候，刺死了他呢？」當下打定主意，每日在朮赤圍場左右伏著，要想下手。

不料朮赤所到之處，非但有許多人馬簇擁著，還有克努、百力兩員勇將，不離左右地隨侍在旁。古勒台瞧著兩人，知是極有本領的，自己孤掌難鳴，萬萬不

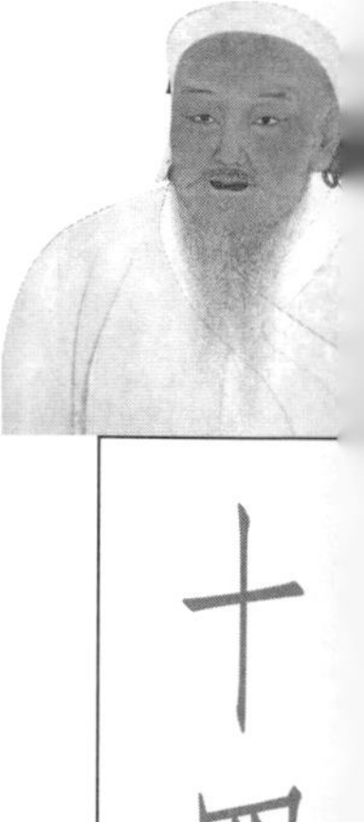

是他們的對手，只得又改變宗旨，在黑夜中去進行。因此古勒台來了一月有餘，尚未動手。

這日夜間，又向帳前暗暗探視，見營帳中的防守已經疏懈。古勒台心下喜道：「不趁此時下手，更待何時？但是這裡的營帳，密如星羅，不知朮赤那廝住在哪裡？倘若冒昧前進，弄錯了營帳，豈不是打草驚蛇麼？」

古勒台躊躇了一會，忽見遠遠的有盞小燈矗在空中，正是一面大纛，還被風吹著，在旗桿上飄揚不定。古勒台大喜道：「這正是主將的座纛，下面必是朮赤的營帳了。」當下便向那座營帳竄去。

其時燈火依稀，霧氣迷濛，刁斗無聲，萬籟俱寂，現出一種夜色深沉的氣象來。古勒台到了營旁，見營門前有十多個衛兵，倚著槍在那裡打瞌睡，恐怕從營門進去，驚覺了他們，有誤大事，便輕輕地轉至營後，聳身一躍，上了篷頂，到了中軍所在，撥開篷帳，往下看時，見帳內黑魆魆的，點著一盞半明不滅的燈，順著燈的微光瞧去，隱隱約約見大帳之前還排著令箭旗印，桌上還擺著王冠寶劍，一定是朮赤的臥帳了。古勒台瞧清楚了，如何還肯遲延，一個燕子翻身，跳入帳中，舉起鐵錘，向床上打下。

那一錘的力量，雖沒有千斤，至少也有七八百斤，臥在床上的人便是銅鐵鑄成的，也經受不住，何況朮赤是個血肉之軀呢？無如古勒台來得匆忙，沒有辨認清楚這床上的人是不是朮赤。

只見一錘下去，那睡在床上的人已霍地跳起，「啪」的一聲，把張床擊得粉碎。那跳起來的人，舉腳踏住鐵錘，古勒台一時拔不起錘來，忙將腰中的鋼刀抽出向那人刺去。那人竄身閃過，隨手折上一根斷木，抵住了鋼刀，飛身竄出帳外。古勒台也仗著刀追來，在星光之下，方瞧出那人並非朮赤，乃是勇將克努。古勒台深悔自己做事魯莽，但事已如此，只得拼命廝拼。

兩人一來一往，在帳外狠撲，早已驚動了合營兵將，一齊大喊「捉拿刺客」，頓時點上火把，照耀得如同白晝，百力率了兵士前來幫助克努。古勒台與克努廝殺，還只殺得個平手，何況加上個百力，又有許多兵士，刀槍如雨點般飛來，早已抵敵不住，被克努一腳跌倒，百力舉刀欲砍，克努忙喊留他活口，百力才收住了刀。眾兵士七手八腳將古勒台捆縛住了，朮赤方由後帳踱了出來。

原來朮赤也防著有人行刺，每天夜間命克努、百力兩將輪流著在帳前值宿，他自己卻擁著美貌婦人在後帳安睡。古勒台沒有瞧看仔細，所以誤將克努當做朮

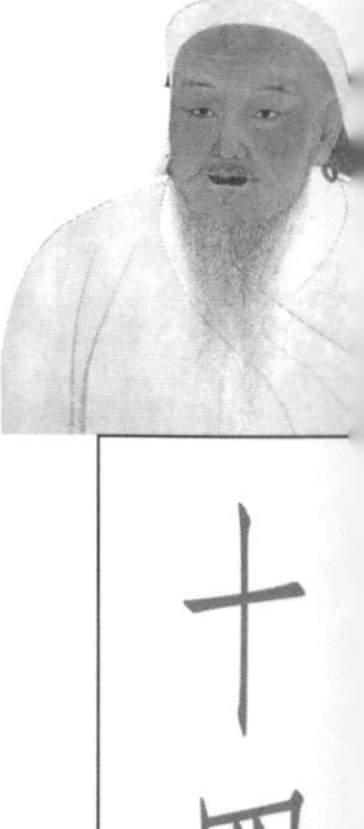

赤，行刺未成，反倒被擒。

當下朮赤居中坐下，命將刺客推上訊問。古勒台兀立帳前，絕無懼色。朮赤問道：「你姓甚名誰？為何前來行刺？其中必定有人主使，可將主使之人供出，我當饒你性命。」

古勒台雙目圓睜，鬚眉如戟地說道：「俺來行刺，已拚了性命不要，事即不成，要殺便殺，何用追究姓名？若問主使的人，俺主使的人多呢，凡是怨恨你的人都要殺你，俺便是這其中的一個人。現在不能得手，想是你的惡貫未盈，待到那時，自有人來取你的狗命。」

朮赤大怒，立命推出斬首。左右哄應一聲，古勒台面不改色，來到帳外，延頸受戮。朮赤吩咐將刺客的首級懸竿示眾，好令主使的人瞧見了，心中害怕，不敢再萌歹意。

不上兩日，這個消息傳到阿戛斯部中，格林洛兒聞得古勒台已死，咬牙切齒的恨道：「俺不殺朮赤那廝，如何對得起古勒台呢？」當下取了許多金銀，悄悄地來至古勒台家中，見了阿托森，含著淚撫慰她一番。

哪知阿托森絲毫沒有悲傷之意，向格林洛兒道：「古勒台受小部主優待之恩，久已把這個身體許於小部主了。現在雖然身死，放著他一子一女在此，何患不能報仇！俺只知有恩報恩，有怨報怨，並不知道悲傷的。小部主何用啼泣呢？」

格林洛兒聽了她的話，知道阿托森雖是女子，胸襟很是不凡，便要瞧瞧她的一子一女是何模樣。阿托森道：「小部主光臨，本應命他們前來叩見，無如他姐弟二人性喜打獵，早已出外去了。待他們回來之後，當令他們到小部主那裡來謝步。」

格林洛兒又將帶去的金銀取出，道：「這區區之物暫時應用，倘有不濟。俺隨後再行送來。」

阿托森道：「屢受小部主的厚惠，將來當命哈布、瓊英二人盡力報效。」

格林洛兒辭別而出。

到了晚間，哈布、瓊英打獵回家，阿托森便將古勒台行刺未成的事向他們說知。哈布、瓊英不禁放聲大哭。哭了一會，又咬牙切齒地恨道：「我二人不殺朮赤，為父報仇，誓不立於天地之間。」

阿托森道：「報仇固是要緊，還有一樁比較報仇更是要緊的呢！」

哈布道：「未知何事更比報仇要緊，望母親示知，孩兒即便前去辦理。」

阿托森道：「你父的屍體還在仇人那裡，難道不要設法取了回來，好好的安葬麼？」

哈布道：「母親不必焦灼，孩兒立刻前去，把父親的屍骨盜回，然後再去殺死仇人，以洩大委。」

瓊英道：「我雖是個女子，也知道父母之仇不共戴天，朮赤那廝手下兵多將廣，你一人之力恐怕難以報復。且去盜了屍骨回來，我有一裡應外合之計，可以殺得仇人，雪得忿恨。」

哈布道：「何謂『裡應外合之計』，姊姊可以告我知道麼？」

瓊英道：「朮赤那廝，保衛雖甚嚴密，但所注意的只在外面，必不顧慮內中有人暗算，等到你盜了父親的屍骨回來。我們去求格林洛兒，把我進獻於朮赤，他是個好色之徒，必然很是歡喜！你再在外面如此如此，豈不穩穩的可以取他的首級麼？」

哈布聽了，不勝欣喜道：「此計甚妙！俺們就這樣行去。俺於明日便往薩萊，打聽父親的屍骨，設法盜回。」

阿托森從懷中取出金銀，對哈布、瓊英說道：「這是格林洛兒饋贈的，我本意不願收受，因為你父屍骨未回，你去盜骨必須使用，況且屍骨盜來，還要擇地安葬，家中一無所有，他既誠心送來，俺便收了他的，以應急需。現在哈布即要往薩萊去，可把這個做盤費。」

哈布道：「盤費哪用這許多。」便隨手取了兩錠銀子，說道：「即此已經足夠，餘下的留作安葬父親之費罷。」

到了次日，哈布辭別了母、姊，直奔薩萊地方而來。

那薩萊地方，自經古勒台行刺之後，朮赤知怨恨自己的人很多，吩咐部眾晝夜巡邏。凡遇外來之人，必須仔細盤查。因此哈布欲盜父屍，很覺為難。

第二十四回　盜骨報仇

哈布匆匆奔向薩萊，意欲盜歸父骨。哪知朮赤因為古勒台行刺雖然未成，吃驚已是不小，深恐還有仇人前來暗算，因此傳令部眾晝夜巡邏，凡遇他部之人欲赴薩萊，必須仔細盤查。

哈布到了那裡，竟不能混將進去，心內十分著急。又不敢在那裡過事逗留，招人疑忌，只得仍舊退縮轉來，找一處隱密的地方，藏下了身子，咬牙切齒地說道：「俺若盜不得屍骨，還有什麼面目去見母親和姊姊呢？但是薩萊地方，盤查得如此嚴密，混不進去，如何是好呢？」

低頭想了半晌，陡然記憶起來道：「有了，我父當日有個至交朋友，名喚質克多，生得性情慷慨，頗尚氣節。年紀雖比俺父親長了二十多歲，卻因俺父親是條好漢，心內很是器重，訂了忘年之交，時常往來談論武藝。俺父親常說得他的益處不少，因此把他當師傅一樣看待。他乃是薩萊人氏，世代居住此地，何不前去找尋質克多，求他庇護呢？」想定主意，絕不遲延，又向薩萊走來。

剛及境上，早有盤查的蒙古小卒上前喝住道：「你是哪部人氏？來此有何事故？快快從實說來，倘有半句虛言，就要捆綁起來，拿去治罪了。」

哈布聽得此言，心內不勝惱怒，但因大事在身，不得不和他敷衍一會，便按捺住火性，陪笑說道：「俺乃阿戛斯部人，有個親戚，名喚質克多，住在這裡，所以前來探望他的，並沒旁的事故。」

蒙古兵聽了，遂又問道：「你所說的質克多，可是年已七旬，鬚髮皆白的老人麼？」

哈布道：「正是質克多老人，俺是他的外甥，多時沒有見他，前來看望他的。」

蒙古兵道：「質克多老人很得俺們主子的器重，就是克努、百力兩位將軍，也十分敬重，說他年紀雖老，本領很好，因此待為上賓。你既是他的外甥，便免了搜檢，放你進去罷。」

哈布聞言，連忙舉手道謝，混了進去。沿路訪問質克多老人住在何處，便有人指引了道路，一直來到質克多家中。

那質克多恰巧在家，哈布向他納頭便拜。質克多從前雖曾見過哈布，但已距離多時，不復認識。見個少年向自己下拜，連忙將他扶起，問道：「你是何人？為何向老夫行此大禮？」

哈布向左右望了一望，見沒人在旁，方才說道：「小侄名喚哈布，父親古勒台，與伯父乃是至交。」

質克多不待說畢，便道：「此非講話之所，你可隨我前來。」即將哈布引至後面一間密室之中，方才說道：「賢侄好大膽量，竟敢獨自來此。境上的邏卒盤查得十分嚴密，如何被你混將進來？」

哈布道：「邏卒向小侄盤詰，說出老伯的大名，又假託是老伯的外甥，方才放俺進來。」

質克多點頭道：「幸虧你如此說法，始得到此，不然，便有翅膀也休想進得

薩萊一步。但不知你突然來此，命意何在？」

哈布流淚說道：「俺父親為仇人所害，屍骨未知下落，因此前來打聽。意欲歸攏殯葬，以盡人子之心。」

質克多長嘆一聲道：「你父的舉動過於魯莽，既要幹這樣的大事，為何不先來和我商議呢？我在這裡深得蒙古人的器重，他們知道我很有些虛名，為薩萊的人民所推服，要籠絡了我，壓服薩萊的人心，所以朮赤那廝對我很是謙恭。遇到什麼事情，都和我商酌而行，因此他們的內情，我很是明白。你父若先來見我，何至誤刺克努，枉送性命呢。幸虧被擒之後並未說出姓名，他們無從根究，你還能夠來到這裡。如今要把骨殖取回，雖是一片孝心，但也不是容易可以取回的。」

哈布忙道：「未知俺父親的屍骨在於何處？老伯想必知道，還求指示！」

質克多道：「當日你父遇害之後，朮赤因為不知姓名，將他的屍身和首級陳列通衢，令人民辨認。我去一看，方知是你父親，幸得薩萊地方，除我以外，並無一人知道姓名，因此陳屍三日，仍舊不得刺客的來歷，朮赤也就無法。克努和百力二人佩服你父的本領，向朮赤說道：『這個刺客雖然沒有姓名，不知何部人氏，倒也是個壯士，請主子開恩，將他埋葬了罷了。』朮赤依從二人之言，將你父瘞埋在離此約有半里遠的一處地方，名喚苦竹灘。他埋骨的所在，有一棵極大的槐樹，頗易識別。」

哈布道：「既已知道埋骨之所，納小今晚便去盜來。」

質克多連連搖頭道：「現在盤查得異常嚴緊，巡邏的兵隊陸續不絕。你去掘那屍骨，又不是片刻可了之事，如何能夠得手呢？」

哈布聽了，十分著急道：「如此說來，盜骨之事竟成虛願，小侄也無顏生於人世了，還求老伯念先父在日的交情，為小侄想一妙法，使先父得以歸正首丘，此恩此德，沒齒不忘。」說著，哭拜於地。

質克多連忙將他扶起道：「賢侄不必悲傷，待老漢想個法兒，使你父的屍骨得以盜回，此時且在我處住下，暗中將盜骨的器具預備好了，等到一有機會，便可動手。」

哈布聽了，連連道謝。質克多將他留住下來，又囑咐家中道：「倘若有人盤詰，便說是我的外甥，萬萬不可走漏消息。」家人俱各答應。

哈布住在質克多家中，一連半月，心內不勝焦灼，連鬚髮也急白了一半，質

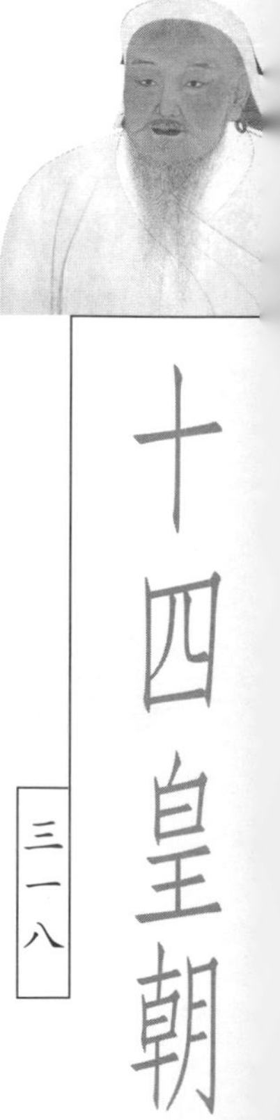

克多見了，很是憐憫，但沒有機會可乘，也是無法，只是頻頻安慰他，勸他耐心守候，不要過於著急，總有克遂心願的時候，哈布深感其意，唯唯應命。

一日，質克多從外面入內，欣欣然向哈布說道：「機會到來，你的大願可償了。」

哈布忙問有何機會，質克多道：「後日乃是蒙古主成吉思汗的誕辰，朮赤召集各部酋長開筵慶祝，合營兵將俱各犒賞羊酒，薩萊地方的百姓也要懸燈結彩，慶祝千秋，軍民同樂。到了那天，巡防兵隊必然疏懈，你可乘此盜取骨殖了。」

哈布聞言，不勝歡喜，他早就收拾下一柄小鐵鋤和一個黃布袋兒，預備用小鐵鋤刨開了土，將黃布袋兒盛了骨殖，攜帶回去。眼巴巴地盼望著，到了成吉思汗的誕辰，果然大舉慶祝，十分熱鬧。

慶祝既畢，朮赤同了合營將士和各部的酋長，率領了軍民人等，盡至寬甸吉思海大開筵會，通宵暢飲。薩萊地方，只剩了哈布一人，他趁著這個空隙，如飛地跑至古勒台瘞骨之所，用小鐵鋤刨開了土，將骨殖盛於黃布袋中，匆匆地逃出薩萊境界，不敢向寬甸吉思海那邊走去，恐怕遇見朮赤的部下，識破行藏，只揀著隱僻小徑連夜趕回。到了家中，見過母親、姊姊，將骨殖取出，痛哭了一場，從厚殯殮，擇地安葬。料理已畢，便要實行瓊英的計策，報復大仇了。

當下哈布、瓊英姊弟二人親自往格林洛兒。將為父報仇，打算裡應外合的計策一一告知，求他把瓊英送往薩萊，獻於朮赤。

格林洛兒因美玲公主之仇未能報復，日夜慘心，聞得瓊英之謀，正中其懷，遂備下金珠寶玉，用駿馬香車載了瓊英，往獻朮赤。哈布扮為隨從之人，一同來到薩萊。

恰值朮赤因縱情淫欲，酒色過度，臥病在床。聞得阿戛斯部進獻美女，心中大喜，即將瓊英召入。參見已畢，朮赤伏枕細觀，見瓊英生得體態輕盈，眉目如畫，甚為喜愛，即命隨侍左右，待病癒之後，當納為妃子。瓊英謝恩已畢，便在帳前侍候。

到了夜間，忽聞前營人聲鼎沸，大呼「捉拿刺客」。頃刻間鬧得天翻地覆，侍候朮赤的人都奔了出去，捉拿刺客，不來照顧朮赤，朮赤被這一驚，意欲坐起，卻又四肢無力，正在掙扎之際，瓊英已趁此機會，攏取壁上寶劍，砍下朮赤的頭顱，提在手中，悄悄從後帳溜出。

前營亂紛紛地捉拿刺客，烏煙瘴氣地亂了一陣，連刺客的影兒也沒瞧見。你

道這大呼「捉拿刺客」的是誰？原來不是別人，乃是哈布扮做瓊英隨從的人，等到夜間，偷入朮赤營內，大聲叫喊，驚動兵將，前來捉拿刺客，好讓瓊英在內中下手。待得眾兵將奔向前來，哈布已經跑了出去，躲在營後，守候瓊英。

果然不多一會，瓊英已成了大功，提著朮赤的首級匆匆走出。哈布見了，不勝歡喜，忙同了瓊英連夜奔將回去，把朮赤的首級，在古勒台墳前哭祭了一場。深恐蒙古追究刺客，不敢停留，姊弟二人奉了母親阿托森，逃往馬三德蘭去了。

蒙古營中亂了一陣，並沒捉到刺客，服侍朮赤的人回到帳中，只見朮赤已臥在血泊裡面，不見頭顱，不由得大聲驚喊，營中又大亂起來。一直鬧到天明，仍舊沒有頭緒，還是克努有些主意，吩咐部眾不要驚慌，刺客想已逃走，隨後再行搜捕。

此時料理主子的後事，鎮定人心，以免擾亂，最為緊要。當下由克努、百力二人領頭，奉朮赤次子拔都嗣立為王。一面殯殮朮赤，一面派人星夜馳往和林，報告成吉思汗。

成吉思汗正在征伐西夏，聞得朮赤被刺之信，心內十分悲傷，又恐西北各部落乘勢離叛，忙命窩闊台前往鎮壓各部，並料理朮赤喪事。

窩闊台奉命啟行，成吉思汗當面囑咐道：「回部餘孽札蘭丁未能殲除，恐其乘機作亂，我故命你前往。你到了薩萊，可輔導朮赤之子拔都，鎮撫諸部，並打聽札蘭丁遁跡何處，設法剿滅，以除後患，萬萬不可大意，至要！至要！」

窩闊台連聲應諾，不分星夜，追趕前去。無如薩萊距和林遠至數萬里，窩闊台騎驛急行，也要二百餘日方能到達。

他剛行至中途，成吉思汗已經病歿，拖雷奉命監國，派遣使臣前往追趕窩闊台回來即位。窩闊台到了薩萊，正在料理朮赤的喪事，就接到和林來使報告成吉思汗已歿，請他速回和林。窩闊台得了此信，深恐和林諸臣擁戴拖雷，也不及追究刺客，探聽札蘭丁的蹤跡，急急趕回和林。

成吉思汗已死了數月之久，由拖雷將成吉思汗棺木遷回和林。窩闊台既至，遂由蒙古諸王大開庫里爾泰會議於吉魯爾河，承認成吉思汗遺命，立窩闊台為大汗。但是窩闊台久經成吉思汗親自宣布命他嗣統，為什麼此時還要經過庫里爾泰會議方得嗣位，豈不是畫蛇添足麼？

原來成吉思汗雖然有傳位窩闊台之命，但恐後世子孫不肖，不能保守故業，又特定一條法制，凡蒙古大汗如當新舊交替的時候，必須由諸王族、諸將及所屬

各部長，特開會議，決定嗣繼，方能登位。所以窩闊台雖奉遺命，也要經過庫里爾泰的會議一致承認，始得繼統。

當下窩闊台既已即位，知道耶律楚材是成吉思汗信任之人，便將他重用起來。耶律楚材因蒙古制度悉循胡俗，不足以表示尊嚴，便對窩闊台汗道：「蒙古禮制，大臣覲見，只屈身叩頭，將腳一跧，身體一伏，即算對君上行禮。大庭廣眾之中，如此模樣，很不雅觀，必須將朝儀大加改正，以崇觀瞻。」

窩闊台聽了，便命耶律楚材會集諸臣，改訂朝儀。耶律楚材遂將朝儀更訂，按照漢人的禮節，三呼稱臣，把蒙古的陋習盡行革除，耶律楚材的功勞實在不小。但朝儀雖然改正，那胡人妻母的舊俗究竟未能除去，窩闊台即位之後，便封其妻孛剌合真為正宮，昂灰為二皇后，乞里吉忽帖尼為三皇后，禿納吉納為四皇后，業里為五皇后，乃馬真為六皇后。其餘還有許多個妃子各加名位，真是個珠圍翠繞，鶯啼燕語，十分有興。

誰知窩闊台汗雖然有了這許多后妃，他尚心懷不足，時常去烝淫成吉思汗的皇后妃子。那些皇后妃子都是生長漠北，不知什麼叫貞節，什麼是名義，只知道圖一時之歡樂，自然都順了窩闊台汗，和他混在一處，追歡取樂了。

唯有夏公主察合，乃是西夏主李安全的愛女。李安全因要保全國土，不得已將愛女獻於成吉思汗。這夏公主不但生得面貌嬌豔，只講她身上那股香氣也和常人不同。她平日梳洗，從來不用脂粉，身上自會生出一種香氣，芬芳撲鼻，令人聞了心為之醉。這種香氣非蘭非麝，連夏公主自己也不知道從何而來。成吉思汗因此十分寵愛，特為她造了一座宮庭，取名叫做香宮，命她居住。

那窩闊台汗未曾即位之前，就聞得夏公主身有異香，心內不勝羨慕，恨不能把她摟在懷中，一親香澤。其時成吉思汗東征西討，平定各方，到了晚年，未免縱情聲色。年老之人，哪裡禁得起呢？因此常常患病。

窩闊台聞得成吉思汗有病，便借著問候為名，時常入內，一則可在父親面前討好，二則可以和妃嬪們廝混，他有的是勢力、金錢，凡成吉思汗身旁的侍衛宮人以及內外的卑賤小臣，他都用金銀去結識他們。那內外的宮人都知窩闊台是將來繼統之人，又得了他許多賞賜，如何不要趨奉他？就是皇后妃嬪，也因成吉思汗年老，內寵又多，雨露不能遍及，未免心懷缺望。見窩闊台少年強壯，樂得和他偷寒送暖，既可以慰了目前的岑寂，又可以為將來的倚靠。因此各宮的皇后妃嬪都與窩闊台十分要好。

但窩闊台雖與后妃們胡纏，他的心意卻注重在夏公主身上，偶然遇見，便笑嘻嘻地上前請安問候，百般殷勤。偏生著夏公主總是冷冰冰的，不和他兜搭。窩闊台見她豔如桃李，冷若冰霜的模樣，又不敢輕舉妄動，唯恐鬧出事來，被成吉思汗知道，不當穩便，因此心中雖然記念著夏公主，卻不敢行出無禮的舉動來。

一日，聞得成吉思汗又患小恙，便入宮問候。恰巧成吉思汗朦朧睡去，窩闊台不去驚動他，便獨自步向頤養殿裡去坐下，等候成吉思汗醒來，再去問安。

那頤養殿，本是成吉思汗年老習靜之所，唯有左右宰輔奉詔入殿議事，方敢進去，其餘的皇子們一概不准擅入。窩闊台自恃是將來繼統之人，竟敢大膽入內。他在殿中，將所有陳設觀玩了一番，覺得很是寂寞無味，便向殿階下散步去。事有湊巧，對面有個美人盈盈而來。

窩闊台一眼瞥見，好不開心，連忙迎將上去。

第二十五回　繼承先志

竇闊台因一人寂寞無味，向頤養殿的階下走來。恰巧夏公主在成吉思汗榻前侍疾，因為更衣回到自己的香宮裡面，略加梳洗，重又走出宮來，正與竇闊台劈面相逢。

竇闊台見了夏公主，不禁笑顏逐開，忙上前請安，低聲下氣地問道：「公主何刻回宮？俺父皇的病勢可好些麼？」

夏公主道：「主子春秋已高，精神不繼，並無什麼大病，只要靜養數日，便可安痊，皇子盡可放心。」

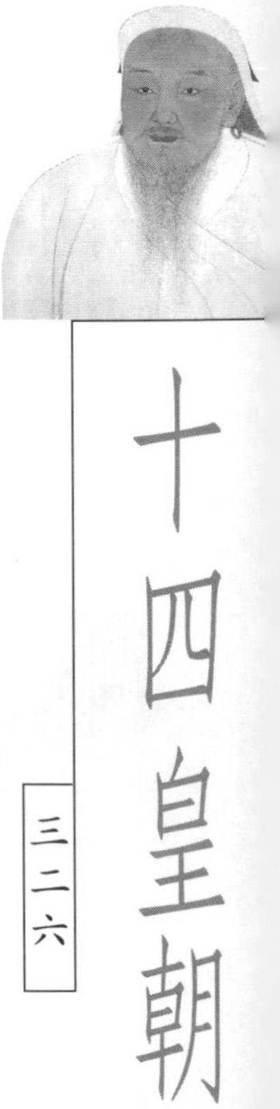

窩闊台又湊一上步，逼近了身子，低低問道：「俺父皇這幾日身體欠安，無人陪伴母后，母后可覺得寂寞麼？」

夏公主聽了這話，知道必無好意，正色說道：「這話豈是皇子所宜出口，倘為人傳揚出去，成何事體？」

窩闊台笑著，將手在公主肩上一拍道：「深宮裡面，有誰知道？公主儘管放大了膽，不要害怕，凡事有俺在此，還怕承當不下麼？」

夏公主大吃一驚，忙將窩闊台的手推去，跌跌撞撞，向成吉思汗寢宮奔去。窩闊台還不肯放手，在後追來。幸香寢宮距此不遠，夏公主慌慌張張跑將入去，腳步甚重，把成吉思汗驚醒轉來。抬頭一看，見夏公主粉面紅暈，嬌喘微微，便問道：「你因何事故，如此慌張？」

夏公主深恐成吉思汗知道此事心中生氣，要添出病來，不敢實說，便支吾道：「妾因皇子前來問候，先來通報，不期在地毯上一絆，幾乎跌倒，以致有驚主子，望乞恕罪！」

成吉思汗聽了，便道：「皇子在哪裡？」

這時窩闊台也追了夏公主前來，聽得成吉思汗驚醒，唯恐夏公主從實說出，心內老大著急。後來聽得夏公主托詞支吾，方才放心，還疑夏公主有情於己，十分慶幸。後來又聞得成吉思汗問皇子在哪裡，便乘勢走進請過了安，成吉思汗垂詢了幾樁國事，便告退出外。

那成吉思汗果然沒有什麼大病，因為酒色淘虛了身子，精神不繼，所以不快，在寢殿內屏除一切，靜養數日，仍複強健如故。他的身體既已強健，便不肯休息，又起了人馬，去滅西夏。雖將西夏滅了，卻不能生還故國，歿於軍中。

窩闊台即位之後，一心記念著夏公主，當辦理成吉思汗喪事的時候，兩人也常常見面。窩闊台便陪盡小心，要想感動了她的芳心，成就好事。無如夏公主總是正顏厲色地對待他，絕不與以可乘之機。窩闊台很不甘心，但因諸王和各部長都在和林，恐怕鬧出事來不當穩便，只得忍耐住了。

到得喪禮已畢，將成吉思汗安葬於起輦谷內，諸王和各部長歸去的歸去，回鎮的回鎮，均已陸續啟行。窩闊台暗想道：「俺現在身為大汗，不比得父皇在日了。蒙古的風俗，本有以母為妻的例子，我何妨直接封夏公主為妃，命她來侍寢呢？」

當下打定主意，便命個內監，先去通知夏公主，說是主子於今天晚間前來臨

幸，所以先來通報，好預備接駕，免得臨時匆迫。

夏公主聽了這話，不禁玉容變色道：「豈有此理！論名分，我是他的庶母，如何可以做此禽獸行為！」

內監笑道：「公主原來不曾知道，這父死妻母，乃是俺們的風俗，主子按照俗例而行，早就可以召公主前往侍寢。只因心內敬重公主，不肯出此逼迫。遲至今日，又不肯率然從事，命俺先來通知公主。況公主年輕守寡，正在寂寞無歡，得主子前來俯就，何等榮幸！旁的后妃還求之不得呢。俺勸公主不要執性，還是預備接駕，且圖目前的富貴榮華罷。」

夏公主怒道：「我原知蒙古有以子妻母的獸行，但我非蒙古婦女，乃是西夏人氏，自幼讀詩書，知大義，沐浴聖人之教，豈肯貪一時之富貴，遺萬年之羞辱！你可去對窩闊台說，他既身為人主，要想平金滅宋，繼父之志，須要除去蒙古陋俗，遵奉聖人之教，以禮義廉恥為重，萬不可再作禽獸的行為。況我國亡家破，現在又做了未亡之人，生在世間已覺十分腆顏，他若加以逼迫，唯有一死而已。現在我恐你無以回命，可帶一個信去與他。」說著，立起身來，將壁上懸的一柄寶劍取在手中道：「這柄劍，乃是他父親常佩之物，我便把來表示此心。」

講到這裡，舉起劍來，向左臂奮力一砍。

左右隨侍的宮女和傳命的太監吃了一驚，連忙上前奪劍，哪裡還來得及。夏公主的左臂已經砍斷，鮮血淋漓，夏公主早已倒在地上，花容慘澹，星眼緊閉，痛暈了過去。宮女們忙上前扶她起來，送往榻中臥下。

那個內監見了這般情形，忙忙地飛奔而去，把夏公主的言語和砍斷左臂的事情絕不隱瞞，一一告知窩闊台。窩闊台聽了這一席話，也覺內愧，又聞得夏公主已砍了左臂，心內也敬重她的節烈，忙傳命召醫官入宮，替她醫治；又令那內監重復去安慰夏公主，叫她安心治傷。主子已自知己過，決不敢再有侵犯，萬勿另萌他意。夏公主聽了，默默無言，唯有伏枕流淚，自傷命運罷了。

這件事情傳到成吉思汗各后妃的耳中，她們也深敬夏公主的志氣，又因為自己順從了窩闊台汗，做了滅倫之事，大家都覺懷慚。

第一個是也遂皇后，她平日與夏公主最為莫逆，又因年紀已長，身分尊嚴，窩闊台在她跟前不敢無禮，並未有甚曖昧事情，因此心懷坦然。聞得夏公主斷臂拒幸，連忙趕至香宮，前往探視。

只見夏公主身臥牙床，擁著錦被，靜悄悄的一無聲息，也沒宮女在旁侍候。

也遂皇后來至床前，夏公主方才知道，慌要坐起身來，也遂皇后忙按住了她的玉體，說道：「傷痕未癒，萬勿勞動，恐觸了風，疼痛又要加劇了。」一面說著，一面便在床上坐下，細問窩闊台相迫的情形，夏公主將前後情由一一告知。

也遂皇后不覺長嘆道：「嗣君的所為簡直不顧人倫，幸得賢妹有此一舉，可以使他略知斂跡。這件事情，非但保全了貞節，並且大有造於蒙古哩。」

夏公主也嘆道：「先皇在日，威震寰中，滅國四十，但西北餘孽未盡，札蘭丁時時覬覦，倘若稍有間隙，便要死灰復燃。東南金、宋猶存，自魯國王木華黎歿後，將帥無人，深為可慮！先皇若在，原足以懾服金、宋，使之不敢妄生他念，現在賚志以歿，嗣君若不大加振作，非但不能平金滅宋，承繼先皇的遺志，恐怕金、宋二國養足氣力，生聚教訓，還要報復前恨哩。此時宮中除了皇后以外，恐無一人可以訓導嗣君，令他覺悟。還望皇后把此中的利害，為嗣君開陳一番，使他奮起精神，以竟先皇未竟之功，方不負當日恩眷一場。就是將來死後，在九泉之下，也可以對先皇了。」

也遂皇后聽罷此言，連連點頭道：「賢妹之言，使我茅塞頓開。當即宣召嗣君，加以訓飭，令其奮發有為。」遂即辭別夏公主回到正宮，傳宣窩闊台進見。

原來成吉思汗在日，因孛兒帖死後，正宮虛席，內政無人主持，便將也遂皇后升為正宮。也遂皇后處事明敏，馭下又復寬嚴得宜。內廷之中，上自妃嬪，下至宮人內監，莫不敬憚。成吉思汗見她處置閫政井井有條，心下甚喜。就是諸皇子見了也遂皇后，亦十分敬重，視同生母一般，因此窩闊台即位之後，穢亂宮闈，凡是成吉思汗的嬪御悉皆烝淫，唯對於也遂皇后深加敬禮，奉為太后，朔望朝謁，頗盡孝道。現在忽聞宣召，不知有何事故，便匆匆地來到宮中，行禮已畢，向也遂皇后問道：「未知母后宣召，有何慈諭？」

也遂皇后劈口問道：「你可知先皇棄了長子，命你繼統的意思麼？」

窩闊台陡經此問，一時回答不來。

也遂皇后又接著說道：「你在兄弟之中，排行第三，揆以立長之義，如何輪得到你呢？只因先皇見你小心謹慎，處理事情頗有見識，所以撇去你兩個哥哥，命你繼統。乃是要你能夠繼志述事，混一寰宇的意思。自即位以來，不聞施一善政行一美舉。所作所為，大悖倫理，如此下去，怎樣能夠振作呢？」

窩闊台經此一番訓責，羞慚滿面，坐在那裡，連一句話也回答不上來。

也遂皇后又道：「現在宋、金兩國尚未滅亡，我們的敵人很是不少，先皇在

日，立意要滅亡金國，所以在彌留的時候，還囑咐大臣，傳語嗣君，要滅金國，須得借道南宋，由唐鄧直搗汴梁，使他不及救援，方能得手。那時我隨侍軍中，親自聽得先皇諄諄囑咐，群臣想已對你說過，怎樣即位許久，還不問繼續先皇的志願呢？」

窩闊台不俟言畢，即拱身說道：「先皇遺命，俺也日日在心，所以金國遣使弔喪，並贈賵儀，俺都原使發回，以示決意絕好。本要立即進兵征伐金國，只因先皇在日頻年戰伐，府庫空虛，毫無儲蓄，不得不略事籌備，並非敢違先皇遺命。今日既蒙慈諭，當與諸大臣商議出兵的計圖，以竟先皇之志。」說畢，告辭出外，召集群臣，會議伐金之事。

耶律楚材首先言道：「用兵之事，第一要糧餉充足，三軍始有恃無恐，克奏膚功。我國連年征伐，先皇攻城掠地，所得財物立即分賞於將士兵卒，並無絲毫積儲。現在要伐金國，必須預籌軍餉，要籌軍餉，宜立十路課稅之法，則軍餉自能充足，不憂匱乏了。」

窩闊台聞言，即命耶律楚材舉行課稅。耶律楚材遂將全國分為十路，每路派課稅正使一員，副使一員，悉以文人擔任。課稅之法既立，耶律楚材因蒙古風俗弊陋，不可不加改革，欲加改革，非以周孔道德為治不可。

又知窩闊台濁亂內廷，大受也遂皇后申斥，方才有些感悟，耶律楚材即乘此機會進言道：「古來人君，以馬上得天下，斷不能以馬上治之。『禮義廉恥，國之四維，四維不張，國乃滅亡』。管子之言，實為萬古不易之常經。主子不欲不南圖中原，混一天下，繼承先皇之志則已；如欲承先啟後，亡宋滅金，武備固不可不修，文治亦不可輕忽，宜將尚武輕文的舊俗加以改革，文武兼資，敦厚民俗，則郅治之隆，可以拭目而俟了。」

窩闊台聞言，深以為然，遂於武事之外兼尚文治，因此蒙古風俗漸漸改變。且後忽必烈統一中原之基，實在於此。然推其原故，乃是夏公主砍臂拒幸，觸動窩闊台廉恥之心。耶律楚材始得乘機進言，改良政治，移風易俗。故元代的功臣，要推夏公主和耶律楚材為首了。

閒話休提，單說窩闊台整兵籌餉，秣馬積芻，於即位的第二年春季，親自伐金，與皇弟拖雷及拖雷之子蒙哥，進兵陝西，連拔諸山砦六十餘處，直逼鳳翔，陝西大震。

其時金主暻，業已病逝，其子守緒嗣位，聞得陝西警報，即遣平章完顏哈達

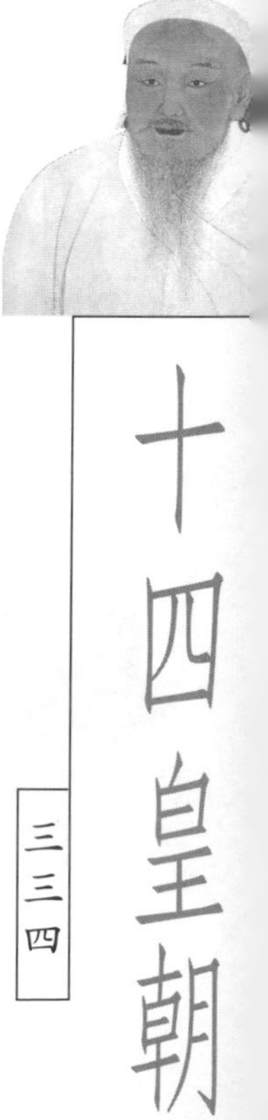

及伊喇豐阿拉，領兵往救。哈達與豐阿拉自知不是蒙古的敵手，欲思不去，又是奉旨的事情，不能推諉，只得領了人馬，在中途觀望。恰巧蒙古分兵攻打潼關。二人知道潼關有重兵駐守，蒙古未必攻打得下，便想了一個避難就易、趨安避危的法子，奏稱潼關被圍，倒比鳳翔更為危急，不如先救潼關，俟潼關解圍之後，再援鳳翔。金主哪裡知道內中的情由，准其所請。

哈達與豐阿拉便改道前往潼關，因此鳳翔沒有救應，遂為蒙古所破。拖雷督兵攻打潼關，雖然奮勇攻撲，無如關城十分堅固，又有精兵守禦，攻打不下。

窩闊台聞得潼關力攻不下，便道：「先皇遺命，曾言金之精兵，盡在潼關，命我等借道南宋，兵下唐鄧，攻取汴京。俺且遣使往宋，向他借道，直搗汴京便了。」遂命綽布干為使，往南宋借道。行抵沔州，與統制張宣語言不合，遂為張宣所殺。窩闊台聞信大怒，立命拖雷領鐵騎三萬，徑趨寶雞，破大散關，下鳳翔，屠洋州，出武休，圍興元軍。

又令別將取道大安軍，開魚鱉山，拆屋作筏，渡嘉陵江，進取四川。四川乃係宋屬，制置使桂如淵棄職而遁。蒙古兵勢如破竹，連拔城寨四百四十所。拖雷的意思，還不肯絕宋，召使東旋，會兵陷饒鳳關，飛渡漢江，大掠而東。

急報到了汴京，金主守緒召集群臣，會議退兵之計。眾臣皆面面相覷，束手無策，遲疑了一會，沒有什麼辦法。還是金主嘆了口氣道：「數十年來，國家竭盡府庫，豢養兵士，原是望他殺敵禦侮的，現在京城告急，還不肯出死力以衛國家，平日豢養兵士，有何用處呢？存亡雖由於命，亦須略盡人事，縱使敵不過蒙古，也要和他周旋一場的了。」當即召諸將出屯唐鄧，又命哈達和豐阿拉，率兵還援。哈達、豐阿拉奉詔馳回。

聞得蒙古兵正在渡那漢江，部下諸將皆要趁他半渡之際，前去擊截。豐阿拉又不肯從，等到蒙古兵全隊渡過漢江，他方在禹山列陣以待。誰知蒙古兵見了金兵，未曾交鋒，便抽兵退去。

部將皆欲追殺，哈達不允道：「敵人不戰而退，必有詐謀。我若追去，正中其計了。」遂即收軍南返。剛才行得一里多路，忽見塵頭大起，喊聲不絕。哈達吃了一驚，登高瞭望，蒙古軍已分為三隊，飛奔殺來。哈達慌忙下山，打算帶領人馬，從道旁走避。無如蒙古兵已直逼將來，哪裡還能躲避！哈達勉強麾軍廝殺，被蒙古兵團團圍將上來，把哈達、豐阿拉困在垓心。

第二十六回　完顏亡國

哈達、豐阿拉被蒙古兵困在垓心，死戰不得脫身。正在十分危急，幸有部將富察鼎珠率領生力軍衝入重圍，哈達、豐阿拉方得乘勢殺出。二人雖然得了性命，輜重糧草、器械馬匹，一齊失去。哈達悔恨不已，豐阿拉卻談笑自如，毫不介意，與哈達同入鄧州，反報告金廷，詐稱大捷。百官皆上表慶賀。將民堡城壁一齊散還鄉社部，說蒙古經此挫折，必定不敢再來了。

哪知乃是豐阿拉的謊奏，拖雷的人馬並未回去，窩闊台且由清河縣白波鎮渡河，直抵鄭州，命速不台進取汴京。金廷不料蒙古兵前來，驚駭異常，金主也十

分著急。其時汴京的人馬不及四萬，京城周圍廣闊逾百二十里，連守城也不能周遍，只得急召哈達、豐阿拉還救汴京。

哈達、豐阿拉奉了詔命，率兵赴汴。拖雷聞知，即以鐵騎三千，追躡金軍之後。金軍回馬來戰，拖雷即行退去，金軍方才啟行，他又追來，把金軍弄得無從休息，只得且戰且走。行抵黃榆店，恰值大風雨，金軍不得進。蒙古將速不台又遣兵攔截，金軍前後受敵，頓時大潰。武仙帶了三十騎，先行遁去，楊沃衍等戰歿於陣。

哈達見大勢已去，欲與豐阿拉捨命死戰，不料豐阿拉早已逃得不知去向，只得同了部將禪華善突圍而出，奔入鈞州。窩闊台命琨布哈、齊拉袞等，引兵與拖雷會合，直達鈞州城下，並力攻打。

城破之後，哈達逃匿在窟室裡面，被蒙古兵搜獲殺死。金將禪華善當城破時，匿於隱僻之處，俟至殺掠稍定，徑赴蒙古營前，大聲喊道：「我乃金將禪華善也，欲見爾主將，面陳事情。」蒙古軍將他拿住，往見拖雷。

拖雷問他姓名，禪華善道：「我係金忠孝軍統領禪華善，前日戰敗，理應死節，但我若死在亂軍之中，人將說我有負國家，所以等到此時，方才出外，速速將我斬首，以遂我報國之願。」

拖雷勸他歸降，當加重用，禪華善破口大罵。拖雷大怒，命左右先砍其腳脛，然後戳其面目，割其口舌。禪華善尚噴血叫罵，直至不能出聲，方才氣絕而亡。蒙古諸將都佩服他的忠義，用馬乳向他的屍首祭祝道：「好男兒！他日再生，當令與我作伴。」告祝已畢，將他屍骸在高原地方掘坑掩埋。

那豐阿拉在兵敗之時，便棄了哈達，先行逃走。後被蒙古兵追上，擒上前來，面見拖雷。拖雷也勸他投誠，豐阿拉慨然說道：「我是金國大臣，理宜一死報國，不必多言。」拖雷亦將他殺死。

金潼關守將納哈塔赫伸，聞得哈達等俱被蒙古所害，遂與潼關守將完顏重喜，引軍而遁。偏將李平，以潼關投降蒙古，蒙古兵長驅直入，追金軍於盧民縣。完顏重喜未曾接戰，早已下馬投誠。蒙古兵斥他不忠之罪，遂即砍下頭來。赫伸隱匿在山谷裡面，也被追兵搜查出來，一刀了帳。

蒙古兵進取洛陽，留守薩哈連疽發於背，不能出戰，投濠而死。城中兵民不願降順蒙古，公推巡警使強伸為主，發牌死守。蒙古兵攻城至三月之久，堅不能下，遂即退去。金主見汴京危急，只得遣使至蒙古軍前求和。速不台不允乞和，

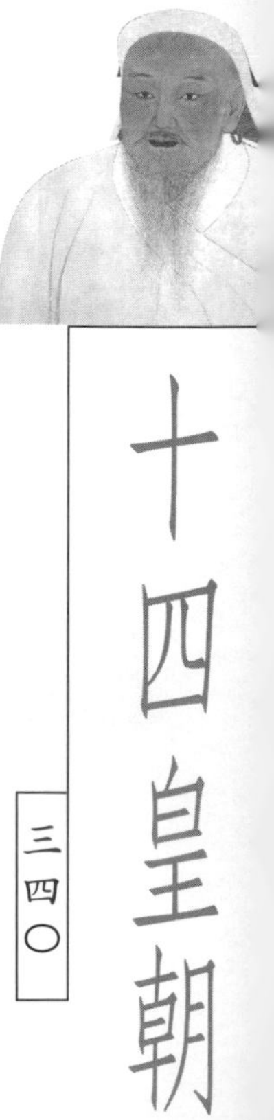

運石炮攻城，晝夜不絕。

幸而汴京城池係五代時周世宗所修築，用虎牢之土築作牆垣，其堅如鐵，蒙古雖用炮石攻打，亦不能穿。因此歷十六晝夜，內外死傷多至數十萬名，汴城仍未能下。窩闊台因離國日久，頗思歸去。乃遣使諭金主速降，且命速不台暫緩攻城。金主遂令戶部侍郎楊居仁，將牛酒並珍寶金銀，出城犒軍，且願入子為質。速不台乃退兵屯於河、洛間。金主以曹王鄂和質於蒙古。

金參政喀齊喀，欲以守城為己功，議率百官入賀。有內族名喚思烈的，不以為然，當眾駁斥道：「城下乞盟，春秋所恥，何足言賀！」

喀齊喀怒道：「社稷不亡，君臣免難，不是可賀之事麼？」兩人互相爭執，堅持不下，金主亦不以喀齊喀之言為然，方才罷議。誰知和議剛才成功，又被飛虎軍頭目申福，將寓居客館的蒙古行人唐唐殺死，並及隨從三十餘人。蒙古兵又長驅而來。金主此時無法可施，只得飛檄各處勤王。

那武仙自兵敗逃往留山，收集敗兵，數約十萬，奉到勤王之詔，遂即率兵而來。又有鄧州行省完顏思烈、鞏昌統帥完顏仲德，也引了人馬前來救援。不料行至京水，一聲胡哨，蒙古的伏兵四面齊起，金兵大潰而遁，勤王之兵遂絕。

蒙古汗窩闊台回國之後，聞得金人背盟殺使，勃然大怒！又親自率兵至居庸關，援應拖雷。忽然發生暴疾，口眼緊閉，昏瞶倒臥，不省人事。扈從的文武諸臣不勝驚慌，四出延醫，藥石並投，絕無功效，病勢反加沉重，只得召了個巫師，前來卜祝。

那巫師焚香禱祝了一會，便倒臥地上，口吐白沫，如豬一般，哼聲不已。停了半晌，忽然目動口張，突然從地上躍起，亂舞亂跳，口內吟哦。舞了一會，當中立定，兩手叉在腰間，怒眉橫目地喝道：「吾乃黑風山神也，爾等見了吾神，何得不敬！」諸臣聽了，一齊口下得面目失色，大家俯伏在地，叩首不已。

又聽得巫師高聲說道：「吾神已降，爾等欲問何事？」諸將忙將窩闊台忽得暴疾，欲求神道降福，使他痊癒的話陳說一遍。

巫師道：「幸哉！幸哉！爾主之病，今日幸遇吾神，尚可挽回。但爾主之病，非藥石可以收效。乃是金國山川之神，深怒蒙古軍馬到處擄掠，屠殺過慘，屍骨堆積，因此作祟。」

諸臣請以人民財寶等，往各山川禱祀。巫師又作為神道的口吻道：「罪戾已深，非禱祀所可獲免，必不得已，仗著吾神之大力，由親王代死，方可痊癒。」

諸臣聽了，不敢答應。窩闊台忽然省悟，在床上索水止渴，神氣之間，似乎清醒了許多。諸臣忙上前問訊，窩闊台道：「剛才有金甲神人押我去監修山川，須有至親骨肉前往替代，始能回來，現在並無親人可以替代，這病恐怕沒有指望了。」

正在說著，忽報拖雷馳來問疾。窩闊台召他入見，言及替代一事，拖雷慨然道：「當日先皇於眾兄弟中特特的選擇了你，付以大任。從來說的，知子莫若父，你的才德自然都比我們好，現在只即位了兩年，一件事還有沒辦理，如何死得？我曾經說過，忘著時要你提說，睡著時要你喚醒，如果你一病不起，還有誰來提我喚我？況且所有的百姓誰人能夠管理？便是金人曉得了，也要稱心願意。我出征數年，殺戮甚重，神明降罰，理應殛我，如何罰及哥哥呢？」說罷，也不等窩闊台開口，便召巫師入內道：「我願替代主子，你可速去禱告。」

巫師奉命而出，取了一杯清水，在香燭上詛咒了一番，捧入帳內，給拖雷飲訖。

拖雷飲了這水，頓時和酒醉了一般，頭昏目眩，便向窩闊台道：「我若死了，遺下孤兒寡婦，全仗哥哥看顧。」

窩闊台連連答應，拖雷疾趨而出，臥於別帳，至夜間奄然而逝。

窩闊台的病果然好了。那拖雷生有六個兒子：長名蒙哥，二名末哥，三名忽都，四名忽必烈，五名旭烈兀，六名阿里不哥。後來蒙哥、忽必烈皆嗣大汗位。忽必烈且統一中原，為天下主，追謚拖雷為睿宗皇帝，這是後話，暫按不提。

且說拖雷死後，蒙古軍中以速不台為主帥，進兵汴京。金主守緒，不待蒙古兵至，已經東走。原來汴京城內，糧食既盡，又兼大疫。匝月之間，疫歿者數千萬人。金主知道大勢已去，遂命右丞相薩布、平章博索等護駕出幸。留參政訥蘇肯、樞密副使薩尼雅布守城。

金主與太后妃嬪告別，大哭而出。既至城外，四顧茫茫，無家可歸，不知往哪裡去較為妥當。隨從諸臣請暫往河朔，遂即渡河東行。恰值大風忽起，後隊未能渡過，蒙古兵已經追至，殺死金兵不計其數，投河自盡者，多至六千餘人，屍骸蔽河而下，金元帥賀德希戰歿。金主渡河，向北而去，令博索往攻衛州。蒙古將史天澤揮兵從真定殺來，博索望風遁回，請金主駕幸歸德，乃與副元帥阿里哈等六七人，登舟而南，奔往歸德。

金兵不見了金主，四路奔潰，歸德統帥什嘉紐勒渾，迎接金主，陳說各軍奔

潰，皆出博索一人之罪。金主乃將博索梟首，又遣人至汴京去迎接太后及后妃。哪裡知道，汴京早已投降蒙古，太后及后妃已被逼入蒙古營中了。

原來金主離汴時，曾命西面元帥崔立駐兵城外。崔立已萌異志，即便率兵入城，將留守汴京的訥蘇肯、薩尼雅布盡行殺死，直入宮中，對太后王氏道：「主子出幸，城中不可無主，應立衛王子從恪為主，他的妹子曾為蒙古皇后，容易議和。」

太后見他帶劍而來，聲勢洶洶，嚇得戰戰兢兢，連話也說不出來。崔立即矯太后詔，命以從恪為梁王監國，自為太師、大元帥、尚書令、鄭王，兄弟子侄皆封官拜爵。又托詞金主在外，徵索隨駕官吏的家屬，將婦女驅入自己府中，擇有姿色的，逼令侍寢。每日必御數十人，徹夜宣淫，尚不暢意。又禁止民間嫁娶，聞有美女，便劫來取樂，略有違言，立即殺死。人民銜恨切骨，他的黨羽還說他功德巍巍，可比伊、周，正要勒碑刻銘，宣揚威德，忽報蒙古帥速不台大軍已至，諸將驚慌異常，唯崔立談笑自如道：「我自有妙計，保全此城。」

到了夜間，即赴速不台軍中議定降款，竟把金太后王氏、皇后圖克坦氏，以及梁王從恪、荊王守純與各宮妃嬪盡行送往速不台營前。又在城內搜刮民間金銀，往犒蒙古軍隊，脅迫拷掠，無所不至。

金太后等即至蒙古軍中，梁王、荊王遂為速不台所殺，其餘后妃等人一齊押赴和林，沿路行去，艱苦萬狀，比較徽、欽北狩，尤為難堪。讀史至此，不禁拍案大呼：天道好還，報應不爽了！那崔立既將后妃作為犒軍條款，又把汴京充做納降贄儀，迎接速不台入城。

速不台遣使報捷，且請命窩闊台，說是汴京圍攻已久，士卒死亡者甚多，欲屠城以雪忿恨。窩闊台聞言，俱從其請，幸有耶律楚材在側，竭力諫阻，始諭速不台除完顏氏一族外，餘皆赦免。汴京城中，一百四十萬戶，幸得耶律楚材之力，乃得保全，這件功德，可說不在小處了。

速不台檢查已畢，率軍北去。崔立恭送回城，行到家中，欲與妻妾歡聚，誰知闃然無人，所有金銀玉帛以及家小人口、嬌妻美妾，盡為蒙古擄去，不禁悲從中來，抱頭頓足，大哭一場。轉念一想，蒙古如此可惡，好在汴京尚在我的手中，不難報復此仇，遂即停悲止淚，另作安排，暫且不表。

單說金主在歸德，與隨從諸臣計議將往何處。什嘉紐勒渾，請在歸德暫駐；富察固納不以為然，請駕北渡，以圖恢復。紐勒渾從旁力勸，固納大怒，揮兵將

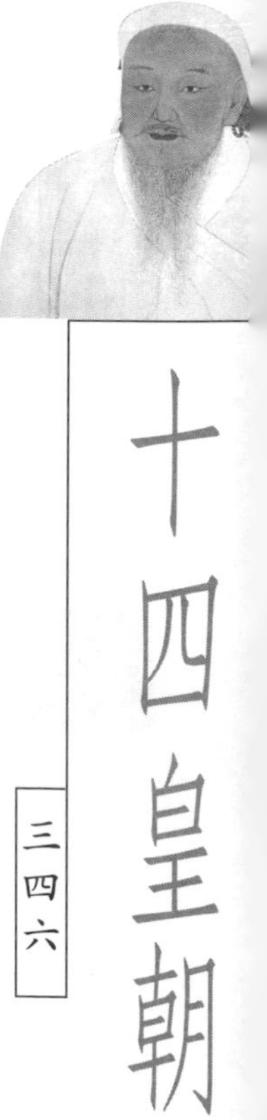

他殺死，又把金主幽囚起來。

金主心內甚是憤恨，暗與內侍局令史宋珪、舉御紐祜祿溫綽、烏克孫愛錫等，議討固納之罪。恰值北路招討使烏庫哩運米四百斛至歸德，勸金主南徙蔡州。金主與固納商議，固納不允，且下令道：「軍民人等，有敢言南遷者，殺無赦。」金主憤不可遏，遂令紐祜祿溫綽、烏克孫愛錫，左右埋伏，邀固入內議事。

固納不知是計，搖搖擺擺而來，剛才入門，伏兵齊起，將固納殺卻。金主遂赴蔡州，儀衛蕭條，人馬困乏，休息了數日，始命完顏仲德為尚書右丞，領省院事。仲德有文武才，事無大小，皆躬自處理，選士馬，練甲兵，欲禦蒙古。無如金人氣運已盡，上下恬熙，僅有一個完顏仲德，濟得甚事。此時蒙古主窩闊台又命行人王楫，往南宋與史嵩之接洽，協力攻金。

史嵩之奏聞臨安，時宋理宗嗣位，以金為宋之世仇，正宜乘機報復，遂允其議。命大將孟珙率兵三萬，米三十萬石，與蒙古夾攻金人。

蒙古將布展攻打蔡州，正被金兵殺敗，聞得宋師到來，心中大喜，遂與孟珙議定，南北分攻，十分危急。金主勉強支持了兩月，已是殘年，次日便是宋理宗端平元年，蒙古主窩闊台嗣位之第六年，乃是金主守緒之末年了。金主清晨在城上巡視了一周，到得晚間，召東西元帥完顏承麟入見，以璽綬付與，擬即禪位。承麟涕泣固辭，金主不許道：「此城必難保全，我肌體肥重，不勝鞍馬，只有以身殉城。你生平本捷，且有將略，萬一得脫，綿延宗社，我亦可以瞑目於泉下了。」當即召集文武諸臣，宣布此意，諸臣也都贊成。承麟無奈，受了璽綬。

次日，承麟即位，百官亦分班朝賀，行禮未畢，已報南城火起，宋軍攻入城來了。完顏仲德忙去率兵巷戰。蒙古兵亦相繼殺至，仲德知不能敵，重又回視金主，見金主已自縊而亡，乃拜了數拜，出來說道：「我主已歿，我尚何往？」即仰天大喊一聲，投水而死。

部下諸將齊聲道：「相公能殉國，難道我們不能麼？」紛紛投入水中，死者共五百人。

承麟退守子城，入視金主遺骸，撫屍大慟，對眾人道：「先帝在位，勤儉寬仁，欲復舊業，賫志以殉，宜謚曰哀。」因稱為金哀宗。哭奠方畢，子城復陷，即舉火焚毀金主屍首。剎那間刀兵四集，承麟僅受禪一日，亦死於亂軍之中。

金自阿骨打建國，至此遂亡，共傳六世九君，享國計百二十年。

宋將孟珙與蒙古將布展撲滅餘火，覓取金主遺骨，析為兩份，一份給宋，一

份給蒙古，其餘寶玉法物等，亦一律均分。議定以陳蔡地為界，蒙古治北，宋治南，兩軍分道而歸。

窩闊台滅金之後，諸臣一齊入賀，窩闊台汗大悅，乃大張筵宴，慶功三日。正在歡飲之際，忽報西域謨罕默德之子札蘭丁，大興人馬，前來擾亂，十分猖獗。窩闊台聞報大怒，把酒杯擲於地上。

請續看《新蒙元十四皇朝》（二）金帳帝國

新大明十六皇朝

共四冊

許嘯天 著
單冊定價380元

蓋世群雄建立一統帝業　風月無邊後宮鬢影衣香
金陵風暴肅殺君臣之間　曉風殘月煤山空留遺恨

宮廷演義是傳統歷史演義的一個重要門類。它以宮廷為中心，以帝王后妃之間的愛恨情仇、朝臣閹豎之間的糾葛爭鬥為主線，旁涉廣取，把當朝重要史事都引入其中，而許嘯天尤可謂是其中高手。《大明十六皇朝》即是總結明代的歷史，從太祖開國到崇禎自縊，再到清兵入關，南明覆滅，一一鋪敘。書中對於朱元璋的殘忍，明成祖的狠戾，錦衣衛的橫暴，魏忠賢的囂張，均有深刻的描述。

新蒙元十四皇朝（一）大漠雄鷹

作者：許慕羲
發行人：陳曉林
出版所：風雲時代出版股份有限公司
地址：10576台北市民生東路五段178號7樓之3
電話：(02) 2756-0949
傳真：(02) 2765-3799
執行主編：朱墨菲
美術設計：吳宗潔
業務總監：張瑋鳳

出版日期：2024年6月
ISBN：978-626-7369-99-9

風雲書網：http://www.eastbooks.com.tw
官方部落格：http://eastbooks.pixnet.net/blog
Facebook：http://www.facebook.com/h7560949
E-mail：h7560949@ms15.hinet.net
劃撥帳號：12043291
戶名：風雲時代出版股份有限公司

風雲發行所：33373桃園市龜山區公西村2鄰復興街304巷96號
電話：(03) 318-1378
傳真：(03) 318-1378
法律顧問：永然法律事務所 李永然律師
北辰著作權事務所 蕭雄淋律師

行政院新聞局局版台業字第3595號 營利事業統一編號22759935

定價：380元

國家圖書館出版品預行編目資料

新蒙元十四皇朝 / 許慕羲著. -- 初版. -- 臺北市：風雲時代出版股份有限公司, 2024.05-　冊；　公分

ISBN 978-626-7369-99-9 (第1冊：平裝). --

857.455　　113003183